天《そら》の梯《かけはし》

みをつくし料理帖

高田 郁

時代小説文庫

角川春樹事務所

目次

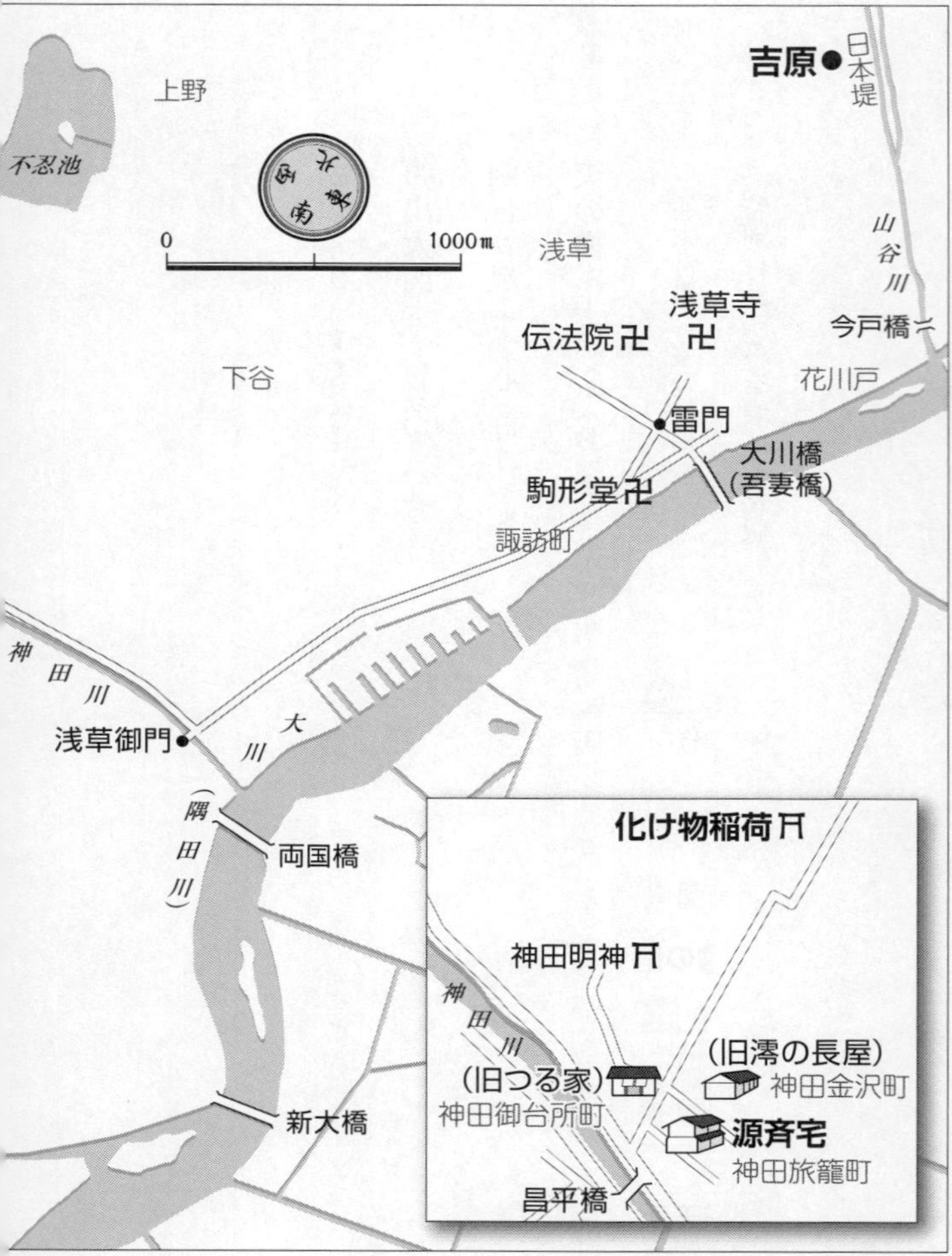
吉原
日本堤
上野
不忍池
北
東
南
西
0
1000m
浅草
浅草寺
伝法院
今戸橋
山谷川
下谷
花川戸
雷門
大川橋
(吾妻橋)
駒形堂
諏訪町
神田川
浅草御門
大川
(隅田川)
両国橋
新大橋
化け物稲荷
神田明神
神田川
(旧澪の長屋)
神田金沢町
(旧つる家)
神田御台所町
源斉宅
神田旅籠町
昌平橋

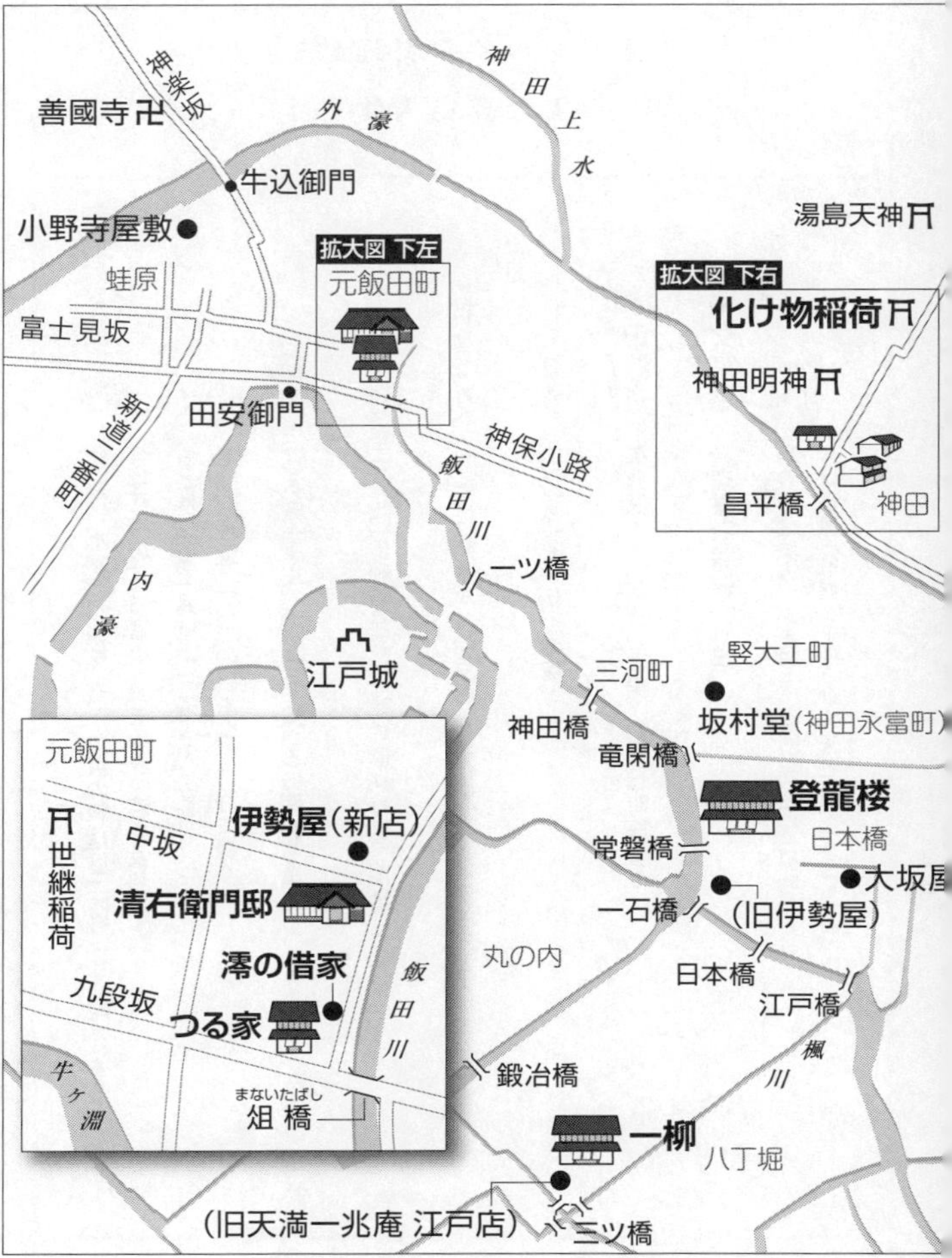

神楽坂
善國寺
外濠
神田上水
牛込御門
小野寺屋敷
湯島天神
拡大図 下左
元飯田町
拡大図 下右
蛙原
化け物稲荷
富士見坂
神田明神
田安御門
新道一番町
神保小路
飯田川
昌平橋
神田
一ツ橋
内濠
江戸城
竪大工町
三河町
神田橋
坂村堂（神田永富町）
竜閑橋
登龍楼
日本橋
常磐橋
大坂屋
一石橋
（旧伊勢屋）
丸の内
日本橋
江戸橋
楓川
鍛冶橋
一柳
八丁堀
（旧天満一兆庵 江戸店）
三ツ橋
元飯田町
世継稲荷
中坂
伊勢屋（新店）
清右衛門邸
澪の借家
九段坂
つる家
飯田川
牛ヶ淵
俎《まないたばし》 橋

『みをつくし料理帖』

主な登場人物

澪《みお》　幼い日、水害で両親を失い、大坂の料理屋「天満一兆庵《てんまいっちょうあん》」に奉公。
今は江戸の「つる家」で腕をふるう若き女料理人。

芳《よし》　もとは「天満一兆庵」のご寮さん（女将《おかみ》）。
老舗料理屋「一柳《いちりゅう》」の店主柳吾《りゅうご》の許《もと》に嫁ぐ。

種市《たねいち》　「つる家」店主。澪に亡き娘つるの面影を重ねる。

ふき　「つる家」の料理見習い。弟の健《けん》坊は「登龍楼《とりゅうろう》」に奉公中。

おりょう　もとご近所さん。「つる家」を手伝う。夫は伊佐三《いさぞう》、子は太一《たいち》。

りう　「つる家」を手伝う老婆。

永田源斉《ながたげんさい》　御典医・永田陶斉《とうさい》の次男。自身は町医者。

采女宗馬《うねめそうま》　料理屋「登龍楼」店主。

野江《のえ》　澪の幼馴染み。水害で澪と同じく天涯孤独となり、
今は吉原「翁屋《おきなや》」であさひ太夫として生きている。

天《そら》の梯《かけはし》

みをつくし料理帖

結び草——葛《くず》尽くし

植木鉢の土が、白く乾いてひび割れている。

去年はそこに朝顔が育てられていたはずなのに、と隣家の軒先に置かれた鉢を眺めて澪《みお》は小さく溜息《ためいき》をついた。目を転じれば、葉月《はづき》の陽《ひ》のもと、九段坂や俎橋《まないたばし》、それに立ち並ぶ店々までもが白茶けて見える。否、この界隈《かいわい》のみではない、江戸の街中が干上がっていた。

これまでにも水の乏しい夏は幾度か経験しているけれど、今夏は容赦がなかった。皐月《さつき》から文月《ふづき》に至る三月《みつき》もの間、殆《ほとん》ど雨に恵まれず、あちこちで雨乞いが行われたと聞く。葉月に入って、漸《ようや》く朝夕に霧雨が降るようになったが、とても夏の間の乾きを癒《いや》すに足るものではなかった。

「去年の閏《うるう》八月の大雨を、どこかに溜《た》めておけたら良かったんですけどねえ」

何時《いつ》の間にそこに居たのか、つる家《や》の下足番のりうが、料理人の隣りで軽く頭を振っている。暖簾《のれん》を出すまでまだ大分と刻《とき》があった。ふたりは暫《しば》し枯渇した九段坂下に身を置く。

「ご覧なさいな、牛《うし》ヶ淵《ふち》だって、元気なのは葛《くず》くらいなもんですよ」

老女の指し示す先はと見れば、坂をのぼった脇の牛ヶ淵に、常は鬱蒼《うっそう》と生い茂るはずの草木が立ち枯れ、木々に纏《まと》わりついた葛ばかりが目についた。艶《つや》やかな緑の葉が染み入るほどに美しい。白く乾いた景色の中で、そこだけが瑞々《みずみず》しく映った。

「あのしぶとさを、あたしたちも見習わなきゃいけませんねぇ」

老女の呟《つぶや》きに、澪は深く頷《うなず》いた。


「澪さん、今日も『時知らず』で行くしかねぇな」

葉月九日の朝、つる家の今ひとりの料理人、政吉《まさきち》は気落ちした声で、ほら、と手にした茄子《なす》を澪に示した。

艶も張りもない皮を見れば、味の悪さは容易《たやす》く知れた。他にも、変色した茗荷《みょうが》、しなびた胡瓜《きゅうり》、それに育ちきれていない南瓜《かぼちゃ》や冬瓜《とうがん》が土間に並んでいる。旱魃《かんばつ》が原因で、最早こうした不出来な青物しか手に入らないのだ。

澪は両の眉《まゆ》を下げ、しおしおと肩を落とす。

乾物や豆腐、蒟蒻《こんにゃく》など、旬とは関係なく、年中手に入るものを「時知らず」と呼ぶが、良い青物が入手できない現状では、そうしたものに頼るほかなかった。だが、そればかりではお客に申し訳ない――そんな台詞《せりふ》を、しかし政吉も澪も、決して口には出さなかった。店主の種市《たねいち》が食材を入手するために東奔西走しているのを知っていればこそだった。

乾物の蚕豆《そらまめ》は焙烙《ほうろく》でこんがり焦げ目がつくまで気長に煎《い》って、出汁《だし》と醤油《しょうゆ》を合わせた中に、じゅっと落とす。このまま半日置けば、味の沁《し》みた箸休《はしやす》めになる。天満一兆《てんまいっちょう》庵《あん》の嘉兵衛《かへえ》が、讃岐《さぬき》出身のお客から望まれて作った懐かしい味だ。

政吉はと見れば、水で戻しておいた角寒天をぎゅっと絞って、千切り始めた。通常は煮溶かして使う寒天だが、そのまま千切って酢味噌《すみそ》などで和《あ》えれば、何とも涼しげな見た目と絶妙な味わいとを愉《たの》しめる。これは政吉が考えた料理だった。

「政《まさ》さん、お澪坊、苦労かけるなぁ」

店主が萎《しお》れた口調で詫《わ》びれば、当のふたりが応《こた》えるより先に、傍らのお臼《うす》が朗らかな声を上げた。

「旦那《だんな》さん、うちのひとは昔っから、色々工夫して料理するのが得意なんですよ」

「澪ちゃんだって、そうですとも」

お臼と並んで膳《ぜん》の手入れをしていたおりょうが、軽妙に口を挟む。

「それに先月に比べれば、朝夕にお湿りもありますからね。きっとじきに良い青物も出回るようになりますって」

お運びふたりの台詞に慰めを得たのか、店主は僅《わず》かに安堵《あんど》の色を浮かべた。

「全くよう、早いことざあざあ雨が降ってくれねぇと、『三方《さんぽう》よしの日』もやれねぇままだし、俺ぁ、あの口煩《くちうるさ》い戯作者《げさくしゃ》先生に怒鳴られっぱなしになっちまう」

つる家名物「三方よしの日」は、普段酒を出さないつる家が三日、十三日、二十三日、と三のつく日に限って、七つ（午後四時）から旨い酒と旨い肴《さかな》とを供する決まりだった。それが旱魃のため、水無月《みなづき》二度目を最後に取り止めになっている。深刻な水不足が原因で商いを休む料理屋《や》も多く、つる家も昼餉《ひるげ》、夕餉ともに品薄で、「三方よしの日」どころではなかったのだ。

本当にねぇ、とりうが首から提《さ》げた入歯を弄《いじ》りながら、つくづくと洩《も》らす。

「三方よしがないと、あたしゃ生き甲斐《がい》がひとつ消えたみたいで、どうにも寂しくてなりませんよ」

老女の隣りで、料理見習いのふきが、こくこくと頷《うなず》いてみせた。

「ふきちゃん、桶《おけ》に水を張っておいてくれる」

ふきに命じて水を用意させると、澪はそこに土焼の器を全《すべ》て浸す。

貴重な水をそうした使い方をするのが不思議なのだろう、ふきは小首を傾《かし》げた。澪はそれには構わず、政吉と並んで調理台に向かう。蒟蒻は塩でよく揉《も》んでから洗い流して下茹《したゆ》でし、半寸（約一・五センチ）の厚さの小判形に切って、鹿の子《かのこ》に包丁を入れる。充分に水気を除き、熱した胡麻《ごま》油で蒟蒻の切り目が開くまで揚げた。これに甘辛く味を入れると、腹持ちのよいお菜になる。真鰯《まいわし》の塩焼きに、さっぱりと若布《わかめ》と千切り寒天の芥子《からし》酢味噌和えで、つる家の昼餉の献立が仕上がった。

水に浸けておいた器を取り出し、さっと布巾《ふきん》で拭《ぬぐ》って料理を盛り付ける。

「ふきちゃん、お膳に載せて運んでちょうだいな」

澪に命じられ、器に触れて、初めてふきは、あっ、と小さく声を出した。

秋冬に用いることの多い土ものの器だが、水に浸すと適度に水を吸い、手にした時にひんやりと冷たい。何処《どこ》もかもが乾いているからこそ、こうすれば器も料理も、またそれを食べるひともほっと涼めるのだ。澪の意図を正しく理解したのだろう、ふきは頷きながら、器を膳に移して座敷へと運んでいった。

「こいつぁ面白ぇな」

入れ込み座敷から、お客の感心したような声が聞こえている。

「蒟蒻だとは思うんだが、一体何て料理だい」

「鮑《あわび》蒟蒻ってんですよ」

朗らかに応えているのは、おりょうだった。

「嚙《か》んだ味わいが鮑に似てるから、そう言うんだそうです」

お運びの説明に、座敷がわっと沸いた。

「鮑なんざ、俺ぁ食ったことがねぇよ」

「帰ったら、鮑を食ったと自慢できるぜ」

良い齢をした男たちが、お菜ひとつで活気づいている。

間仕切りからその様子を覗《のぞ》き見て、ろくな青物がなくても今日も何とか切り抜けることが出来そうだ、と澪は細く息を吐いた。本来ならそんな心がけで料理をしたくないのだけれど、と僅かに疼《うず》く胸を押さえて調理台へと戻る。

「魚があるだけまだ良いぜ」

澪の胸の内を見抜いたのか、包丁で鰯の鱗《うろこ》を外しつつ、政吉がぼそりと呟いた。

井戸から汲《く》み上げる上水は、旱魃のためにやはり臭《にお》う。大事に使おうにも、飯を炊いたり汁を作ったりするのには向かなかった。幸いなことに、この辺りの湧水は涸《か》れておらず、つる家では交代で頻繁に湧水をもらい受けに行くことで凌《しの》いだ。

「あら」

世継稲荷《よつぎいなり》からの帰り、水桶を手にしたまま、澪はふと足を止めた。

俎橋の中ほどに、見覚えのあるふたりが佇《たたず》んでいる。

青藤《あおふじ》の単衣《ひとえ》姿は坂村堂嘉久《さかむらどうかきゆう》、白地に薄茶の三筋《みすじ》格子は戯作者の清右衛門《せいえもん》に違いなかった。橋を渡る通行人らは気味悪そうに視線を投げて、ふたりを避けるように足早に過ぎていく。

つぶさに見れば、坂村堂と清右衛門は串《くし》に刺した蒟蒻を黙々と食べていたのである。澪に気付いた坂村堂は、慌てて蒟蒻が喉《のど》に詰まったのか、握り拳《こぶし》で胸をとんとんと叩《たた》き始めた。清右衛門はといえば、恐ろしい顔で娘を睨《にら》んだまま、親の仇《かたき》を討つ勢いで串刺しの蒟蒻を食べ進めている。

「何かの呪《まじな》いですかねえ、あれは」

俎橋の異変に気付いたのだろう、りうが澪の傍らに来て、そっと耳打ちをした。呪い、と繰り返して、澪ははっと老女を見た。思い当たることがあったのだ。

「まさか、澪さんに見られているとは思いませんでした」

つる家の調理場の板敷に腰かけて、りうに淹《い》れてもらったお茶を啜《すす》り、坂村堂は照れたように笑った。その隣りで清右衛門は不機嫌そうに腕を組んでいる。

「けどよぅ、一体どうして蒟蒻なんかを」

言葉を途中で切って、いけねぇいけねぇ、と種市は片手を頭に置いた。

「答えなくて良いですぜ、坂村堂の旦那」

以前、伊佐三《いさぞう》の願掛けを皆でよってたかって白状させた苦い思い出があるからか、種市は問いを引っ込める。

しかし、坂村堂はにこにこと笑みを浮かべたまま、こう返答した。

「嘘《うそ》かまことか、大坂には、庚辰《こうしん》の日に北を向いて立ったまま黙々と蒟蒻を食すと願い事が叶《かな》う、という呪いがあるのだとか」

庚辰、と呟いて、種市は柱の暦を確かめる。

「確かに今日は庚辰に違いねぇや。一体、どんな願掛けを……おっと、言わねぇで良いですぜ」

片手で拝む仕草をみせる店主に、坂村堂は、いえいえ、と湯飲みを傍らに置いた。

「清右衛門先生も私も、大雨のお出ましを願ったんですよ。何せ、あの吉原《よしわら》までもが引移りを延期するほどの旱魃でしたからねぇ」

大見世《みせ》から小見世までとうに建て替えは済んでいるのに、と版元は頭を振った。

「雨乞いはわかりますが、蒟蒻をねぇ」

りうが歯のない口を窄《すぼ》めて、澪を見る。

「あたしゃ、この齢まで色んな呪いを試してきましたがねぇ、蒟蒻を食べるだなんて、そんな呪いは初めてですよ。澪さん、大坂じゃあ皆、試してるんですか？」

老女から問われて、澪は両の眉を下げた。

「四天王寺さんの『北向き蒟蒻』のことかと思いますが、私もそれほどよくは知らないのです。串に刺した蒟蒻の田楽を、北を向いて食べると頭痛が治る……だったか、盗みに遭わない……だったか、運が強くなる……だったか。ただ……その……」

「じれったいねぇ、澪ちゃん」

隅に控えていたおりょうが声を上げた。

「一体何に効くのさ。もし本当に願いが叶って雨が降るんなら、あたしゃ今から死ぬほど蒟蒻を食っちまうよ」

「おりょうさんがそうするなら、私も死ぬ気で付き合いますとも」

お臼が大きな身体《からだ》を揺すって胸をどん、と叩いた。今にも飛び出して行きかねないふたりのことを、澪は必死で制止する。

「違います、違うんです」

皆が見守る中、澪は身を縮めて詫びた。

「北向き蒟蒻は庚辰《かのえたつ》ではなくて、庚申《かのえさる》の日にするものなんです」

「この大馬鹿者」

いきなり戯作者の怒声が飛んで、種市とりうとがひゃっと首を竦《すく》める。

清右衛門は憤然《ふんぜん》と立ち上がると澪をひと睨《にら》みして吼《ほ》えた。

「左様なことは百も承知。次の庚申まで待ったなら、江戸は干からびてしまうわ」


たとえ日にちを誤った呪いといえども、偏屈な戯作者の願いが神仏に届いたのか、翌日から激しい夕立が連日、江戸の街を見舞った。からからに乾いていた地面は土の色を取り戻し、雑草も緑の葉を伸ばし始める。ひとも街も久々に息を吹き返して、水位を増した飯田《いいだ》川に棹《さお》を差す船頭たちの表情もとても明るい。舟の動いたあとの波立った水面《みなも》に朝の陽射しが宿り、煌《きら》びやかに光を放つ。

俎橋の欄干に手を置いて、その様子を澪はじっと見守っていた。

水ほど貴重なものはなく、また、水ほど厄介なものはない。多過ぎても、逆に少な過ぎても、ひとの命に関《かか》わるのだ。

十五年前の洪水で両親を喪《うしな》い、水の恐ろしさは骨身に沁みている。その一方で、料理人として大量の水を必要とする身。水脈《みお》という意味を持つ名前を両親から与えられたことからして、自身の生涯は水と切り離せないものなのかも知れない。

考え込む澪の脇を、一挺《ちょう》の宝泉寺《ほうせんじ》駕籠《かご》が通り過ぎようとした。

「おお、やはり」

聞き覚えのある声に澪が振り返ると、駕籠の窓を覆っていた簾《すだれ》が内側から乱暴に捲《まく》り上げられて、乗っていた人物が禿頭《とくとう》を覗かせた。

まあ、と澪は声を洩らした。吉原廓《ぐるわ》翁屋《おきなや》の楼主、伝右衛門《でんえもん》だったのである。

「こんな朝早くに吉原から駕籠を付けるだなんて、一体何事ですかねえ」

おりょうが気味悪そうに座敷を覗いている。お臼やふきも座敷の掃除を早々に切り上げて、調理場に控えていた。

「楼主自らここへ乗り込んでくるんだから、何かよっぽど込み入った話だろうよ」

お澪坊、今日は抜けて良いぜ、と種市は澪に命じた。

「そうさせてもらいな。こっちは俺に任せてくれりゃあ良い」

茗荷を刻む手を止めずに、政吉も言い添える。

済みません、と澪は皆に頭を下げて、入れ込み座敷へと向かった。

「ひとつ、お前さんに頼みごとがありましてね。こうして自ら出向いたわけです」

澪が座るなり、伝右衛門は身を乗り出して声を低める。

楼主に会うのは春以来だが、焼け太り、という言葉が脳裡《のうり》を過《よぎ》るほどに、また少し体が厚みを増している。禿頭から流れる汗がたっぷりした頰《ほお》をなぞり、弛《たる》んだ顎《あご》を伝い落ちて、上質の葛布《くずふ》にしみを作った。

間仕切りの向こうでつる家の店主や奉公人たちが聞き耳を立てているのを承知してか、伝右衛門はじりじりと膝行《しっこう》して澪との距離を縮めてから話を切り出した。

「今夏の旱魃を慮《おもんぱか》り、翁屋が吉原へ戻るのが遅れに遅れていたけれど、この度、漸く引移りの日にちが決まったのだよ」

間仕切り越し、ごくりと唾《つば》を飲み込む音をさせているのは、店主の種市に違いない。

翁屋が吉原に戻る日を境に、つる家を出ていくこと——それが店主と料理人との間で交わされていた約束だった。

澪は膝《ひざ》に置いた手をきゅっと拳に握り、心を落ち着かせる。

「それは何時《いつ》でしょうか」

「長月《ながつき》九日、重陽《ちょうよう》ですよ」

紋日で縁起も良いから、と伝右衛門は畳んだ手拭いで流れ落ちる汗を拭った。

「昼までに引移りを済ませ、夜を商い始めとするのだが、その折りに是非とも鼈甲珠《べっこうだま》を出したいのだ」

新しい翁屋で、夏の間は扱いのなかった鼈甲珠を売りたい、と伝右衛門は一気に言って、探るような眼差《まなざ》しで澪を見た。

今年の弥生《やよい》に吉原で鼈甲珠を売りだしたあと、澪は伝右衛門に請われて卯月《うづき》末まで翁屋に鼈甲珠を卸していた。だが、以降は商いを控えている。鼈甲珠の卵黄は火を通していないため、食あたりを懸念してのことだった。

「長月九日……」

澪は繰り返し、天井に目を向けて暫《しば》し思案する。味醂《みりん》を搾る時期には少し早いように思うが、留吉《とめきち》に文を出して確かめねばならない。

澪の沈黙があまりに長く感じたのか、楼主は掌《てのひら》を擦り合わせて、猫なで声を出す。

「新しい翁屋の商い始めだ。どうしても鼈甲珠を用意してほしい。そのためなら卸値に少しばかり色を付けても良いのだよ」

強欲な忘八《ぼうはち》とも思えぬ台詞を口にして、伝右衛門は軽く咳払《せきばら》いをした。

残りひと月足らずで、澪はつる家を出るのだ。心づもりをしていたはずが、背筋がうっすらと冷えて、僅かに身が震える。

丁度その時、出汁の香りが流れてきた。鰹《かつお》のきりりと引き締まった香りと、昆布のふんわりと優しい香り。政吉が澪の遣《や》り方で出汁を引いてくれているのだ。鼻から深く息を吸い込み、すっと背筋を伸ばす。怯《おび》えは静かに澪から去った。

「全く、お前さんには呆《あき》れるばかりだ」

送られて外に出た伝右衛門は、承服できかねる、と言わんばかりに首を振っている。

「銭儲《ぜにもう》けに興味があるのか、と思ったが、卸値に色を付けてもなびかぬとは……」

材料にこぼれ梅を用いていることは伏せてある。その調達に難航するだろうことを考えて、返答に猶予をもらった澪だった。

伝右衛門を乗せた駕籠が俎橋を渡り、今川小路の方へと消えていく。橋の袂《たもと》で暫く見送ったあと、つる家へと戻りかけて、ふと歩みを止めた。

鼈甲珠を用意できるか否かはさておいて、重陽に澪がつる家を去ることは決まったのだ。つる家を退いたあと、暮らしをどうするのかは、以前よりずっと考えていたことだった。何処か別の店で奉公するなら、つる家を出る意味はない。かといって、新たに澪自身が料理屋を持つとすれば、準備のためにかなりまとまったお代《あし》が必要になる。それを避けるには、屋台見世か振売りかを選ぶよりない。まずは手作りのお菜から始めようと思っていた。しかし、お菜を作って商うにしても、まずは住むところを決めるのが先だわ、と澪は考え込んだ。

鼈甲珠を作るのに大層な調理場は必要ないけれど、裏店《うらだな》では手狭で、色々な料理を作るのに不自由するだろう。だが、裏店よりも広いところとなると、店賃も高くつく。あさひ太夫《たゆう》の身請け銭、四千両。卸値ひとつ百六十文の鼈甲珠を十万個以上売らねば弾《はじ》きだせない数字なのだ。自身にかける銭は一文でも惜しい。どうしたものだろうか、と視線を上げた先に、一軒の古い店があった。

もともとは蕎麦《そば》屋で、そこがぼや騒動を起こしたために、元飯田町で飲食を供する店での火の扱いが制限されて、澪たちも大変な思いをしたことがあった。蕎麦屋一家は夜逃げをし、そののち何代か食べ物を扱う者が続いたが、いずれも上手《うま》くいかなかった。そうした験《げん》の悪さが噂《うわさ》となり、「貸し家」の紙が貼《は》られたままになっている。家はひとが住まないと却って傷むので、家主は店賃を下げてでも貸したがるものだ、と聞いたことがあった。ここを借りられたなら、屋台見世や振売りをせずとも、床几《しょうぎ》に持ち帰りのお菜を並べて売ることも出来るのではなかろうか。

澪は清右衛門がこの辺りの差配をしていることを思い出す。もしかするとこの店も、と思いついた途端、足は勝手に地面を蹴《け》って中坂を目指していた。

「澪さん、澪さんじゃなくて」

十間《けん》（約十八メートル）ほどの幅の中坂、その南側を急ぐ澪のことを、呼び止める声がした。声の方を見れば、北側に面した間口の狭い店から、黄八丈《きはちじょう》を纏《まと》った若い女がこちらを覗いている。胸に赤子を抱いていた。

「美緒《みお》さん」

澪は友の名を呼んで、通りを大急ぎで横切った。

「美咲《みさき》ちゃん、良い子にしてるの？」

赤子の顔を覗き込めば、よく眠っている。眠りを妨げないように気を付けて、そっと頬を寄せれば、甘い乳の香りがした。

小さな指に生えた小さな小さな爪《つめ》にそっと触れて、澪はうっとりと呟いた。

「この間よりまた大きくなったみたい」

「そうなの。首も据わるようになったのよ」

澪さんの芋茎《ずいき》料理のお蔭《かげ》でお乳もたっぷり出るようになったから、と美緒は目を細めて笑った。

「美緒さん、一体どうしたの、こんなところで」

何の調度類もないがらんとした店内を見回して、澪は声を落とす。失火により伊勢《いせ》屋《や》は過料と所払いの罰を受けて、美緒たち一家は以後ずっと神田永富町にある坂村堂宅に身を寄せていたのだ。

赤子を抱いた美緒がひとりでここに居ることが解せずに、澪は首を捻《ひね》る。

「色々あったけれども、漸く銭両替商の鑑札をもらうことが出来て、爽助《そうすけ》がここで店を開くことになったの。先に掃除だけでもしておこうと思って」

美緒はそう言って、部屋の隅に置かれた手桶と手拭いとを目で示した。

四、五日うちには一家で引っ越す予定だと聞いて、澪はぱんと両手を打つ。

美緒にすれば、いくら気心が知れているとはいえ、赤の他人の情に縋《すが》って何時までも身を寄せることは気詰まりだろう。また爽助にしても、一家を養っていける基盤がなければ、人生の見通しが立たない。

良かった、と澪は深く安堵の息を吐いた。

もとの伊勢屋は本両替商の大店だった。それとは比べようもないけれど、鑑札を得て商いが出来る、というのは何よりの吉祥だ。

「小女《こおんな》をひとり、坂村堂さんがお世話してくださるのだけれど、食事の仕度も洗い物も、出来るだけ私の手でしようと思うの」

まるで自信がないのだけど、と笑ったあと、美緒はきゅっと表情を引き締めた。

「これまで父は商いの上で色んなひとに慈悲をかけたはずよ。でも、今度のことでは誰も助けてはくれなかった、ただふたりを除いては……。坂村堂さんと、それに」

美緒はすっと視線を通りの南側へと向ける。丁度、戯作者清右衛門宅の方角だった。

「ここを見つけてくれたのは、清右衛門先生なのよ」

「えっ」

澪は思わず声を上げ、友を見た。

美緒は美咲を深く抱き、こっくりと頷いた。

「私や爽助の前には決して姿を見せないけれど、家主と店賃の交渉までしてくださって……。どう恩に報いて良いかわからないの」

坂村堂を介して、殊勝な馬鹿娘など虫唾《むしず》が走る、今後もその小生意気な態度を崩すことはならぬ、との伝言を受け取った、とのこと。

「まあ」

呆《あき》れてみせて、澪は美緒と声を揃《そろ》えて笑った。その実、清右衛門らしい心遣いに目の奥がじんわりと温かくなる。

突然の大きな笑い声に美咲が驚いて泣きだし、友との会話は打ち切られた。

「美緒さん、何か私に出来ることはない？」

別れ際、澪の申し出に、そうねぇ、と美緒は考え込む。

「両親の、ことに父の食が進まなくて。あれこれ勧めているのだけど、駄目なのよ」

滋養があって食の進むものを教えてもらえるかしら、との頼みに、澪は頷いた。

「あら、澪さん、中坂に何か用があったのではなくて？」

店を出て坂を下り始めた澪に、美緒は慌てて尋ねた。

良いの、と応えて澪は笑みを零す。

清右衛門は美緒に充分なことをしてくれた。これ以上のことは望むべくもない。こちらのことは、清右衛門を煩わせずに自分で何とかしてみよう。中坂を駆け下りながら、澪は家主と直談判《じかだんぱん》しようと決めていた。


葉月二十三日、早朝。

彼岸を過ぎて漸く酷暑は去り、飯田川土手の草木が息を吹き返して、円い露を抱くようになった。どうやって旱魃を生き延びたのか、気付くと葉陰から虫の音が聞こえている。

浅蜊《あさり》ぃ、浅蜊ぃ

「秋浅蜊ぃ、旨い旨い」

まだ幼さの残る声を張り上げて、棒手振《ぼてふ》りが俎橋を行く。

目で耳で季節の移ろいを感じつつ九段坂を行くひとびとは、つる家の表格子の貼り紙に気付くと揃って足を止めた。まだ墨が濡《ぬ》れているが、そこに「三方よしの日」と書かれているのを認めると、わっと歓声を上げる。

「やっとか」

「やっとだな」

見知らぬ者同士がそんな短い会話を交わして、弾むような足取りでそれぞれの仕事へと散っていく。りうは曲がった腰を伸ばして、その様子を眺めていた。

「ああ、嬉《うれ》しいこと。あたしの生き甲斐《がい》が帰ってきましたよ」

浅蜊を買って戻った料理人を捉まえて、老いた下足番は上機嫌だ。

「澪さん、今日の肴は何なんです？　今から聞いておいて、呼び声を考えないと」

あたしの美声でひとりでも多くのお客さんに暖簾を潜《くぐ》って頂かないとねえ、とりうは歯のない口を全開にしてみせた。

青物の良いのがやっと出回るようになり、つる家の調理場にも色艶の良い茄子や冬瓜、それにしめじや椎茸《しいたけ》などが並んでいる。

「こいつぁ、茶筅《ちゃせん》煮にしても構わねぇか」

調理場に戻った澪に、政吉が茄子を手に問いかける。澪がにこやかに頷くと、政吉は包丁で縦にすっすっと切り込みを入れ始めた。澪は塩水を張った桶に浅蜊の入った笊《ざる》を沈め、砂出しのため、包丁の刃を浸ける。

「今夜五つ（午後八時）過ぎ、一柳《いちりゅう》の旦那とご寮《りょん》さん……女将《おかみ》さんがうちに見えるぜ」

種市がそろりと澪の傍らに来て、改まった口調で告げる。

「さっき、一柳から使いが来たんだ。お澪坊と俺とに話があるんだと」

「澪ちゃん、いよいよなんじゃないかい」

おりょうが声を上ずらせれば、

「きっとそうですよ、いよいよですよ」

と、お臼も大きな身体を揺すってみせる。政吉は女房の様子を見て、目もとを和らげた。ふきはふきで、寂しさを悟られないためか、先刻から蹲《うずくま》って鍋を磨いている。

つる家の店主も奉公人たちも、澪がつる家を出たあと、一柳へ入るものと信じて疑わないのだろう。澪は胸の疼きを堪えて襷《たすき》に手をかける。皐月からの旱魃でそれどころではなかったけれど、これを機にきちんと自身の口から決意したことを話しておかねば――澪は襷を解き、再度かけ直してきゅっと力を込めて結んだ。

その日の三方よしで、つる家は今秋初めての燗酒《かんざけ》を供した。乾きと酷暑とを乗り越えた身に、ごく温《ぬる》めに燗をした酒は優しく効く。浅蜊の剝《む》き身としめじ、それに豆腐を出汁で煮含め、とろりと葛を引いた一品。また、海老《えび》をすり身にして、椎茸の裏にたっぷりと塗り、衣を付けて揚げた陣笠《じんがさ》揚げは、澪が手がけた。茶筅煮は政吉の作ったものだ。茄子を茶筅に見立てて包丁を入れ、少し甘めに炊き、仕上げに砕いた胡椒《こしょう》を加える。味醂の甘さを胡椒が引き締め、何とも味わい深い。

「この店は末恐ろしいぜ」

きゅっと盃を干したお客が、溜息とともにこう洩らす。

「酒の手は昔から同じなんだろうが、その日の料理に憎いほど合う燗がつけてある」

ああ、と同意を唱える声が調理場まで届いて、酢の物を和えていた澪の手を止めさせた。政吉はそれには気付かず、田楽味噌を丁寧に練り上げている。

酒は燗のつけ方ひとつで味わいが変わる。酒を嗜《たしな》まない澪はそれを知らなかったが、やはりつる家のお客らはちゃんと気付いているのだ。そのため、三方よしでは酒の注文が途切れることはなく、店としての実入りも格段に良い。

つる家の料理は利が薄く、数を出すことで採算を図っているのだが、三方よしがこのまま続けば大分と息がつけるだろう。

良かった、と澪は政吉の横顔を頼もしげに見守った。

六つ半（午後七時）を過ぎると、入れ込み座敷のお客が少しずつ引き始める。二階座敷の武家のお客も、お臼に見送られて上機嫌で帰っていく。

暖簾を終《しま》う刻限が近付いていた。

「澪姉さん」

井戸に水を汲みにいっていたふきが、勝手口から小さな声で澪を呼んだ。首を捩《ね》じってふきを見れば、闇《やみ》の中、少女の後ろに誰かが立っている様子だった。

提灯《ちょうちん》に記された店名に目を留めて、澪は菜箸を放して勝手口へと駆け寄る。

髪には、大粒の珊瑚《さんご》のひとつ玉。裾《すそ》に薄《すすき》と桔梗《ききよう》をあしらった銀鼠《ぎんねず》色の紬《つむぎ》がよく映る、美しいひと。「一柳」と書かれた提灯を手にしたそのひとが、柔らかな笑みを浮かべて澪に両の腕を差し伸べる。

「ご寮さん」

澪は遠慮がちにその腕に触れ、懐かしい名を呼んだ。

土間伝いにりうが調理場を覗いて声を上げる。

「まあまあ、何ですねえ、ご寮さん、じゃなかった一柳の女将さん、こんなところから。旦那さんはちゃんと入口から座敷へ上がられましたよ」

もうつる家のお運びじゃないんですからね、と老女は口を窄めてみせた。

ほほほ、と芳《よし》は柔らかく笑い、

「調理場の方が居心地がええんだす。今からでもお膳運ばせて頂きとうおます」

と、応えた。

座敷では、一柳の店主柳吾《りゅうご》が残り少なくなったお客らと歓談しつつ、寛《くつろ》いだ様子で盃を口にしている。種市はちゃっかり隣りに座り込み、お相伴に与《あずか》っていた。

「相済みません、随分とお待たせしちまって」

暖簾を終い、後片付けを政吉やお臼たちに委《ゆだ》ねて澪が座敷に現れると、種市は仄《ほの》かに酔いの回った口調で柳吾と芳に詫びた。一柳の店主夫妻は互いの視線を絡めあい、軽く頷き合うと、まずは柳吾が話を切り出した。

「今夏は旱魃で水の工面に明け暮れたこともあり、今になってしまいましたが」

柳吾は浅く息を吸い、一気に続ける。

「そろそろ澪さんを一柳で預からせて頂きたい。私の持てるものを全て教えて、後世に名を残す料理人として育てたいのです」

「つる家の旦那さん、何とぞお願い申します」

夫の言葉に添えて、芳は種市に深く一礼した。

種市はもうそれだけで感極まったのか、洟《はな》をぐずぐず言わせながら、顔を上げてくんなよ、ご寮さん、と瞼《まぶた》を擦《こす》った。

「俺ぁ、端《はな》っからお澪坊には一柳のような料理屋が相応《ふさわ》しいと思っていたんですぜ。ちょいとわけがあって、重陽の日まではうちで働いてもらいますが、それを境に一柳で仕込んでやっておくんなせぇまし」

それで良いな、お澪坊、と種市から促されて、澪は畳に両の手をついた。額を畳に擦り付けて、震える声を放つ。

「お許しくださいませ。そのお話、お受けできません」

一瞬にして、座敷が凍りついた。

三人は息を呑《の》んだまま、互いを見合う。

「お澪坊、そいつぁ一体」

どういうことか、と呻《うめ》く種市を押しのけ、芳は膝行して娘に縋《すが》った。

「何でだす、澪。旦那さんのお気持ちの、一体何処がお前《ま》はんには不服だすのや」

図らずも強い力で肩を摑《つか》まれ揺さ振られて、澪は思わず芳の腕を捉えた。

「そんな、滅相もない」

違うんだす、ご寮さん、と澪は必死で言い募った。

「芳、落ち着きなさい」

柳吾の有無を言わさぬ声に、芳ははっと夫を見た。そうして、取り乱したことを恥じるように澪の両肩から手を放した。

暫くは誰も口を利かず、重い沈黙が座敷を覆った。

最初に動いたのは柳吾で、徐《おもむろ》に両の手を腿《もも》に置くと、澪さん、と呼びかける。

「話してもらえるだろうか。あなたが今、何を考えているのかを、私たちにもわかるように。

「つる家に残りたい、いうことだすか？」

一柳へ来ないで、このあと一体どうするつもりなのかを」

澪の気持ちを忖度《そんたく》して、芳は声を落とした。

いいえ、と澪は頭を振り、意を決して切り出した。

「飯田川沿いの貸し家を借りる算段を整えました。重陽の日にそちらに移って、そこで鼈甲珠を作り、まずは持ち帰りのお菜などを商うつもりです」

かつてぼやを出し、空き家になっていたところを家主と掛け合って店賃を負けてもらった、と聞き、種市は眼を剝いた。

「何だってそんな験の悪い店を……」

つる家にも残らず、一柳にも行かない。そういう道を澪が選ぶとは、誰も思いもしなかったのだろう。間仕切りからお臼やふきたちが不安げにこちらを覗いている。

柳吾は黙って、両の目を閉じた。

一柳の旦那さん、と呼びかけて、澪は居住まいを正す。

「どのような料理人を目指すのか。どんな料理を作ることを願うのか。よく見据えること——旦那さんからそう言われて、ずっとそのことについて考えてきました」

柳吾から芳、そして種市へと視線を廻《めぐ》らせてから再度、畳に両の手を置いた。

「食は、人の天なり——あるかたに教わったその言葉が私にとっての全てです」

食は人の天、と低い声で繰り返し、芳は澪をじっと見つめている。

もとは天満一兆庵の嘉兵衛《かへえ》、今は一柳の柳吾、ふたりの名料理人に嫁いだ身の芳ならばこそ、澪の今後の身の振り方を誰よりも深く考えていてくれたに違いない。

澪は、そんな芳に自身の気持ちを伝えるべく、はい、と深く頷いてみせた。

「口から摂るものだけが、ひとの身体を作ります。つまり、料理はひとの命を支える最も大切なものです。だからこそ、贅《ぜい》を尽くした特別なものではなく、食べるひとの心と身体を日々健やかに保ち得る料理を、私は作り続けていきたい。医師が患者に、母が子に、健やかであれと願う、そうした心を持って料理に向かいたいのです」

娘の言葉にじっと耳を傾けていた柳吾が、ぱっと双眸《そうぼう》を見開いた。

「後世に名を残すことを望まないと？」

「望みません」

澪は静かに、しかしきっぱりと答える。

「残すならば、名前ではなく料理でありたい。私の考えた料理に、のちにまた別の料理人たちの手が加えられてずっと残っていくとしたら、多くのひとの命を支える糧になれるとしたら、それこそ本望です」

どうかお許しください、と結んで、澪は三人に向かって深々と頭を下げた。

柳吾はそれには応えず、すっと立ち上がり、座敷を出ていく。

「旦那さん、待っておくれやす」

狼狽《うろた》えた芳がよろめく足で追った。種市も慌ててあとに続く。澪はただひたすら頭を下げ続けるばかりだった。

ぱたぱた、と屋根を打つ雨の音がしている。眠れないまま部屋を抜け出して、闇の中を手探りで階下へと進む。ごく自然に、澪の足は調理場へと向かった。内所の襖《ふすま》は半分開いたままで、調理場から薄い明かりが洩れている。

板敷に腰かけていた種市が、澪を認めて長閑《のどか》に問う。湯飲みの酒が残り少なくなっていた。澪は傍らに置かれたちろりを手にして、中身を店主の湯飲みに注《つ》いだ。ありがとよ、と口もとを綻《ほころ》ばせ、種市は身体をずらす。広く開いた場所を目で示され、澪は遠慮がちに浅く腰を掛けた。

「眠れねぇのかい」

「旦那さん、私……」

そのあとの言葉を探しあぐねて、澪は俯《うつむ》いた。

そんな娘の膝を、種市は空いた方の手でぽんぽん、と軽く叩く。

「実にあのひとらしい――一柳の旦那がね、そう話してらしたぜ」

その声に、澪は顔を上げて、店主の横顔に目を注いだ。種市は湯飲みに口を付けると中身を一気に干して、満足そうに息を洩らし、手の甲でぐいっと唇を拭った。

「安心しな、お澪坊。一柳のふたりも、それに俺も、お澪坊の選んだ道につくづくと得心がいったのさ。『食は、人の天なり』、そんな心構えで包丁を握ることの出来る料理人なんざ、滅多といねぇよ。無理矢理に己の道に引っ張り込むような真似《まね》をしたら罰があたる」

慈愛に満ちた言葉が胸を打ち、澪の視界が潤んだ。種市はもう一度、ぽんぽん、と澪の膝を優しく叩いて、言葉を続ける。

「女将さん、否、俺たちにとっちゃやっぱりご寮さんだな、ご寮さんが帰り際に言ってたぜ。これまでも、そしてこれからも、お澪坊の作る蓮《はす》の実のお粥《かゆ》が一番の好物だ、ってね」

それは、芳の身体を健やかにしたい一心で作った料理だった。母とも慕う芳の願いを踏み躙《にじ》った身。芳の言葉の奥に赦しを得て、澪は堪らず顔を覆った。

「父から話は聞きました」

他にお客の姿のない入れ込み座敷で、坂村堂が項垂《うなだ》れた。

今年初めての秋刀魚《さんま》の塩焼きが、軽く絞った大根おろしを添えられて膳に載っている。焼き立て熱々で、焦げた皮が芳《こう》ばしい香りを放つが、版元は箸を取る気配もない。

「私はてっきり、澪さんが佐兵衛《さへえ》さんとともに一柳へ入り、店を盛り立ててくださるものとばかり思っていました」

「申し訳ありません」

土瓶を手にしたまま、澪は頭を下げる。

同席の戯作者が、ふん、と大きく鼻を鳴らした。こちらもあまり箸が進んでいない。

か」

「一柳がどうなろうと興味はない。それよりも、わしの嫌いな塩秋刀魚を何とかせぬ

あらまあ、と隅に控えていたおりょうが声を上げる。

「清右衛門先生は、塩秋刀魚がお嫌いでしたか」

それには応えず、戯作者はさも不愉快そうに乱暴に膳を押しやった。

「以前、愚かな料理人が武家奉公云々《うんぬん》を言い出した時も塩秋刀魚だった。この店で塩秋刀魚が出る時は、全くろくでもない」

良いか、と清右衛門は傍らの料理人を睨む。

「お前の勝手でその料理が食えなくなるのだ、腹立たしいこと、この上ないわ」

ああ、そいつぁ、とそれまで亀の如《ごと》く首を縮めていた種市が、澪と戯作者の間に割って入った。

「お澪坊は確かにここを出て、別の借家で暮らすことになりますが、夜の間だけでも通いでうちの調理場を助けてくんな、と口説き落としました」

持ち帰りのお菜を作って商うつもりだ、という澪の考えを聞いて、それならさほど忙しくならないだろうし、今少しつる家を手伝ってくれ、と頼み込んだ種市だった。

「いずれ政さんに調理場を任せるとして、今はまだお澪坊の料理を楽しみにしている

お客も多いんでね。お澪坊にも刻をかけて遣り遂げるべきことがある。だったら、何もかも一気に変えてしまうよりは、ってあっしの願いを聞き届けてくれたんでさぁ」

店主の台詞を聞いて、清右衛門はふん、と鼻を鳴らし、膳を引き戻す。

実は空腹だったのだろう、白飯に解《ほぐ》した秋刀魚を載せると、大変な勢いで食べ始めた。戯作者の様子に、坂村堂も釣られて、箸を取った。

「ところで、父から聞いて、ずっと疑問に思っていることですが」

左手で泥鰌髭《どじょうひげ》を撫《な》で、坂村堂は首を捻る。

「鼈甲珠の商いで澪さんが叶えたい心願というのは、一体何なのでしょうねぇ」

途端、げほげほと清右衛門が激しく咽《むせ》た。

里芋はいつもよりも少し甘く味を入れる。鯊《はぜ》の天麩羅《てんぷら》には素揚げの銀杏《ぎんなん》を添えて。鰯の辛煮。そして栗ご飯。彩りよく二段の重に詰め、紙に包んだ胡麻塩《ごましお》を蓋《ふた》の上に置いて、風呂敷《ふろしき》に包む。さらには、それらの料理の作り方を丁寧に綴った文も添える。

世に料理書は多く出回っているけれど、いずれも記述は大まかで、詳細な分量や作り方が示されているわけでは決してない。美緒ひとりで料理できるように、と事細かく文に認めた。それらを胸に抱えて、すぐに戻ります、と澪は店主と政吉に告げた。

「引っ越しから十日は過ぎたな」

傍らの暦を眺めて、種市は指を折る。

「伊勢屋の弁天様もまだ落ち着かねぇだろうが、お澪坊の顔を見りゃあ元気になる」

宜《よろ》しく言ってくんな、と送り出されて、澪は店をあとにした。

飯田川沿いを行けば、川風が肌に冷たい。澪は風呂敷包みを抱え込んで身を縮めた。暑い暑い、と苦しんだのが嘘《うそ》のようだった。

空の低いところを赤蜻蛉《あかとんぼ》が群れて、川を挟んだ武家屋敷の桜や梅の樹々《きぎ》に紅葉の兆しがあった。寒露も過ぎて、明日から長月《ながつき》。着物も単衣から袷《あわせ》になる。季節の移ろいを身に刻んで、澪は中坂の新店へ向かう。

店の入口には銭両替商「伊勢屋」の看板と、真新しい暖簾が掛けられていた。表に天秤棒《てんびんぼう》と籠が置かれたままになっているのを見れば、棒手振りのお客が中に居るのだろう。澪は路地から勝手口に回った。

手拭いを頭に被《かぶ》り、襷がけをした女が、こちらに背中を向けて一心に床に雑巾《ぞうきん》を掛けている。裸足の踵《かかと》は赤くひび割れ、痛そうだ。坂村堂が寄越した小女だろう、と見当をつけて、澪は案内を請おうとした。その気配を感じたのか、女は振り返った。

刹那《せつな》、澪は息を呑む。

「美緒さん」

小女ではなく、美緒そのひとだったのだ。

「澪さん、来てくれたの」

棒立ちになっている澪のもとへ、美緒は駆け寄った。

随分とやつれて、疲れきってみえる。風呂敷を持つ澪の手に重ねられた掌は荒れてがさがさしていた。動揺を押し殺し、澪は、

「これ、皆さんで夕餉に」

と、風呂敷を外して重箱を手渡す。

「ありがとう、見ても良いかしら」

美緒はそう断って、重箱の蓋を外した。色とりどりのお菜を見て、美味しそうねぇ、と歓声を上げる。

そっと視線を巡らせば、板敷の隅に座布団が置かれ、そこに美咲が寝かされているが、小女も、それに美緒の母親の姿もなかった。

「美緒さんだけ？　奥を手伝う誰かは……」

澪の問いかけに、美緒は小さく頭を振る。

聞けば、美緒の母は生家に戻って静養することになり、小女に送らせているのだと

いう。赤子を抱える娘を残して、母親が生家に戻る——その事実が澪を混乱させる。

黙り込む澪の横顔を見て、美緒は小さく吐息をついた。

「母の里は品川宿の大きな呉服商で、祖父母も健在だから、肩身は狭くても、そう辛《つら》い目には遭わないわ。火事からあと、母は泣いてばかりだし、様子を見に来た祖父から申し出があったの。母に元気になってもらうには多分、そうするのが一番なのよ」

母にはここでの暮らしは無理なの、と美緒は無理にも笑い、その笑顔はしかし、すぐに崩れた。双眸は潤み、結んだ唇が戦慄《わなな》く。

澪はそっと手を差し伸べて、友の背を撫でた。

澪さん、と美緒は小さく呼んで、

「私、奥の仕事がこんなに大変だなんて知らなくて……美咲はよく泣くし……」

と、声を震わせて、唇を両の掌で覆った。

双眸に盛り上がる涙はほどなく頬を伝い落ちた。堰《せき》を切ったように涙が溢《あふ》れて止まらない。大切な友の背を、澪は黙って撫で続けた。

「澪さん、ありがとう。お重は夕餉に頂くわ」

澪を見送りがてら外へ出て、美緒は二階に目を向けると、父も喜ぶわ、と微笑《ほほえ》んだ。泣くだけ泣いて、少し救われたようだった。

「美緒さん、無理は禁物よ」

荒れた友の手をぎゅっと握り、澪はまた来るわね、と告げる。

目を覚ましたのだろう、家の中で美咲の泣き声がして、美緒は慌てて戻った。

伊勢屋の方を振り返り、振り返り、澪は中坂を下る。

きっと美緒は爽助の前では泣かないのだろう。再建を誓って仕事に励む爽助に心配をかけぬよう、気丈に振る舞っているに違いない。そんな美緒に何か元気になれるような料理を作って届けたい、澪は心底そう思った。大店の娘として贅を尽くした料理を食べてきた美緒に、どんなものを作れば良いだろうか。

考えがまとまらないまま、飯田川沿いを歩き、九段下へと差しかかる。つる家の方に足を向けた時、少し先の牛ヶ淵の葛の葉が瞳に映った。

可憐な花を咲かせたあと、葉が黄色になるまでまだ少し間がある。今夏、旱魃の中でも青々としていた葛葉を思い返して、澪は歩みを止めた。

そうだ、葛を使った料理はどうだろう。

太一《たいち》と仲直り出来た葛饅頭《まんじゆう》、それに芳にひとと添う幸せを運んだ葛湯。葛には良い思い出が潜んでいる。葛で何か出来ないだろうか、澪は息を詰めたまま考え込んだ。

「つる家を出て、借家に移り住む？」

源斉《げんさい》はお茶を飲む手を止めて、店主と料理人とを交互に見た。湯飲みを持つ手が震えたからか、お茶が零《こぼ》れている。澪は慌てて手拭いで源斉の着物の膝を拭った。

暖簾を終い、りうも帰り、政吉お臼夫婦も引き上げたあと、調理場にはまだ仄かに煮炊きの匂《にお》いが残っていた。板敷には源斉の持ってきた二段の弁当箱が置かれている。医師は往診からの帰り、あさひ太夫に届ける弁当を頼みに寄ったのだった。

「安心してくんな、源斉先生。借家はすぐそこだし、お澪坊も夜は通いで調理場を助けてくれることになってるんだよぅ」

店主はほろ酔い加減の上機嫌で、澪が用意した寝酒用の肴を源斉に勧める。

この時季には非常に珍しく、板状の酒粕《さけかす》が手に入った。幾分軟らかな酒粕を麺棒《めんぼう》で延ばして重ね、一寸半ほどの長さに切り揃え、水で溶いた小麦粉を潜らせて胡麻油で揚げたものだ。間には煎って砕いた鬼胡桃《おにぐるみ》が挟んである。外の衣はからりと揚がり、中の酒粕はもっちり、間の胡桃がこりこりして、何とも癖になる味わいだった。

勧められるまま、指で摘まんで口にしたものの、源斉はじっと思案に暮れている。

「どうにも解せません。別につる家にこのまま居ても構わないと思うのですが……。おんなの独り暮らしは何かと物騒ですし、何かあってからでは……」

「先生、あっしらだって心配は心配ですぜ。だからまあ、夜だけでもここへ通ってくれ、と頼み込んだわけなんで。けど、お澪坊にはお澪坊の歩むべき道がありまさぁ。人間なんてもんは、うかうかしてたら、あっと言う間に齢を取っちまう」

この娘には刻を逃してほしくはないんでさぁ、と店主は言って、皺《しわ》に埋もれた目を瞬いた。種市の思いを聞いた源斉は、黙り込んで皿のものを口に運んでいる。

「源斉先生、あっしはね、お澪坊はいつか自分の店を持ちゃあ良い、と思ってるんですよ。お澪坊自身が主《あるじ》を務める店をね」

店主は傍らの澪にちらりと視線を投げて、続ける。

「本人だって今は他の思いで一杯一杯ですし、何時《いつ》になるか、まあ、何年も先でしょうが、まずはひとりでやってみて、その用意をしてくれりゃあ良い」

種市は言って、少し苦そうに湯飲み茶碗《ぢゃわん》の酒をぐっと呑み下した。源斉は黙々とつけ揚げを摘まみながら何か言葉を探しているようだったが、結局見つけられなかったのか、ゆっくりと腰を上げた。

「では、私はこれで」

薬箱を手に板敷を下りかけて、源斉はよろけた。

「危ない」

澪は咄嗟《とっさ》に薬箱ごと源斉を抱き留める。ふたりして板敷に尻餅《しりもち》をついたものの、何とか転倒は避けられて、大事な薬箱も澪の腕の中に留《とど》まった。

「源斉先生、どうしなすった」

驚いた種市が板敷を這《は》って源斉のもとへと急ぎ、その顔を覗き込んだ。

「こいつぁいけねぇ、顔が真っ赤だ」

澪も脇から覗き込むと、確かに頬から耳から朱に染まっている。急な病か、と狼狽えるふたりに、源斉は軽く頭を振ってみせた。

「済みません、どうしたわけか急に酒に酔ったようになってしまって……」

酒、と店主と料理人は同時に呟き、はっと視線を絡め合う。そろって背後を振り返れば、酒粕のつけ揚げが入っていたはずの平皿は、見事に空になっていた。

「こいつぁ迂闊《うかつ》だったな、お澪坊」

種市は笑い、自身の額をぴしゃりと打った。

「下戸の源斉先生に、俺たちは酒粕のつけ揚げをたらふく食わせちまった」

「酒粕……」

呟くなり、源斉は土間に座り込んだまま、後ろにひっくり返った。

水を沢山飲んで暫く休むと、流石《さすが》に歩けるほどには酒気が抜けて、源斉は恥じつつも澪に送られて店を出る。町木戸が閉まるまで小半刻《こはんとき》（約三十分）、澪は時を気にしつつ、提灯を手に医師を先導して俎橋を渡った。

月のない夜、他に人通りもなく、満天の星が静かに瞬いていた。

「澪さん、もうここで」

橋の中ほどで源斉は澪を呼び止め、手を差し伸べた。提灯が澪から源斉に移るその一瞬、男の手が女の手に触れる。済みません、と小さく詫びて澪は提灯を手放した。

北の空の低い位置に、柄杓《ひしやく》の形の星座が上向きに浮かんでいる。そのずっと彼方《かなた》、淡く黄色い星が控えめに輝く。

「ああ、心星《しんぼし》が今夜は綺麗《きれい》に見える」

「本当に」

医師と料理人は並んで北天を眺めた。おそらくは互いの胸に、これまでの心星を巡る遣り取りが去来していることを悟っていた。

あなたが、と源斉は声を低めて、躊躇《ためら》いがちに続ける。

「あなたが、何処かへ行ってしまうのではないか、と」

あとは言わずに、軽く首を振った。済みません、まだ酔いが残ってしまって、と断って、源斉は澪に頭を下げ、そのまま足早に俎橋を渡り切った。

源斉が言おうとして留まった言葉のあとを考えることが、澪には出来なかった。その心の奥を知るのは恐ろしかった。先の拙《つたな》い恋で大切なひとの想《おも》いを踏みにじり、もう二度と恋はしまい、と誓った身。誰かを想い、誰かに想われることが怖かった。男の背中が俎橋の向こうへ消えてしまっても、澪は暫く心星のもとに留まった。

古来、葛はひとの暮らしに近い。天候不順にめげず旺盛《おうせい》な繁殖力を誇るため、これまで幾多の飢饉《ききん》から数多《あまた》のひとを救ってきた。その蔓は葛布となり、あるいは葛籠《つづら》となる。葉は牛馬を養い、根は葛根《かっこん》と呼ばれる薬である。いつ誰が、その根を叩き砕いて水で揉み、絞って晒《さら》して葛粉を取り出すことを思いついたのかは定かではない。

この葛粉を水で溶いて火を加えれば、とろりとした口触りを得ることが出来る。葛粉そのものが持つ、独特の淡く優しい味わいにも、澪は魅せられていた。

「澪姉さん、何を作るんですか？」

長月朔日《ついたち》の早朝、澪の手もとを覗き込んで、ふきが首を傾げている。

俎板の上には何やらべたべたした塊が置かれ、それを澪が悪戦苦闘して麺棒で延ばしているのだが、どうにも上手くいかないのだ。

「葛きりよ。料理書に作り方が載っていたから試そうと思って。きっとお湯の量が多かったのね」

澪は額に浮かんだ汗を手の甲で拭いながら、情けなさそうに呟く。

「それとも、もう少し温めのお湯を使う方が良かったのかしら」

またしても値の張る吉野葛を無駄にしてしまった、と澪はがっくり肩を落とした。

葛素麺《そうめん》、水飩《すいとん》、金団《きんとん》、葛鯛《くずだい》、等々。

以前、坂村堂を通じて清右衛門の蔵書「料理物語」と「料理早指南」をもらい受けたが、どちらにも葛を使った料理がいくつも載っていた。その中のひとつ、葛きりを作ってみようと思ったのだ。

「作り方を見ると、蕎麦みたいなもんだな」

何時の間に起きだしてきたのか、種市も脇から覗いていた。

「俺ぁ、葛をそんな風にして食ったことは無ぇが、旨いのかねぇ」

薄気味悪そうに尋ねる主に、ええ、そのはずなんですが、と澪は力なく応えた。

葛は不思議と黒蜜《くろみつ》やきな粉との相性が良い。葛きりは砂糖が入るものの、蕎麦切り同様、生地を練って麺棒で延ばし、包丁で細く刻んで茹でて作るのだ。暑い夏、心太《ところてん》と並んでよく好まれる。上手く作るのには、何か特別なこつが要るに違いない、と澪は太く息を吐いた。

種市は調理台に置かれた弁当に目を留める。蓋を外されたままの二段の弁当箱には、一段に玉子の巻焼き、おぼろ昆布に里芋の含め煮、それに鰯の味醂干しの火取ったもの、もう一段には俵に握った茸飯《きのこ》が詰めてあった。

茸飯の脇に小皿がひとつ、空のまま入っているのを認めて、種市は頬を緩める。葛きりが上手く出来れば、そこに詰めるつもりの料理人の意図を汲んだがゆえだった。

政吉やりうらも揃い、昼餉の料理の下拵《したごしら》えも整った。暖簾を出すまでまだ少し間があり、皆の手が空く頃合いに、勝手口に源斉が姿を見せた。あさひ太夫の弁当を受け取りに来たのだが、どうにも気まずそうに身を縮めている。

「ご店主、昨夜の失態をお詫び……」

「まあまあ、源斉先生、その話はもう」

医師の言葉を途中で遮って、種市は調理台に置かれた風呂敷包みを取り上げる。

「お澪坊、先生を送りがてら例の借家の戸を開けて、風を入れてきたらどうだい」

日中なら、戸を開け放しておいても勝手に入って悪さをする奴も居ないだろうから、と弁当箱の入った包みを押し付けられて、澪は源斉を送ることになった。

昨夜と同じ道を辿《たど》りつつも、昨夜の件には互いに触れない。源斉から引っ越しが何時かを問われ、澪は、八日の夜、商いが終わってからだと答えた。

「八日の夜、というと翁屋の引移りの前日ですね」

源斉は澪を見ずに応え、何かを思い出したように足を止めた。

「そういえば、翁屋の伝右衛門殿が、重陽の節句の引移りの日を、吉原での鼈甲珠の商い始めに出来るかどうか、ひどく気を揉んでおられました」

「それは……」

澪もまた立ち止まって、視線を落とす。留吉からの便りによれば、長月初日に味醂を搾るので、何とか三日のうちには届けられる、とのことではあった。ただ……。

「調味料が整って、試作をした上でないと、確かなお返事が出来ないのです」

この秋、初めての鼈甲珠造りである。口にするひとのことを思えば失敗は出来ない。

そんな澪の思いを聞いて、源斉は、

「澪さんらしい」

と、澪を顧みて白い歯を見せた。その柔らかな笑顔で、ふたりの間に漂っていたぎこちなさが解れ、澪も自然と口もとを緩めた。ふと、葛について、医師ならば詳しいかも知れない、と思いつき、澪は源斉に尋ねた。

「葛で料理を、と考えているのですが、葛は身体にどのように良いのでしょうか」

料理人からの問いかけに、医師は双眸を輝かせる。

「葛とはまた、嬉しい話題です。生薬は唐物が良いとされる中、葛根だけは和物に限る、と言われ、我々医師にとっても身近なものなのです」

この国の葛には独特の風味があり、また、風邪《かぜ》にも、腹を下した時にも、優れた薬効を得られる、とのこと。

「おまけに、葛の花を乾燥させて煎じたものは、二日酔いにとても効きます」

実は私も今朝、飲んだところです、と源斉は僅《わず》かに頬を染め、照れ臭そうに笑う。

橋の袂での別れ際、医師は思いついた体《てい》で問うた。

「そうだ、澪さん、『雲片《うんぺん》』という料理をご存じでしょうか?」

「雲片?」

繰り返す澪に、源斉は頷いてみせる。

「以前、京の禅寺でご馳走になったことがあるのです」

青物を無駄にしないよう、その皮や切れ端を細かく刻み、油で炒めて出汁を加え、薄く味を入れたら、水で溶いた葛粉で綴じる料理、とのこと。

「油で炒めて出汁を……」

そうした料理は料理書でもあまり見ないし、澪自身、口にした経験もない。味を頭で描いてみても、どうにもはっきりしなかった。

「熱々を食べると何とも言えぬ味わいで、何やら異国の料理のようでした」

医師はそう結ぶと、会釈を残し、弁当の入った風呂敷包みを懐に抱えて、急ぎ足で俎橋を渡っていった。

澪の弁当をあさひ太夫が仮宅で口にするのは、おそらく今日が最後になるだろう。刹那、冷徹な現実が澪の胸に迫った。

重陽の節句に吉原への引移りが済めば、あさひ太夫は、またしても堅牢《けんろう》な籠《かご》の鳥。四千両、四千両を何とかしなければ……。

澪は懐に手を置いて蛤《はまぐり》の片貝の感触を確かめ、胸の痛みにじっと耐えた。


飯田川に面した東向きの家の引き戸を開け放つと、風がすっと中を通り抜けていく。十二畳ほどの、店としてはそう広くはない土間に、長床几がひとつ。前の借主が置き捨てにしたものだろうその床几に腰を掛けて、室内をぐるりと見回す。

流しは座り流し、竈《かまど》はふたつあるものの、こぢんまりとしている。平屋というのも、身の丈にあっているようでありがたい。開いた引き戸からは、忙《せわ》しげに先を急ぐひとびとの姿が見える。中坂には商家が軒を連ね、足繁く通う買い物客も多い。

煮豆や田麩《でんぶ》など、持ち帰って食べられるちょっとしたお菜を置けば、喜んでもらえるのではないだろうか。床几にお菜を並べて、選んでもらえるようにしたらどうか。

――お澪坊はいつか自分の店を持ちゃあ良い、と思ってるんですよ
昨夜、種市が源斉に話した声が耳に残る。

澪は両の手を並べて開き、己の掌にじっと見入った。この手で、食べるひとの身も心も健やかにする料理を作り続けていきたい。そのためにも、何時の日か、自身の料理屋を持ちたいと願う。ただ、今はその時ではない。

鼈甲珠を商い、幼馴染《おさななじ》みを取り戻す。すべてはその心願を叶えてからなのだ。

その遥かな道のりを思えば、膝頭が震えだす。

「さ、そろそろ戻らないと」

澪はそう声に出して自らを鼓舞し、床几から勢いよく立ち上がった。


長月初めの三方よしが無事に終わった翌日、江戸の空に北国からの使者が飛来した。かかかん、と賑《にぎ》やかに鳴き、楔《くさび》の形を組んで勇壮に飛翔する真雁《まがん》の群れに、ひとびとは秋の深まりと、そう遠くない冬の訪れを悟る。

季節の巡りに伴って根の物の味わいがぐんと増し、残暑の時期にはなかったものがつる家の調理場に運び込まれるようになっていた。

「ふきちゃん、それでは食べにくいから、もう少し小さく切った方が良いわ」

蓮根《れんこん》と人参《にんじん》を切り揃えていたふきの手もとを見て、澪が声をかける。

でも、澪姉さん、とふきは当惑した顔を料理人に向けた。

「煮物なら、材料の大きさは揃えた方が良い、と又次《またじ》さんから教わっていて……」

調理台の笊には、先に切った生揚げが入れてある。ふきは根菜をそれに合わせて切り揃えるつもりなのだろう。

藍色の袷にきりりと掛けられた襷に目を留めて、澪は、又次さんから、と微笑んだ。

「そうね、確かに同じ根菜ばかりなら、大きさを揃えることは大切ね。でも多分、又次さんの話には続きがあるのよ」

俎板の前の場所を譲ってもらい、澪は蓮根と人参とを心持ち小さく切っていく。

「包丁加減で大切なのは、食べ易《やす》いように切る、ということなの。食べ易さのひとつの目安は、ひと口で食べられるかどうか、ということ。固い物を食べるひと口と、柔らかいものを食べるひと口とは、同じではないのよ」

もちろん、わざと大きく切って豪快に愉しむ料理もあるけれども、基本は、食べ易く拵《こしら》えることにある。生揚げや豆腐のように柔らかいものは少し大きめに切った方が美味しいし、固い根菜類は小さめに切った方が食べ易くてより美味しく感じる。

澪の説明に心から得心したらしく、ふきは食材を小さめに切り始めた。その遣り取りを傍で聞いていた政吉は、烏賊《いか》を切る手を止めずに、なるほどなあ、と洩らした。

「澪さんの教え方は丁寧だ。そうやって理を尽くして教わりゃあ、ふき坊だって決して忘れねぇだろう」

政吉の包丁が烏賊の身に斜めに細かく入れられているのに目を留めて、澪は表情を改めた。ふきちゃん、と少女の両腕をそっと押さえて、政吉の方へ誘う。

「政吉さんの仕事をよく見て覚えておくのよ。身の厚い烏賊にああして網代《あじろ》に包丁を入れておけば、柔らかく食べられるの。料理人はその日の食材の性質をよく見極めて、包丁塩梅《あんばい》にも気を配らないと、本当に美味しい物を作るのは難しいわ」

包丁塩梅、と繰り返して、ふきは亡きひとに誓うように真っ白な襷にそっと手を置いた。

「お澪坊、お澪坊」

勝手口の外から店主が澪を呼んでいる。はい、と応え、手を拭って外へ出ると、店主の背後に行李《こうり》を抱えた人足が控えていた。閉じた蓋の間から覗く油紙を見れば、中身は流山《ながれやま》の白味醂のこぼれ梅だと容易に知れた。

鼈甲珠は調味した床に漬けて三日、待たねばならない。売り物に出来るか否かの判断はそれからだ。果たして重陽の日に間に合うのか、澪は唇を引き結んだ。

その家の土間に七輪が置かれるのも、炭に火が入れられるのも、久しぶりなのだろう、柱や天井の木々がぱちっぱちっと賑やかな音を立てる。ぼやのあと、不遇の年月を過ごしていたせいか、あたかも新しい住人を歓迎しているようだった。

「験が悪い、験が悪い、と随分な言われようでしたけど」

床几に腰かけたまま、りうが室内を見回して、安堵の声で言う。

「結構、居心地の良さそうな店じゃありませんか。内所は板張りのままですが、澪さんひとりが寝起きするには充分過ぎるほどの広さがありますし」

ねえ、孝介《こうすけ》、と相槌を求められて、りうの息子は、ええ、と頷いた。

「人手が必要ならいつでも言ってくださいよ」

孝介の言葉に、ありがとうございます、と応えて、澪は七輪にかけた鍋の中身を、並べた丼に装っていく。

「旦那さん、りうさん、孝介さん、それにふきちゃん、皆さんのお蔭で無事にこちらに移れました」

「政さんやお臼さんも助《すけ》たい、って言ったんだが、何せお澪坊ひとりの荷なんざ知れてるし、孝介さんも居てくれたからよぅ」

店主はそう言って、口入れ屋の孝介に一礼した。

鼈甲珠を作るのに必要なものを含めて調理道具一式と、身の回りの品々。内所に置かれた敷き布団は一柳の名で送られてきたが、芳の心遣いに違いない。さらに、おりょうの亭主、伊佐三が前以《もっ》て座り流しを立ち流しに変え、調理台を設《しつら》えてくれたおかげで、随分と使い勝手の良い家になっていた。

「何もありませんが、熱いうちにどうぞ。匙《さじ》の方が食べ易いと思います」

湯気の立つ丼を前に置かれて、銘々が手に取り、中を覗き見た。

人参、蓮根、牛蒡《ごぼう》、椎茸、小松菜、それに生揚げが細かに刻まれて葛あんらしきもので綴じてある。いずれも料理の途中で出た切り屑《くず》だ。勧められるまま、箸ではなく匙であんを掬《すく》ってみれば、下に冷やご飯が隠れていた。

「ほう」

ひと口食べて、種市は小さく息を吐く。

「これまでにも葛あんを引いたものは沢山食わせてもらったが、こんなにしっかりした味のついたのは初めてだ」

こいつぁいけねえ、いけねぇよぅ、と匙を手にしたまま身を捩ってみせる店主に、一同の笑いが弾けた。

源斉から教わった雲片を冷やご飯にかけて夜食としたのだが、確かにこれまでにない味わいが楽しい。戻した木耳《きくらげ》を入れたら一層良いかも知れない。匙を動かして、澪はあれこれと考えを巡らせる。

白木の匂いの残る調理台には、鼈甲珠を仕込んだ重箱が置かれていた。伝右衛門にも重陽に間に合う旨の文を送ってある。明日は、いよいよ翁屋での商い始めだ。

「明日っから、お澪坊なりに精進するんだぜ」

澪にだけ通じるように、種市は重箱をそっと眼差しで示すのだった。

思えばひとりきりで夜を過ごす経験が、澪には殆《ほとん》どなかった。寝つかれない、と思っていたものの、気付くと夜が明けていた。

手早く身仕度を済ませ、寒天液を作って蛤の片貝の内側に薄く流す。重箱の床に埋もれた鼈甲珠を、慎重に晒しから外して取り出し、そっと器に見立てた片貝に置いた。片貝が動かぬよう、また鼈甲珠に埃《ほこり》がつかぬよう、真綿と油紙とで守って行李に詰め、あとは翁屋の使者を待つだけだ。表の様子を気にかけつつ、重箱の、こぼれ梅と味噌の床に、新たに卵黄を埋めていく。この床は長く使うものではなく、二、三度で新しいものにするのだが、澪は手を止めて考え込んだ。使い終わった床に青物や魚を漬けてはどうだろう。粕漬けにして売れば喜ばれるのではないか。煮豆や田麩を売る者は多いが、粕漬けを持ち帰り用に商う者はこの辺りにはあまり居ない。何よりも味わい深い床を無駄にせずに済む。そのための算段をあれこれと考えるうちに、刻の経つのを忘れた。

捨て鐘が三つ、続いて九つ。

「もうそんな刻……」

昼餉の刻を迎えて、澪は使いの到着の遅れを気にかける。引移りを昼までに終える、と聞いていたが……。転居することは伝右衛門には文で知らせたが、もしかして行き違いになったのか、と借家を出たり入ったり、川筋を行ったり来たりして、翁屋からの使いの到着を待った。

今朝の菊ぅ　菊の花ぁ

えぇ菊ぅ　菊の花冠ぃ

菊花売りの老女が澪の姿を認めて、花を買ってもらえるのか、と立ち止まる。ごめんなさい、と手を合わせて詫びて、澪は使者を待ち続けた。

時の鐘が八つ（午後二時）を知らせても、八つ半（午後三時）を回っても、翁屋の使いは訪れない。吉原の昼見世はとうに始まっているし、夜見世は暮れ六つ（午後六時）からのはずだ。

いくらなんでも、もう取りに来なければ間に合わない、と思った時だった。

「ごめんよ、あんた、澪さんか」

見慣れぬ男が俎橋から澪を認め、大声で呼んでいる。澪が頷くのを認めると、男は駆け寄り、息を切らせながら文使いであることを明かして、懐のものを差し出した。

「楼主からそいつを言付かった。翁屋の引移りを嗅ぎつけた野次馬どもで、朝から五十間道《じっけんみち》はごった返して、廓《くるわ》じゃあその策に追われててんてこ舞《ご》いだ。悪いが頼んでおいたものを、あんたに届けてほしいんだと」

そう聞かされて、澪は慌てて文を解く。確かにその旨の一文と、それに大門《おおもん》を潜るのに必要な通り切手が忍ばせてあった。

種市へ事情を知らせたあと取って返し、用意していた小振りの行李を風呂敷に包んで胸に抱き、店を飛び出した。行李が上下左右に揺れないよう気を付けて、吉原への道を急ぐ。昌平橋《しょうへいばし》を渡り、下谷広小路《したやひろこうじ》、そして三ノ輪。途中幾度か立ち止まり、息を整えてから、また小走りで進む。

夢中で急ぐうちに、朱色に染まり始めた日本堤に出た。黄金に輝く天に、周囲を警戒して百舌鳥《もず》が一羽、旋回している。百舌鳥に見守られて、馴染んだ道を懸命に辿る。吉原の方角から戻ってくる者、浮足立った様子で吉原を目指す者、等々。日本堤は大層な賑わいを呈していた。

「朝から今まで待って、花魁《おいらん》の葛籠やら布団やらしか見られねぇとはなぁ。こちとら、あさひ太夫を拝めるかと思ったのによぅ」

きぃきっきっきぃ

ぎょんぎょんぎょん

百舌鳥の高鳴きを頭上に、男たちが気落ちした声で噂話を交わし合う。

「やっぱりあさひ太夫なんざ、端から居やしねぇのさ。骨折り損とはこのことだ」

遊びたくとも廓へあがる銭などありゃしねぇ、と吐き捨てて傍らを過ぎていく者たちの背を、澪は振り返る余裕もなかった。

夕映えの中、五十間道に差し掛かる。野次馬はすでに去り、あとは吉原へ遊びにいく男たちばかり。弥生の頃に通ったが、花見客の健やかな雰囲気は全て削《そ》がれ、何やら妖艶《ようえん》な気配が周囲を覆いつつあった。

風呂敷包みを大事に抱《かか》え込み、不穏な夜の訪れに恐れを覚えつつ、澪は大門を潜る。通り切手を紛失しないように、懐深く仕舞ったところで、声を聞いた。

「こっちだ」

顔を上げて声の方を注視すれば、大門脇の会所の軒下で、でっぷりと肥え太った翁屋伝右衛門がこちらに合図を送っているのが見えた。楼主の陰に若衆が五、六人と新造らしき女が三人、それに禿《かむろ》が控えている。吉原の遊女らは重陽のこの日に衣替えをするため、いずれもたっぷりと綿の入った艶やかな衣を纏っていた。

行李がひとに当たらぬよう充分に気を払って、澪は伝右衛門のもとへ急ぐ。踏む地面が柔らかいのを不思議に思えば、重陽の節句に合わせたのか一面に菊花が撒《ま》かれていて、周囲を芳《かぐわ》しい香りが満たしていた。

「ようよう間に合《お》うてくれた」

風呂敷包みを解いて行李の蓋をずらし、中身を確かめると、礼を言いますよ、と伝右衛門は満面に笑みを湛《たた》えた。

楼主に命じられて、年若い新造が紅絹《もみ》を敷いた笊に鼈甲珠をふたつ移し、禿に持たせた。白く輝く磁器にも似た蛤の片貝に、鼈甲色に輝く卵黄が載る。何だ何だ、と早くも野次馬が禿の手の中のものを覗きにきた。

つるべ落としの名の通り、既に周囲は薄暗い。ほどなく夜見世が始まるのか、三味線の弦を試しに弾く音が何処からか耳に届いた。

「よしよし」

大門の外に目をやって、伝右衛門は高揚した声を上げた。

仲《なか》の町《ちょう》の両側の引手茶屋に明かりが点《とも》され、薄墨の情景に淡く色がつく。澪は暇を告げる機会を逃したまま、伝右衛門が気にしている方に見入った。

ゆっくりと大門前に止められたのは、四ツ手駕籠ではなく、大店の隠居に似合いそうな地味だが格調の高い塗り駕籠であった。澪をその場に捨て置いて、伝右衛門らはいそいそと出迎える。御簾《みす》が上げられ、金糸銀糸で地が見えなくなるほど刺繍《ししゅう》を施された着物の裾が現れた。揃いの冬装束を身に着けた翁屋の新造たちが、周囲の視線から中の人物を隠すように藤黄《とうおう》の薄衣《うすぎぬ》小袖を広げて待ち、そのひとが立ち上がったところで後ろからそっと身に添わせた。

会所から張り番たちが飛び出してきて、翁屋の一行を通すべく、人の波を左右に分けた。そうして張り番らは薄衣を纏ったひとに深く頭を下げ、敬意を表した。

菊花は仲の町から江戸町一丁目の表通りにまで撒かれており、それを踏んで一行は翁屋を目指す。何事か、と幾人かが足を止めた。

伝右衛門や若衆が外側を守り、その内側は新造らが守る。真ん中で守られているのは一体、誰か。頭上に薄衣を翳《かざ》して被衣《かずぎ》とし、顔を隠して、そのひとはゆっくりと、しかし確かな足取りで歩いていた。

澪は咄嗟に張り番の手を払い除《の》け、夢中であとを追う。

「おい、あれはもしかして……」

異様な雰囲気に、遠目に見守る男たちから囁《ささや》きが洩れた。先導する若衆の提灯には「翁屋」の文字が入っており、それを示して、もしや、もしや、の声が小さな波となって広がった。気を逸《そ》らせようとしてか、幇間《ほうかん》が剽軽《ひょうきん》な身振りでひらりひらりと舞い始めて、思惑通り、上手くひとびとの注目がそちらへと移った。それでも、諦められずに十人ほどが翁屋の一行を追う。

「被衣で顔を隠すことは、お上により禁じられているはず」

鋭い声がして、倹《つま》しい身形《みなり》の浪人が一行の前に躍り出た。

男は翁屋の若衆らにあっという間に取り押さえられたが、狼狽えた伝右衛門が転倒しかかり、うっかり薄衣に手をかけてしまった。伝右衛門の力が強かったために薄衣はそのひとの手を外れ、折りしも吹いていた風に絡め取られた。

残照の消えた濃紺の天、散らばる星々、そこに漂う藤黄の薄衣。廓から洩れる明かりが、顔を上げて凛《りん》と佇むひとりの女を照らし出す。

高島田に蒔絵の二枚櫛《にまいぐし》、象牙細工の簪《かんざし》は前後に十六本ほどか。白粉《おしろい》を施した花の顔《かんばせ》、漆を刷いた如く濡れ光る漆黒の瞳。薄く紅を差した目尻と唇。天女もかくや、と思し き立ち姿だった。

居合わせた者たちは、目の前の幻想的な情景に声を失う。廓の雑踏の中で、その辺りだけ静寂が保たれ、誰もが動きを止めたままだ。

そのひとの眼差しが、棒立ちになる澪を捉えた。双眸が僅かに陰《かげ》る。

狼狽えた伝右衛門が自らの羽織を脱いでそのひとに掛けようとするのだが、それを掌で軽く拒み、代わりに身を屈《かが》めて、傍らの禿が抱える笊から鼈甲珠をひとつ、手に取る。それを右の掌に収めて、すっと天に翳した。

辺りの淡い光を集めて、片貝の鼈甲珠が丹色《にいろ》に輝いて映る。差し伸べられた手の美しさと相俟《あいま》って、息を呑む神々しさだった。そのひとはゆっくりと菊花を踏み、何事もなかったかのように伝右衛門らに囲まれて、徐々に人波に呑まれて消えていく。一行の姿が表通りから消え去っても、暫く誰も動こうとも、口を開こうともしない。

ひとりの見物客が呻き声を洩らした。

「あれは夢か……」

腰に矢立を差した絵師らしい姿の男は、熱に浮かされたように、さらに続けた。

「私は夢を見たのか」

夢か現《うつつ》か判断が付かず、誰もが戸惑うばかり。やがて、じゃん、と一斉に三味線が掻《か》き鳴らされ、十名ほどの目撃者たちは、そぞろ歩きの男たちに突き飛ばされ、邪険にされて夢から覚めた体《てい》で散っていく。

あさひ太夫としての姿を、澪だけには見られたくなかっただろう。

その胸中を思い、澪は自らの浅薄な行いを悔やんだ。先ほど見た情景を頭から追い払って、重い足取りで大門を出る。背後で名物の清掻《すががき》きが華々しく続いていた。

湯煎《ゆせん》にかけていた水溶き葛の表面が少しずつ乾き始める。そのまま鍋ごと湯の中へ入れるべきか否か、澪は逡巡《しゅんじゅん》していた。

引っ越しから五日、長く空き家だったことを知るひとたちが、前を通りながら、開け放った引き戸からひょいと中を覗いていく。澪はそれには気付かず、鍋を布巾で挟んだまま、まだ迷っていた。

料理書に載っている葛料理を色々と試みたが今ひとつ美味しいとは思えない。また、こつを摑みきれないからか、葛素麺も葛きりも美しく仕上げることは出来なかった。

「料理書の通りだと、この鍋ごと湯の中に入れるのだけど、そんな乱暴なことをして大丈夫なのかしら」

貴重な吉野葛をまたしても無駄にするのでは、と迷っていた時だった。

「おい、これはどういうことか」

突然、背後から怒声を投げつけられて、狼狽えた澪の手から鍋が外れた。ああ、と思う間もなく、熱湯の中に鍋ごと浸かり、葛は透き通っていく。

慌てて、澪は熱湯から葛の鍋を取り上げる。水を張った桶にそのままざぶんと浸けて、急場を凌いだ。安堵のあまり、額に浮いた汗を手の甲で拭って、ふと、引き戸の方を振り返る。

無視されたと思ったのか、戯作者清右衛門が両の拳を握り締め、仁王立ちになっている。その肩越しに、絵師の辰政《ときまさ》がやれやれ、と首を振っているのが見えた。

「何だ、これは」

土間にひとつしかない床几に腰かけて、憮然とした表情を崩さぬまま戯作者は問う。

白地に薄く青を刷いた磁器に装ってあるのは、半寸（約一・五センチ）ほどの幅に刻んだ透明の紐《ひも》状の何か。とろりとした黒蜜にきな粉がかかっていた。

箸で透き通ったものを摘まみ上げ、ああ、これは、と絵師は洩らした。

「水せんだな。江戸で水せんにお目にかかれるとは珍しい」

まあ、と澪は手を合わせ、感嘆を隠さない。

「辰政先生、よく御存じなのですね」

ふたりの遣り取りが気に入らないのか、清右衛門はわざとらしく音を立てて器の中のものを一本だけちゅるりと吸い上げる。

ゆっくりと嚙み、何だ、葛か、とつまらなそうに呟いた。そうは言いながらも箸を放す気配もない清右衛門を横目で見て、辰政はほろりと笑った。

「江戸で口にする葛きりは、蕎麦同様の作り方をするが、口に入れて滑らかなのは断然、こちらの水せんなのだ。いずれはこれを葛きりと呼ぶようになるのではないか」

予言めいたことを口にして、絵師は懐から畳んだ刷りものを引っ張り出した。開いて皺を伸ばし、床几の脇へそっと置く。

「こ、これは……」

刷りものを手に、澪は息を呑まざるを得なかった。

一枚の錦絵《にしきえ》。描かれているのは、蛤の片貝を翳す遊女の姿だ。片貝に載せられた鼈甲珠は艶やかで玉の如《ごと》し。遊女の方は被衣で顔を隠され、鼻筋と口もとがちらりと覗くのみ。だが、それが却《かえ》って、見る者の想像をかき立てる。絵の脇に、「翁屋　あさひ太夫　その美しさに筆及ばず」の一文と、絵師の名が認《したた》めてあった。

絵師は、吉原の遊女の錦絵ばかりを描いている売れっ子だという。

「浅草の版元から今朝、もらったものだ。これを見せた途端、清右衛門が烈火の如く怒りだし、手が付けられなくなった」

興味がなさそうに言って、辰政は残りの水せんをちゅるちゅると干した。黒蜜ときな粉が真新しい上総《かずさ》木綿の羽織に飛んだが、本人はまるで気にする様子もない。

気が済まないのは、戯作者清右衛門である。

「解せぬ。どうしても解せぬ」

何か知っているなら話せ、と詰め寄られて、澪は仕方なく重陽の日の出来事を話した。聞き終えてからも、清右衛門は床几に深く腰を掛け、沈思を続ける。

その間に辰政は、ちゃっかり戯作者の器に手を伸ばし、ちゅるちゅると騒々しく中身を平らげて、蜜で汚れた口もとを羽織の袖で拭った。

「なるほど、翁屋楼主は運が良い」

ふいにそう洩らすと、清右衛門は不敵な笑みを零《こぼ》し、床几から立ち上がる。

「太夫のあまりの美しさに、誰もが騒ぎ立てることもなく済んだのは吉祥。だが、よもやこうした錦絵まで出回ろうとは思いもよらず」

笑いは徐々に増幅されて、清右衛門はついに腹を抱えて笑いだした。

「鼈甲珠なるものを求めて、これから客が翁屋へ殺到するであろう。奴め、今頃、数が足りぬことを悔やんでいるに違いあるまい」

　ああ、愉快、愉快、と戯作者は苦しげに笑い続ける。澪には、清右衛門が言下に何を示唆しているのかが、読み取れなかった。

「お澪坊、まだなのかい」

　土間を出たり入ったりして、種市が調理台の方をしきりに気にかけている。重陽のあとも肌寒い日が続いていたが、今日は一転、秋らしい心地よい陽射しが、飯田川と前の通りとを照らしていた。

「まだ料理は仕上がらないのかよぅ」

「あと少しです」

　青みの残る柚子《ゆず》の皮をおろし、水で溶いた葛に混ぜ入れて、澪は傍らの湯の加減を見る。美緒を迎えに行ったりうとおりょうはまだ戻らなかった。

　引っ越し先に美緒を招いて葛料理でもてなしたい、との澪の気持ちを聞いて、種市は三方よしの翌日、つる家を休むことに決めてしまったのだ。

　前夜の三方よしが大繁盛で、料理人の政吉を労う意図もあった。店主の意を汲んで、政吉とお臼は久々に骨休みをし、残る者たちは店主のお節介に賛同して、朝から美緒のためにあれこれと用意にかかっていた。

手順通り、透明になった葛生地を水から掬《すく》い上げて、包丁であまり太くならないよう切り分ける。透けた生地に散らされた、柚子皮の青みがかった黄が美しい。その色を生かしたくて、蜜は奮発して白砂糖を用いた。無論、柚子の瑞々しい果汁を香り付けに搾り入れることも忘れなかった。

「ふきちゃん、器を取ってくれる？」

命じられて、ふきは義山《ギヤマン》の鉢を調理台に置いた。義山は坂村堂からの借り物だ。襖を取り払った内所に膳が置かれ、仕上がった料理が並んでいる。あとは雲片に火を入れて、炊き立てのご飯に載せれば良い。

「お待たせしました、美緒さんと美咲ちゃんをお連れしましたよ」

りうが美緒の手を取って、借家の引き戸を潜った。状況が飲み込めていないのか、美緒は戸惑いの眼差しで皆を見た。

「おりょうさんが父を見ているから、と。爽助まで、『良いから行っておいで』というのだけれど、一体、何が……」

少し会わぬ間に、美緒は一層、やつれていた。顔色も悪く、双眸に力もない。疲労が重なり、くたびれ果てているのが見て取れて、一同は切なさをそっと嚙み殺した。

「さあさあ、弁天様、そこへ座ってくんな」

種市が陽気に言えば、りうが美緒の背中へ手を回して、

「美咲ちゃんは、あたしが預かりましょうかね」

と、赤子を取り上げる。

膳に並んだ料理を見て、自分をもてなすためのものと知り、美緒は怯んだ。

「そんな……駄目です。それでなくとも私、お菜を度々届けて頂いているのに……」

良いから良いから、と種市は無理にも箸を押し付ける。

「お澪坊が弁天様に食わせるんだ、と来る日も来る日も葛と格闘して考えた料理の数々なんだぜ。つれねぇこと言わずに、食ってみてくんなよ」

生姜《しょうが》の効いた湯葉あんのお汁。雲片には戻した木耳ともやし、人参に椎茸、それに生揚げではなく、海老を入れた。清右衛門には悪いが、里の白雪も膳に載せる。胡麻をねっとりするまで擂《す》って、葛と合わせて練り上げた胡麻豆腐には、山葵《わさび》を添えて。

勧められるまま、美緒は箸を動かした。時に匙に持ちかえ、ひと口、ひと口、惜しむように食べ進める。見つめられていると食べ辛いだろうから、と皆もわいわいとお相伴に与った。

葛尽くしの締めは、柚子皮を閉じ込めた水せんだった。白い蜜がとろりと甘く、柚

子の色と香りを引き立てる。

「美味しい」

そう言って、初めて美緒は笑みを零した。

「葛がこんなに美味しいだなんて……」

「葛は偉いんですよ。見た目が麗しくて根性もあって。今年みたいな旱魃でも、葛は負けずにずっと青々した葉を茂らせてましたねぇ」

美咲をあやすりうのひと言に、美緒は澪の真意を悟ったのだろう、その瞳に涙が盛り上がり、ぽたぽたと膳に落ちた。堪《たま》らず箸を放し、美緒は顔を覆う。

美緒の胸の内を忖度《そんたく》し、誰も何も声をかけない。澪に背中を優しく撫でられて、美緒は声を殺して泣き続けた。

涙を流すだけ流せば、大分と気持ちが晴れたのか、赤い目を皆に向けて、

「色々とありがとうございました。お蔭でとても元気になれました」

と、一礼した。

美咲を抱くために差し伸べられたその腕を、りうの手がやんわりと押し戻す。

「今日はよく晴れて、暖かで、外は気持ち良いですよ。美咲ちゃんはこの年寄りに任せて、澪さんとふたり、散歩でもしたらどうです？　元飯田町に移ってからは、そん

な余裕もなかったでしょう」

りうは言って、美咲をあやすべく入歯を振ってみせた。

飯田川の土手に薄や水引《みずひき》などの秋の草が群れている。銀色に波打つ、あれは荻《おぎ》か。水葵《みずあおい》の青紫の花も、ちらほら覗く。今夏には予想も出来なかった風情がここにあった。澪は美緒とふたり、僅かに露を含んだ草の上に並んで座る。思えばそこは、澪が小《こ》松原《まつばら》との恋の顚末《てんまつ》を友に打ち明けた場所だった。

「澪さん、ありがとう。お蔭様で、とても気持ちが楽になれたわ」

美緒は心を込めて言い、澪に頭を下げた。

風はなく、穏やかな陽の恵みがふたりに注ぐ。暫くは何も話さず、ふたりして天を仰ぎ見た。

濃紺の空一面に、真っ白な鱗雲が浮いている。ただそこに友と並んで身を置くだけで、不思議と心は安らいだ。気付けばいつも、同じ名を持つこの友に慰められ、力を与えてもらっていた。そんな思いを廻らせ、何気なく草を撫でていた澪は、傍らの友が柔らかな草を結んでいることに気付いた。

それは澪も子供の頃によくした呪《まじな》いだった。澪は微笑んで、友の仕草を見守る。見られていることに気付いて、美緒は頰を赤らめた。

「夢だと笑われるかも知れないけれど、私ね、澪さん」

美緒は草を結ぶ手を止めず、震える声で続ける。

「爽助とふたりで今の伊勢屋を大店に育てて、いつか、日本橋に帰りたい。あの場所へもう一度、皆で帰りたいの。母も一緒に皆で」

友の心願を聞き、言葉にするかわりに、澪は深く頷いた。自らも手を伸ばし、露に濡れた草を結び始める。

草を結ぶのは、大切なひとの無事を祈ることのほかに、幸せを招き寄せる呪いだった。友の身に幸せが訪れるよう、澪は祈りを込めて草を結んでいく。

張出大関——親父泣かせ

「惜しい」

出された湯飲みに手も付けず、先刻から伝右衛門《でんえもん》は苦渋の表情を崩さない。

「実に惜しい」

何が惜しいのかを聞くべきか否か、考えつつも澪《みお》の目は、先ほどから伝右衛門の傍らに置かれた風呂敷《ふろしき》包みに注がれている。

吉原翁屋《よしわらおきなや》の楼主が澪の借家を訪れたのは、長月《ながつき》二十七日、立冬の昼前であった。その渋面を見て、話が込み入りそうだ、と察した澪は楼主を内所に通して、白湯《さゆ》を供した。伝右衛門は、手土産の風呂敷包みの結び目を解きながらの挨拶《あいさつ》の途中で、唐突に「惜しい」の言葉を洩《も》らしたのだ。

結び目が解けた風呂敷から、経木《きょうぎ》折箱が半分ほど覗《のぞ》いているのだが、上掛け紙の「竹村伊勢《たけむらいせ》」「名物」までを読み取ることが出来る。

山口屋《やまぐちや》の甘露梅、竹村伊勢の巻煎餅《まきせんべい》。

俗に「美味《うま》い物なし」と言われる吉原だが、このふたつは別格で、廓《くるわ》とは無縁でも江戸に住んでいれば自然にその名は耳に入った。甘露梅は、紫蘇《しそ》の葉で包んだ小梅と聞けば味の予想はつく。また実際に、茶屋などで自家製のものが出回りもしていた。他方、巻煎餅は専《もっぱ》ら進物用として使われるらしく、庶民には縁のない菓子であった。

正体は堅焼き煎餅、と聞いたことがあるけれど、どんなものなのかしら。

江戸のお煎餅なら、最近流行《はや》りのお米から出来た塩辛いものか。

あるいは大坂同様、小麦粉を練って甘く焼き上げたものかしら。

期せずして、澪の喉《のど》がごくりと鳴った。

女料理人の目が手土産に注がれているのに気付いて、楼主は眉根《まゆね》を寄せ、わざとらしく咳払《せきばら》いをひとつ。風呂敷ごと背後へと押しやって、首を捩《ね》じり、土間の床几《しょうぎ》に目を移した。経木に包まれた何かが並べられ、先刻より柔らかな匂《にお》いを漂わせていた。

「あれは？」

伝右衛門に問われて、澪は少し躊躇《ためら》い、小さな声で答える。

「持ち帰り用のお菜です」

鼈甲珠《べっこうだま》を仕込んだあとの床を利用して、魚の切り身や青物を漬け込んだものを、あして経木に包んで売っているのだ。中坂には商家が多く、ちょっとした手土産にもなるから、と思いの外よく売れる。詳しく語れば伝右衛門の機嫌を損ねかねないので、澪は控えめに応えた。

持ち帰り用のお菜、と低く呻《うめ》いて、伝右衛門はじろりと眼前の娘を睨《にら》みつける。

「そんな無駄なことに刻《とき》を割く暇があるなら、何故、もっと髑甲珠を作らぬのか」

恨み骨髄に徹した台詞《せりふ》と眼力は、料理人を震え上がらせた。青ざめた娘を見て、しまった、と思ったのか、楼主は今一度、咳払いをして表情を和らげた。

「重陽《ちょうよう》の日、お前さんのお蔭《かげ》で無事に髑甲珠を売り出せたは良いが、日を追うごとにそれ目当ての客が翁屋へ押し寄せるようになり、対応に四苦八苦しているのですよ」

何せ、日にたったの三十だからねぇ、と嫌みを込めて言い添えると、伝右衛門は頭《かぶり》を振り、福耳をたぷたぷと震わせる。

あさひ太夫《たゆう》と思《おぼ》しき遊女を描いた錦絵《にしきえ》が売れに売れ、翁屋の座敷に上がることは無理でも、せめても髑甲珠を土産に、と望む輩《やから》が後を絶たないのだそうな。

「流行り廃《すた》りが世の常ならば、髑甲珠は今まさに流行りの波に乗りつつある。この波をみすみす逃すとすれば、あまりに惜しい」

一旦《いったん》言葉を区切ると、伝右衛門は身を傾けて、澪の顔をとっくりと覗き込んだ。

「日に二百とまでは言わない。しかし少なくとも百は欲しい。どうです、この翁屋の頼み、聞き届けてくれるだろうね」

「鼈甲珠は日に三十が限度、と最初にお話しした通り、これ以上増やすことは到底無理なのです」

強く頭を振って、誤解の生じることのないよう、澪はきっぱりと断った。

馬鹿な、と伝右衛門は即座に吐き捨てる。

「お前さんが実は欲深いことは百も承知ですよ。おそらくは自分の店でも持つための資金集めだろうが、それならばこの好機を逃すのは愚かと言うよりほかない」

伝右衛門の台詞は、思いがけず澪の胸を射抜いた。澪は動揺を悟られぬように、ゆっくりと鼻から息を吸い、そっと吐いて、平らかな声で言明する。

「どれほど仰《おつしや》っても、質の良い玉子を一日に百、しかも途切れることなく毎日手に入れることは無理です。不出来なものを商えば、翁屋さんの看板にも傷がつきます」

「こっちは遊郭だ、看板に傷も何も」

伝右衛門は鼻先で笑い、それでも目の前の頑固者を説得できないことを悟ったのだろう、片膝《かたひざ》を立てて立ち上がる。傍らに置いていた風呂敷包みを乱暴に引き寄せて小脇に抱えると、暇《いとま》も告げずに外へと出ていった。

澪は見送る気力もなく、内所の板敷に座ったまま、じっと考え込む。

太夫の身請け銭、四千両。こつこつと鼈甲珠を商うだけでは何時《いつ》になれば貯《た》まるのか、見当もつかない。伝右衛門の言う通り、ひとつ百六十文の鼈甲珠を仮に百ずつ卸し続けることが出来たなら、一日に四両、ひと月なら百二十両。あさひ太夫身請けの話もぐっと身近なものになる。

けれど、と澪は膝行《しっこう》し、内所の隅に置かれた重箱に手を伸ばした。

蓋《ふた》を取れば、こぼれ梅と味噌《みそ》とを練り合わせた床があり、その中で鼈甲珠が密《ひそ》やかに目覚めの刻を待つ。流行り廃りが世の常、と伝右衛門は言ったが、一時持ち上げられ、すぐさま飽きて忘れられるような……鼈甲珠をそのような料理にしたくはない。廃れていくのではなく、時をかけて育まれていく料理であってほしい。料理への想《おも》いと、四千両入手のための手立てとの狭間《はざま》で、澪はあれこれと思案に暮れていた。

ちょいと御免、と開け放った引き戸から案内を請う声がして、澪は慌てて土間へ下りる。この刻限になると、粕漬《かすづ》けを買いに来るおかみさんだった。

「どれが鰆《さわら》だい？」

床几に並んだ経木を指して、鰆の切り身の粕漬けをふたつ求めると、おかみさんは澪に笑顔を向けた。

「出来合いの煮豆やら佃煮《つくだに》やらがお菜だと、うちの亭主は機嫌が悪いんだよ。でも、ここの粕漬けは自分ちで焼いて仕上げるから、湯気の立つのが嬉《うれ》しい、と上機嫌さ」

ありがとうございます、と心から礼を言って、澪はおかみさんを見送った。

経木に鱒《ます》か鯖いずれかの切り身ひと切れと、牛蒡《ごぼう》と人参《にんじん》の粕漬けが入って、ひとつ二十文。魚と青物は季節の廻《めぐ》りに合わせて種類を変えるつもりでいる。二十文という値は、つる家《や》の料理からすると僅《わず》かに割高だが、思いのほか好評で、三十ほど用意するも夕方までには全《すべ》て出てしまう。

粕漬けを焼いて、すぐに食べられるようにして売ってくれ、と望む者も多いし、そうすれば便利だろうとは思うものの、澪は敢《あ》えて家でひと手間かける方を選んだ。玄猪《げんちょ》になれば、火鉢も身近になる。家で焼く手間も、そう苦にはならないだろう。鼈甲珠を作ったあとの床を無駄にしたくない一心で、粕漬けの持ち帰りという商いの道が開けたことが、澪にはありがたかった。

「それじゃあ、結局」

歯のない口で器用に煎餅をぼりぼり食べていたりうが、その手を止めて澪を見た。煎餅は、店主の種市《たねいち》が本所《ほんじょ》へ用足しに行ったついでに、お土産にと買ってきた柳島《やなぎしま》の塩煎餅である。

「澪さんは、竹村伊勢の巻煎餅にはありつけなかったわけですか？」

ありつくどころか、姿さえ拝んでいない。澪は煎餅を手にしたまま、力なく頷《うなず》いた。

「あたしゃ巻煎餅ってのは知らないけどさ、この塩煎餅もとっても美味しいよ」

おりょうがそう慰めて、ばりばり、と良い音で煎餅を嚙《か》み砕く。つる家の奉公人たちにとっては、夕餉《ゆうげ》の仕度に入る前の憩いのひと時だった。

「お煎餅ってのは、小麦粉で作った甘いもののはずが、この頃はこんな塩煎餅が出回るようになりましたねえ」

りうの言葉に、江戸っ子のおりょうやお臼《うす》が、そうですねえ、と相槌《あいづち》を打つ。

江戸でも大坂でも、煎餅と言えば小麦粉で作ったものだった。小麦粉に玉子を加えた甘い味の贅沢《ぜいたく》な煎餅は、子供の頃の澪の大好物だった。しかし、江戸ではこのところ、うるち米を捏《こ》ねて薄く伸ばし、焼き上げたものを塩煎餅と称して、庶民に好まれ始めていた。醬油《しょうゆ》を塗ったもの、醬油に味醂《みりん》や砂糖を加えて甘辛くしたものなどもあるのだとか。似た味わいのものに、大坂には「おかき」や「かき餅《もち》」と呼ばれる菓子があるが、もち米を用いているため、塩煎餅よりも歯触りが軽い。

濃い醬油を塗られた塩煎餅は如何《いか》にも江戸っ子好みだし、これからもっと人気が出るに違いない。砕く時に粉塗《まみ》れになるのが困るのだけれど、と澪はぼんやり思った。

「お煎餅ってのは美味しいんですが」

着物の前を軽く叩いて、お臼が誰に言うでもなく呟《つぶや》いた。

「食べる時に粉が落ちるんで、よっぽど気を付けて食べないといけませんねぇ」

確かに、と応じて、りうは唾《つば》のついた指で膝に落ちた粉を拾って口に運ぶ。

「お行儀は悪いんですがねぇ、この粉も美味しいですからね」

澪も老女を真似《まね》て、粉を口に含んだ。そういえば面影膳で氷豆腐の粉を衣に使ったが、これも何かに使えないかしら、とちらりと思った。

震え上がる寒さには至らないものの、足もとからじわじわと冷えが伝わり、身体《からだ》に沁《し》みる。なるほど立冬とは今日のような日を言うのか、と思いつつ、澪は簓《ささら》で鍋を洗っていた。

「何か厄介なことになってるんじゃねぇのか」

包丁を砥《と》ぎ終えて、政吉《まさきち》が天井を目で示す。

店主の種市は小半刻（約三十分）ほど前に、二階座敷の「胡椒《こしょう》の間」の武家のお客に呼ばれたきり戻らない。もうすでに暖簾《のれん》は終《しま》い、一階座敷の片付けも済んでいた。

「さっきお茶を淹《い》れに行きましたけど、お客は白髪交じりの、大人しいお武家さまがひとりきり。そうそう怖い様子ではありませんでしたよ」

膳《ぜん》の手入れの手を休めず、お臼が応《こた》えた時だ。二階からひとの下りてくる気配がして、下足番のりうが土間伝いに入口へ向かった。澪も見送りに加わるため、表へ急ぐ。

薄い提灯《ちょうちん》の明かりでも、生地の色褪《あ》せ具合がわかるほど、倹《つま》しい羽織姿の四十末の侍が、店主に送られて出てきた。足もとの草履は鼻緒が随分と草臥《くたび》れている。侍は澪に目を留めると、仄《ほの》かに目尻を和らげた。

「ではご店主、諸々宜《もろもろよろ》しゅう」

との言葉を残し、貧しい侍は提灯の明かりを頼りに俎橋《まないたばし》を渡っていった。

夜食を済ませ、政吉たち奉公人を送ったあと、種市は澪を調理場の板敷に呼んで、

「どうしたものか、俺にも決められなくてよ」

と、切り出した。先ほどの侍は徒組《かちぐみ》の頭《かしら》だそうで、澪にひと月の間、日に十の弁当を作ってもらえないだろうか、と頼み込まれたのだという。

「お弁当を十ですか?」

話が飲み込めないまま、澪は店主の次の言葉を待った。種市自身も武家の仕組みはよくわかっておらず、しどろもどろになりながら、こんな風に澪に伝えた。

千代田のお城に勤める侍たちの食事は、表御台所と呼ばれる場所で供されることになっている。ただ、下級武士である徒組に振る舞われるものは残飯で、とても食べら

れたものではないのだそうな。そこで徒組の組衆三十人のうち、僅かでも余裕のある者は銭を出し合い、城外の弁当を頼んで凌《しの》いでいるのだという。

「その弁当屋の店主が郷里の信州へ用足しに行くために、神無月《かんなづき》の末まで店を閉めることになっちまったんだと。初めは飯抜きで辛抱したが身体が持たねぇ、と」

以前、火の扱いを禁じられた際に、つる家が売った割籠《わりご》のことを覚えていた者が居て、あれと同じものを作ってもらえないか、というのだ。種市は澪がつる家を出たことを告げ、あの頃のような遣《や》り方は無理だと断った。しかし相手は諦《あきら》めず、それならばつる家を抜きにして、料理人と直《じか》に遣り取りがしたい、麦の混じった握り飯だけで良いかわり、値は十六文で頼めないか、と食い下がったという。

「つっぱねても良かったんだが、ひと月のことだし、お澪坊の考えを聞いてから、ってことで返事を待ってもらうことにしたのさ」

鼈甲珠作りに粕漬け作り、どちらも苦労だが、つる家で終日働いていたことを思えば、さらに十の弁当を作って商うことも無理ではないだろう。それに澪の作った弁当が城内で話題になれば、以後、どんな商いの話に繋《つな》がるかわからない、と店主は言う。

「ひとつ、十六文てぇ安い値だし、二本挿し相手じゃあ気苦労も多かろう。けど、ひとつ二百文てな商いに慣れちまうと、お澪坊の今後にあまり良いことはないように俺ぁ思うのさ。取り越し苦労だとは思うんだけどよ。まぁ、考えてみてくんな」
澪の身を心底案じていなければ出ない台詞だった。この言葉は、澪の胸に沁《し》みた。

江戸では庶民も白米を食すけれど、具を炊き込んで「かて飯」にすることも多いし、暮らし向きが苦しくなれば麦を混ぜて「麦飯」とする。丸のままの麦は白米との馴染《なじ》みが悪いため、臼で碾《ひ》いて割り麦として用いるのだ。

米と麦の割合は、大抵、半々か、七三。麦を増やせば増やすだけ所帯は助かるのだが、なまじ白飯の美味《うま》さを知っていれば辛《つら》い。それに麦飯は湯気の立つうちは良いが、冷めると箸《はし》で食べにくく、ぼそぼそして不味《まず》くなった。

千代田のお城の中で食べるのに、握り飯が黒ずんでいては肩身の狭い思いをするのではないか。何より美味しく食べてもらいたい。そんな思いから、澪は白米を八、麦を二として、三角の形の握り飯を作った。掌《てのひら》に収まりの良い大きさの握り飯を三個、青菜の切漬けを添えて竹皮で包む。

持ち重りする竹皮の包みを手に、澪は思案する。つる家で売り出した「お手軽」のひとつは、はてなの飯に牛蒡の素揚げが入って二十文、割籠を戻してくれたひとには十六文で売っていた。同じことは出来ないけれど、もうひと工夫してみたくなった。

仕入れに銭をかけずに済むものを使えば、お菜をひとつ、加えられる。今の時季なら何だろう。美味しくて、しかも戻り鰹《がつお》よりも、もっと安価で手に入る物……。あれしかない――心に浮かびはしたものの、果たしてそれが良いのか否か、澪には決めかねるのだった。

「澪さん、そいつぁ……」

澪の抱える桶《おけ》に目を留めて、政吉は包丁を置いた。桶の中身は棒手振《ぼてふ》りから安く手に入れた鮪《まぐろ》の柵《さく》である。この時季、鮪は大量に獲《と》れるため驚くほど廉価で、庶民の懐に優しい魚だった。ただし、安いから誰しもが好むのか、と言えば、決してそうではなかった。

「死日を献立に使うのか」

政吉は険しい目で、桶の鮪を睨んでいる。

鮪は別名を「しび」と言い、「死日」の文字を当てるため、縁起の悪い魚とされていた。一柳《いちりゅう》の板場に居た政吉だからこそ、鮪を扱うことに嫌悪を示すのだ。

「違うんです、ちょっと試してみたくて」

お弁当のお菜に、との澪の釈明を聞いて、漸《よう》く政吉は愁眉《しゅうび》を開いた。

夕餉の仕込みの合間に、鮪で時雨煮《しぐれ》を作ろうと柵取りした鮪に包丁を入れかけて、澪はふと留《とど》まった。

庶民でさえ鮪を遠ざけるのだ、武家ならなおさらだろう。ましてや千代田のお城の中で、鮪とわかるものを口にするのは周囲を憚《はばか》るし、誇りを傷つけもしよう。徒組は下級武士と聞くが、そうであるなら一層、蔑《さげす》まれて辛い思いをするのではないか。それなら衣を付けて天麩羅《てんぷら》にしたらどうだろう。いや、天麩羅は冷めると衣が美味しくないから駄目だ、等々。あれこれ思いを巡《めぐ》らせて、鮪を削《そ》ぎ切りにしていく。

「あら、こんなとこに」

棚の片付けをしていたお臼が、手を差し伸べて奥の方から紙包みを引っ張り出してきた。先日、皆で食べた煎餅の包みだった。

「まだ少し、残ってましたっけ」

ふきちゃんにあげましょうね、とお臼が言った時、澪の舌に煎餅の粉の味が蘇《よみがえ》った。

「お臼さん、済みません」

包丁を置き、澪はお臼を呼び止めた。

摩《す》りおろした山葵《わさび》を酒で緩め、鮪に下味を付ける。塩煎餅を丁寧に擂《す》り鉢で擂って細かくし、先の鮪に万遍なく塗《まぶ》して、油で揚げる。どんな味わいになるか見当もつかない。暖簾を終ってから、その冷めた揚げ物に箸を伸ばした。

「澪さん、俺にも味を見させてくんな」

政吉は言って、指でひょいと摘まむと口へ放《ほう》り込んだ。さく、と軽やかな音がする。政吉ははっと目を見張り、ゆっくりと口の中のものを嚙み始めた。さく、さく、と良い音が続いた。

澪もまた、ひとつを口に運んで嚙んでみる。揚げてから刻が経《た》ったとは思えぬほどの、軽い衣の味わい。それに衣自体の塩味と鮪の山葵とが効いて、何とも愉《たの》しい。澪は嬉しくなって、さくさくと嚙み進めた。

「煎餅を衣に使うだけで、こんなことに……」

低く呻いたきり、政吉は打ちのめされたように、がっくりと肩を落とす。

戸締りを終えて、土間伝いに調理場へ戻ったお臼が、夫の様子に足を止めた。お臼の顔から明るい笑みが消え、案じる表情になるのを、しかし澪は気付かなかった。

「口に入れた時に、衣が剝《は》がれ易《やす》いのが気になります。玉子の白身を使ってみましょうか。白身なら少しは回せますし。あと、下味に醬油の香りがほしいです」

夢中で思索を続ける澪に、政吉は重い吐息で応えた。

「あんたには、どう逆立ちしても敵《かな》わねぇよ」

力なく頭を振って、政吉は諦めたような眼差《まなざ》しを傍らの料理人に向ける。

「今夏の時知らずを使った料理の数々にしろ、この料理にしろ、俺ぁただもう魂消《たまげ》るばかりさ。神仏が俺にも澪さんほどの才を与えてくれていたら、とつくづく思うぜ」

声に哀《かな》しみが宿るのを察して、澪は箸を放した。

政吉さん、とその名を呼ぶ。

「私も全く同じことを政吉さんに思います。時知らずの料理はもちろん、お酒の燗《かん》のこと、大坂にはなかった食材の扱いなど、政吉さんの才があってのつる家です」

心を込めた言葉を、政吉はじっと聞いていたが、返事の代わりにまた、溜息《ためいき》をついた。そんな政吉の様子を気にして、さらに声をかけようとした澪の袖《そで》を、お臼がそっと捉《とら》える。もう何も言わないで、とその瞳《ひとみ》が懇願するのを読み取って、澪は黙った。

竹皮の包みを開けば、麦飯の握り飯がごろりと三つ、青菜の切漬け、それに何やら狐色《きつねいろ》にこんがりと揚がったものがふた切れ。

「これは……」

長月晦日《みそか》、夕刻につる家を訪れた件《くだん》の徒組頭は、揚げ物を口にして戸惑っている。

「山葵の効いた、この中身は何か。わしには皆目わからんのだが」

柔らかく微笑《ほほえ》んで、澪は答える。

「鮪なんです。周りの衣は塩煎餅を擂り鉢で細かく擂ったものです」

何と、と徒組頭は唸《うな》った。

「塩煎餅を衣にすれば、刻が経ってもこのような軽やかな味わいが楽しめるのか」

はい、と澪は頷いてみせた。塩煎餅は値も張らないし、揚げ油は要るものの十六文の売り値ならばちゃんと利も出る。

「さようか、これが十六文」

ありがたい、と侍は料理人に、白髪交じりの頭を下げる。さっそく明日から神無月末まで、これと同じものを供する約束を取り交わした。

胡椒の間の障子越しに入る陽《ひ》が朱色を帯びている。徒組頭は湯飲み茶碗《ぢゃわん》に手を伸ばし、中身を空けるとほっと息を吐いた。部屋がほんのり温まるような吐息だった。

侍の傍らに置かれたままの弁当に目をやって、澪はふと尋ねたくなった。

「差支えが無ければ教えてください。お弁当を食べる時は温かいお茶やお汁はあるのでしょうか？」

「そうさな、茶は飲めるし、塩辛い味噌汁《みそしる》も用意されておる。役職によっては弁当を使う部屋が与えられるが、我々はそうはいかぬので、御台所の広い広い板敷の決められた場所で食べているのだ」

吟味役やら御膳《ごぜん》奉行やらの詰所も近く、気詰まりなことよ、と頭は苦く笑った。

御膳奉行、という思いがけない言葉を耳にして、澪は咄嗟《とっさ》に胸に手を置いた。生地越し、蛤《はまぐり》の片貝が澪の心に優しく寄り添う。

「喉を潤すものがあると知り、安堵《あんど》しました」

穏やかに言って、澪は徒組頭を見送るために、そっと立ち上がった。

明日から弁当を取りにきてもらうべく借家の場所を教えれば、侍は幾度も丁重に礼を伝えて、機嫌よく帰っていった。組頭の姿が飯田《いいだ》川の向こうへ消えていくのを見守りながら、自身の胸の内が平らかなことに澪は大きな慰めを得る。

──下がり眉《まゆ》

澪のことをそう呼んでいたひとも、今はもう遠い。確実に時が流れ、甘やかな思い出も、斬《き》られるような切なさも、静かに引いていく。

橋の袂《たもと》に立ち、澪はひとり、暮れなずむ天を振り仰いだ。

神無月、朔日《ついたち》。初めてひとりで弁当を商う日を迎えて、澪は目覚めてから気忙《きぜわ》しく立ち働いた。麦飯を炊き、美味しく食べてもらえるようにと願いつつ、熱いのを堪えて三角に結び、鮪の揚げ物を用意する。持ち帰り用の粕漬けも床几に並んだ。

朝五つ（午前八時）、翁屋から仏頂面の使いが、鼈甲珠を受け取りに来た。そして、昼前には徒組の使いに弁当を十、手渡した。まだ年若い徒士《かち》で、風呂敷に包んだ弁当を小脇に抱えると、弾む足取りで帰っていった。

長く空き家だった店から、煮炊きの良い香りがするのが珍しいのか、川端を行く者が時折り、開け放たれた引き戸から中を覗く。

「暖簾が掛かってないが、料理屋でも始めたのかい」

声をかけられる度、澪は身を縮め、違います、と応えた。

借家は、俎橋からも飯田川沿いの道筋からも、様子がよくわかる。常にひとの目があるため、用心は良い。験《げん》の悪い店として長く空き家だった経緯もひとの興味を引くのだろう。ただ、鼈甲珠はまさに小判を生む玉子だ。また、粕漬けの商いの実入りもある。空き巣狙いや押込みなどに絶対に遭わないとは言えないため、折りを見て、伊《い》佐《さ》三《ぞう》に、隠し戸棚などの造作の相談に乗ってもらうことになっていた。

匂いが抜けて引き戸を閉めようとした時、川風が、まだ緑を残す銀杏《いちょう》の葉を、澪の足もとにはらりと置いた。吉兆を得て、澪はそれを拾い上げる。

四千両までの道のりはまだ遥《はる》か。それを思えば、心に影が差すけれども、懸命に歩き続けるしかない。二百文の商いも、十六文の商いも、ともに大切にする生き方を貫こう。そうすることで拓《ひら》ける道もきっとあるだろう。

澪は改めて思い、手にした銀杏の葉を帯に挟んだ。


季節の巡りが、その冬、つる家に初めての自然薯《じねんじょ》をもたらした。

馴染《なじ》みの百姓が持ち込んだと聞くが、土間に並べられた自然薯はかなりの量で、澪は思わず歓声を上げた。政吉が一本を手にして、うっとりと見入っている。

「どうだ、この自然薯の見事なこと」

まだ泥がついたままの自然薯は、さほど太くはないのだが、三尺（約九十一センチ）ほどの丈がある。うねうねと捩《ねじ》れた身を見れば、掘り出したひとの苦労が偲《しの》ばれた。

「お前さんったら、朝からそればっかり、もう聞き飽きましたよ」

洗った器を拭《ふ》く手を止めて、お臼が大きな身体《からだ》を揺すって笑っている。

煎餅の衣を巡る遣り取りで、三人ともに気まずい思いをしたはずが、その後のお臼の常と変らぬ笑顔と心遣いのお蔭で、政吉と澪もぎくしゃくせずに済んでいた。

「うちのひとはねぇ、澪さん、前世は自然薯だったんじゃないか、と思うほどの自然薯好きでねぇ。これからの時季は特に、寝言に出るほどなんですよ」

「まあ、そんなに」

女房の言い分に澪もくすくすと笑い、ああ、それなら、と料理人に尋ねた。

「政吉さんなら、その自然薯、どんな料理になって出てきたら嬉しいですか？」

揺りおろして出汁《だし》で伸ばして、とろろご飯。あるいは浅草海苔《のり》に塗り付けて、精進揚げ。澪がつる家で出すのは、その二種が殆《ほとん》どだが、一柳で修業した政吉ならどう料理するのか、澪は胸を弾ませて返事を待つ。

「俺かい、俺なら」

言いかけて政吉はふっと口を噤《つぐ》んだ。

それまで朗らかに笑っていたお臼だが、すっと表情を改める。

「お前さん、澪さんになら、話してみても構わないんじゃないですかねぇ。何ならあたしから話しますよ」

そう言って、亭主の返事を待たずに、器を放して澪の傍《そば》へと寄った。

「澪さん、うちのひとは、端《はな》から澪さんの才に敵わない、と決めてかかって、自分からは伝える気がないんですよ。だから私が代わりに言います」

お臼は手の中の布巾《ふきん》をぎゅっと握りしめて、真《ま》っ直《す》ぐに澪を見た。

「自然薯は皮を削いで、酢水に晒《さら》して使いますよね。でもうちのひとは、皮を剝かず、酢水にも晒さずに使うのが一番旨い、と」

「でも、それでは……」

自然薯は、山の芋の中でも特に灰汁《あく》が強い。切った傍から真っ黒に変色してしまうのが常なので、酢水に晒さねば悲惨なことになる。また、皮は薄いが、新牛蒡のように香りがあるわけでもないから、皮ぐち使うことも澪には考えられなかった。

言いよどむ澪の心中を慮《おもんぱか》って、お臼は、そうでしょうとも、と頷いてみせる。

「見た目が駄目なので、一柳を始め、どの店でも試すことすら許されなくて……ほかの店でしたが『そんなものを旨いと思う奴が料理人を名乗るな』とまで罵《のの》しられたこともあるんです。なので、専《もっぱ》らうちでしか作りませんが、あたしゃ、うちのひとの料理の中では、そうやって作った薯蕷蒸《じょうよむ》しが一番好きなんですよ」

「薯蕷蒸しだと」

板敷で転寝《うたたね》をしていた店主が、むっくりと半身を起こす。昼餉の商いを終えて疲れが出たのか、遅い賄いを食べたあと、そうやって休んでいたのだ。

「政《まさ》さん、今、薯蕷蒸しって言ったよな」

俺ぁ、そいつが好物なんだよぅ、と種市は涎《よだれ》を拭《ぬぐ》う素振りを見せる。

「旦那《だんな》さん、そんなにお好きだったんですか」

申し訳なさに、澪は両の眉を下げた。

薯蕷蒸しとは、山の芋を擂りおろし、白身の魚などに載せて蒸し上げた料理だった。澪も店主に請われて、江戸の大和芋《やまといも》を用いて献立に載せたことがある。しかし、どうしても大坂で馴染んだつくね芋が恋しくなるので、さほど頻繁に作りはしなかった。

「殿方は好むかたが多いですねぇ、この時季、自然薯や山芋を使った料理は一柳でもよく出ました」

お臼は言い、手を伸ばして政吉の手から自然薯を取り上げる。

「井戸端で泥を落としてきますよ。お前さん、旦那さんや澪さんに一度、試して頂いちゃあどうですか？」

泥を綺麗《きれい》に洗い落として乾かされた自然薯は、まだ髭根《ひげね》を纏《まと》っていた。政吉は火で炙《あぶ》ってその髭根を焼き切る。お臼がそれを受け取って、今度はさっと濯《すす》ぎ、布巾で丁寧に全体を拭う。ふきなど、何が始まるのか、とぽかんと口を開けて眺めていた。

皮を剝かず、そのまま擂り鉢の内側に自然薯をあてがい、擂り始める。そんな政吉の手もとを見て、澪は、まあ、と声を洩《も》らす。

擂りおろす傍から自然薯は鼠色《ねずみいろ》に変わっていく。政吉は擂粉木《すりこぎ》を用いて、さらに丁寧に擂り続ける。糊《のり》状になった自然薯は見る間に褐色に染まった。そこに出汁を少し加えて伸ばし、塩を足し、玉子の白身をよく解《ほぐ》し入れて、なおも擂る。

「今日は白身の魚が無《ね》ぇからな」

魚の代わりに、削ぎ切りした豆腐を茶碗の底に敷き、上から擂り鉢の中身を装い入れ、蓋をして蒸し器で蒸す。蒸し上がる間に、政吉は手早く葛あんを温めた。

「こいつぁ」

板敷で料理の仕上がりを待っていた店主は、茶碗の蓋を取って、眉根を寄せる。澪も同じく中を覗いて、唇を引き結んだ。

気味の悪い黒い何かが、葛あんから透けて見える。料理は色で食べさせるものなのに、既に色を見ただけで食欲が削《そ》がれた。

ふたりの様子に落胆を隠さない政吉には構わず、お臼は匙を差し出し、

「見た目の悪さに怖気《おじけ》づいてしまうのは勿体《もったい》ないですよ。とにかく、熱いうちに召し上がれ」

と、真剣な顔で勧める。

種市と澪は互いに頷き合うと、同時に匙で薯蕷の部分を掬《すく》い取って口に運んだ。

あっ。

声には出さず、澪は動揺を堪えて、もうひと匙。

嘘《うそ》だ嘘だ、と心の中で声がする。

こんな灰汁塗《まみ》れのものがこれほど美味しいだなんて、嘘に決まっている、と。

そっと店主を窺《うかが》えば、目を閉じて恍惚《こうこつ》の表情で口を動かしていた。見た目が悪さをするのだ、と気付き、先ほどよりも多い量を匙で掬って、店主を真似て瞳を閉じた。

甘い。そして自然薯の味が実に濃い。滋養に満ち溢《あふ》れた味わいが、舌から喉の奥へと引き継がれる。口中がこの料理を歓迎しているようだった。

これが自然薯の真骨頂なのだ。料理人として自分は一体、今まで自然薯の何を料理してきたのか、と呆然《ぼうぜん》としてしまう。

匙が豆腐を捉えた。木耳《きくらげ》や銀杏《ぎんなん》を加えなかった政吉の意図が充分に伝わる。この料理は自然薯の味わいを堪能するものだから、具は淡白で、出しゃばらない方が良い。鮃《ひらめ》を使えばさぞかし、と空になった茶碗の底を眺めて、澪はただただ感嘆する。

「政さん、俺ぁ……」

種市の声が微かに震えている。

「俺ぁ、参った。心底参っちまった」

店主は匙を置き、両の手を腿《もも》に載せて長く息を吐く。それから、政吉とお臼とを交互に見て、こう言った。

「俺ぁ長年蕎麦《そば》を打って、自然薯との付き合いも長かったはずだが、こんな底力があるたぁ思いも寄らなかった。政さん、あんたはとんでもねぇ料理人だ。どうだろう、この薯蕷蒸しをつる家の献立に載せちゃあくれまいか。こいつぁ、きっといける」

店主の言葉を聞き、どすどす、とお臼が土間を踏み鳴らして、政吉に駆け寄った。

「お前さん、ほら、ちゃんと味のわかるひとには伝わるって言ったろう？」

良かった、と身体を弾ませて全身で喜びを表す女房に、無骨な料理人は頬《ほお》を紅潮させて、しかし、と戸惑いの声を上げた。

「見た目がこんなじゃあ、誰も頼もうとは思いませんぜ」

「蓋をすりゃあ、食うまで見えねぇよ。何なら、夜だけの料理にすりゃあ良い」

さらりと言って、店主は鷹揚《おうよう》に笑う。

政吉さん、お臼さん、と澪は板敷に手を置いて、ふたりを見た。

「私はこれまで自然薯の持つ味わいに目を向けず、灰汁を抜き、白く美しく仕上げることばかりに心を砕いていました。そして、そのことに疑いを抱いたりもしなかった。私では到底たどり着けない、素晴らしい料理です」

つる家は政吉あってこその店になる――澪はそのことを確信した。

料理人の心からの賛辞を受け止めて、政吉はお臼と眼差《まなざ》しを交わしあう。亭主の双眸《そうぼう》が潤むのを認めて、恋女房は着物の袂でそっと瞼《まぶた》を拭った。

神無月最初の「三方《さんぽう》よしの日」、所用を済ませ、粕漬けも売り切ったのを機に、澪は常よりも早めに家を出た。今日は政吉の考えた料理を三方よしに出す初日でもある。それを思うと、今から胸が弾んだ。

「おお、お澪坊、良いところに来てくれた」

つる家の調理場の板敷で、奉公人たちに囲まれていた店主が、勝手口に現れた澪を認めて、手招きする。

「今、皆で政さんの料理の名前を考えてたとこなんだが、良い知恵が出ねぇのさ」

なるほど、板敷には、名前の候補と思しき「くろぐろ」だの「野郎蒸し」だの「山うなぎ」だのと書かれた紙が並べてあった。

「自然薯のことを昔っから『山うなぎ』なんて言うのは確かですがねぇ、お客には伝わりませんよ」

りうが口を窄《すぼ》めて言えば、おりょうも、

「『くろぐろ』だなんて、あんまり美味しそうじゃないですし」

と、首を捻《ひね》っている。お臼は居心地悪そうに身を縮める。肝心の政吉は、と見れば、渋面のまま自然薯の髭根を焼いていた。

「お澪坊、何か知恵はねぇか？」

主《あるじ》に問われ、澪は襷《たすき》を手に、じっと考える。

政吉の考案した料理のお披露目だし、それに相応《ふさわ》しい名前はないだろうか。奇抜な名付けは料理の値打ちを下げる。わかり易くて、それでいて「どんな料理か」とお客にわくわくしてもらえるなら、なお良いのだが……。

黙り込む澪に代わり、りうが、さも名案を思い付いたと言わんばかりに手を打った。

「山の芋は殿方のあちら方面も元気にしますからね、おかみさんだって喜ぶでしょう。『かみさん孝行』なんてのはどうでしょうか」

「けど、夜だけ元気ってのも迷惑なものですよ」

おりょうとりうの遣り取りを、種市がわざとらしい咳払いで封じた。

澪は思いついて、板敷に両膝をつき、手を伸ばして筆を取った。置かれた紙の空いた部分に、「常夜蒸し」と書き記す。

「薯蕷蒸しではなく、こちらの字を当てるのはどうでしょうか」

「ああ、なるほど。つる家でしょっちゅう食べられる、って伝わるぜ」

種市はぽん、と手をひとつ叩いて、紙を取り上げると政吉の方へ向けた。

「政さん、『常夜蒸し』って名で良いかい？」

「俺ぁ、何でも良いですぜ。名前で料理の味が変わるわけじゃねぇし」

政吉は素っ気なく答え、張り合いに欠けるまま、料理の名が決まった。


つる家の表格子には、「三方よしの日」と書かれた紙の横に、貼り紙がもう一枚。

「新名物、常夜蒸し」の文字が自信ありげに躍っている。七つ（午後四時）を待ち兼ねて、店の表に集まったお客らが、貼り紙を見て首を傾げた。

そこへりうが現れ、手を打ち鳴らし、朗らかな声を節に載せる。

「さあさ、神無月最初の三方よしは、男気溢れる自然薯料理」

よっ、看板娘、と常客からの合いの手も入り、りうは上機嫌で続ける。

「名物の茶碗蒸しがとろとろ太夫なら、こちらはとろとろ御大尽。つる家謹製、常夜蒸しで、今宵は力を付けてくださいな」

思わせぶりな老女の台詞に、何だ何だ、とお客らが連なって暖簾を潜る。ご案内をお願いしますよ、と老女の華やいだ声が奥まで届いた。

火傷《やけど》しそうに熱い蓋を外せば、ほかほかと柔らかな湯気が立ち上り、そこに混じる山葵の香りに鼻をくすぐられる。存分に香りを嗅《か》いで、茶碗に顔を寄せれば、葛あんを透かして何やら濁った色が目に映る。しかし、夜の店内、暗い行灯《あんどん》のもとでは、色みが今ひとつわからない。下足番の呼び込みからすれば自然薯だろうが、下処理を施した自然薯の白さとはほど遠く、何とも不気味な料理なのだ。

だが、長くつる家に通うお客らには、この店ならば下手な料理は出さないだろう、との信頼があった。

「おい、食うだろ？」

「ああ、食ってみねぇとな」

お客同士、そんな声をかけ合って、匙を葛あんに差し入れる。

ゆっくりとひと口。背筋を伸ばして、驚いた表情を示す者あり。器に鼻を埋《うず》めそうになって、中身を確かめる者あり。次いで、ふた口。

「こいつぁ、堪《たま》らねぇ」

微かにそんな声が洩れた他は、皆、夢中で匙を動かし続けていた。

本当に美味しい物に出会った時、ひとは寡黙になる。澪はつる家のお客たちから、そのことを教わっていた。間仕切り越しに入れ込み座敷の様子を見守っていた澪は、胸に手をあてがい、背後を振り返った。

ふきに擂り鉢を押さえてもらい、政吉が丹念に自然薯を擂っている。座敷の様子を伝えようとした澪だが、政吉の強張《こわば》った横顔を見て、留まった。成果を伝えるべきは自分ではない、と悟ったがゆえだった。

「お前さん」

さほど時を置かず、お臼が盆に蓋付きの茶碗を並べて戻った。盆ごと調理台に置き、両手で蓋を取ってみせる。いずれも葛あんまで舐《な》めたかの如《ごと》く、空になっていた。

「お代わりをお願いしますよ」

お臼の弾んだ声に、政吉はぐっと唇を結び、声もなく頷いた。高まる感情を捻《ね》じ伏せているのが読み取れる。

「酒だよ、酒が全然足りなくなった」

膳を抱えた種市が、よたよたと現れて、注文を通した。

「座敷のお客は口きくのも忘れて、もう夢中で食ってるぜ」

俺の思った通りだ、と店主は低い鼻をぐんと高くしている。

変化は、早くも翌朝に表れた。

ふきが店の表を掃き清めていたら、幾人かに声をかけられた。

「店主に言っておいてくんな。昨夜の三方よしで食った自然薯が忘れられねぇ、と」

言い回しはひとによって異なるが、伝えられる切実な思いは同じだった。わざわざ勝手口まで押し掛けて、常夜蒸しをその名の通り、毎夜の献立に載せてくれ、と店主に直談判《じかだんぱん》する者まで現れた。

昼餉時、りうが表に立って献立の案内をしようと手拍子を打ち始めるや、常客のひとりが駆け寄り、その手をぎゅっと握った。

「婆《ばあ》さん、否、看板娘さんよぅ。お前さんの言った通りだったぜ」

目を潤ませて礼を言う大工に、りうは、ふぉっふぉと余裕の笑みを見せる。

「そんなすぐに効くもんじゃないですよ。続けて食べることが大事ですからね」

老女に諭されて、大工は、

「俺ぁ、銭の続く限り、この店であれを食い続けると約束するぜ」

と、誓いを立てて去っていった。

夕餉の仕込みのために、つる家を訪れた澪は、ふきから事の顛末《てんまつ》を聞いて、まあ、と感嘆の声を洩らした。

「政吉さん、それでは今夜も常夜蒸しを用意しないといけませんね」

「ああ、そのつもりで親父《おやじ》さんに自然薯を頼んでおいた」

ふたりの料理人の間でそんな遣り取りがあり、つる家定番の大根と油揚げの汁物、鯊《はぜ》の天麩羅、栗飯という決まった献立の他に、急きょ、常夜蒸しが追加された。そして大抵のお客が常夜蒸しを別に注文したのだった。

暮れ六つ（午後六時）を前に、一階、二階ともお客が占めて、お運びの手が足らず、澪も手隙《てすき》の時に膳を運ぶ。自然、お客らの会話が耳に届いた。

「つる家のとろとろ茶碗蒸しは、見た目も良いし、味も絶品。遊女に喩《たと》えるなら、吉原の花魁《おいらん》よ。そこへいくと、この自然薯のやつは仙人だ。長く風呂に入ってねぇような見てくれだが、ひと口味わえば不老長寿をもらったも同じ。花魁よりも男心に詳しいってなもんよ」

「お、上手いこと言うねぇ」

あちこちから賛同の声が上がる。

けどよう、と先の語り手は、少し力のない声音で続けた。

「毎晩、毎晩、この店へ食いに通いたくなるからいけねぇよ。俺ぁ五人の子持ちだ。家には嬶《かかあ》と腹を空《す》かした餓鬼がいるから銭が続かねぇ。全く、こいつぁ親父泣かせの料理だぜ」

思い至ることがあったのか、座敷は少しの間、静かになった。だが、それもほんの一時で、銘々、また匙を使い始める。どの顔にも食べる喜びが滲《にじ》んで、座敷に食の幸せが満ち溢れていた。澪はその情景を胸に、調理場へと戻った。

蒸し上がりを見ていた政吉が、低い声で澪さん、と呼んだ。

「見た目の悪さで認められっこない、と思ってた料理を、この店の客はちゃんとわかってくれた。こんなに嬉しいことはねぇよ」

抑えた声に、料理人としての喜びが潜む。澪は、ただ黙って笑みを返した。

その夜は材料の自然薯が無くなるまで常夜蒸しの注文が続き、調理場は大わらわとなった。やがて暖簾を終う刻限となり、最後のお客を見送るために澪は表へと回った。

「まあ、ご隠居さま」

昆布のご隠居、と密《ひそ》かに呼ぶ常客の姿を認めて、澪は走り寄る。

つる家の料理を気に入り、御台所町《おだいどころまち》に店が在《あ》った頃から今日まで、悪い足をおして通ってくれている老人だった。

「今夜も美味しかったよ」

老人は相好を崩したあと、ふっと、真顔になった。

「親父泣かせ、と言っていた客がいましたが、まさしくそうです。この年寄りも、あまりの美味さに泣かされました」

頭上に昴《すばる》を頂いて、昆布のご隠居は右足を引き摺《ず》りながら俎橋を渡る。遠い道のりを、つる家の料理だけを目当てに、ここまで通ってくれる。

ああしたお客の存在に店は守られているのだ、と澪は改めて思うのだった。

朝、目覚めて引き戸を開けると、目の前の通りに、黄や赤、橙《だいだい》など錦織の帯が敷かれていた。瞳を凝らせば、銀杏や桜、紅葉《もみじ》に楓《かえで》の落葉と知れる。昨夜の強風の置き土産だった。川向うの武家屋敷の漆喰塀《しっくいべい》から覗く樹々《きぎ》は衣装を削がれて裸になり、代わりに飯田川一面に落ち葉の船が浮いていた。

「あら」

箒《ほうき》を手に通りに出た澪は、俎橋の中ほどに立つひとの姿を認めて、声を洩らす。欄干に片手を置き、じっと水面を眺めているのは医師の源斉《げんさい》だった。澪には全く気付く様子もなく、物思いに沈んでいる。その表情に翳《かげ》りが見えて、澪はそっと箒を板壁に立てかけた。沈思の刻を妨げぬよう、そのまま引き戸の内側へと戻る。

源斉先生はちゃんと食事を摂っておられるのだろうか。休めているるだろうか。

引き戸の陰に身を隠して、澪は橋上の医師を見守った。源斉は見つめられていることに気付くことなく、両の肩を一度きり、大きく上下させた。そして、重そうな薬箱を持ち直し、迷いのある足取りで武家地の方へと歩き始めた。源斉の苦悩が垣間見《かいまみ》えて、澪は暫くその場を動けずにいた。

「姐《ねえ》さん、頼まれてた鰆と鱒を仕入れてきたぜ。それと柵どりの鮪だ」

馴染みの棒手振りの威勢の良い声を聞いて、漸く我に返った。

ひとり、調理台に向かい、包丁を握る手にもう片方の手を添えて、心を整える。鰆と鱒をそれぞれ捌《さば》いて切り身にし、塩を振って暫く置く。その間に、先に漬け込んでいた魚と青物とを取り出して、経木に包んでいった。粕の良い香りが周囲に漂い、通りを行く者がすんすんと鼻を鳴らす。漬け込みの作業が終われば、今度は徒組の弁当作りに取り掛かった。麦飯を握り、煎餅を衣に鮪を揚げる。目の回る忙しさだが、今はそれがありがたい。

「確かに」

昼前、まだ年若い徒士が弁当の数を勘定して、受け取った。代わりに百六十文、紐《ひも》を通した銭で澪に支払う。

「十六文でこの旨さ。お蔭で昼餉が楽しみでならない。弁当を使う度に入手先を問われるが、教えぬと決めている。悪いが、我ら徒組だけの幸としておきたい」

ひと月と言わず、ずっと食べたくなる味だ、と至極真面目《まじめ》な顔で打ち明けて、十の弁当を風呂敷に纏《まと》める。帰り際、床几の粕漬けに目をやって、その値を問うた。

経木ひと包みが二十文と教わると、少し考えて首を振り、若い侍はこう続けた。

「いつか、何の躊躇いもなく買えるようになろう。それを励みとさせてもらう」

倹しい暮らし向きが偲《しの》ばれて、澪は、お待ちしています、とだけ応えるのが精一杯だった。二十文の粕漬けが、二百文の鼈甲珠に匹敵するほどの重さに感じた。

飯田川沿いに立てば、刃《やいば》が忍んでいるのか、と思うほどに風が冷たい。

徒士を見送ったあと、中へ戻ろうとした澪だが、ふたり連れがこちらへ向かってくるのを認めた。

「まあ、清右衛門《せいえもん》先生、それに坂村堂《さかむらどう》さんも」

「澪さん、今日は巷《ちまた》で評判の粕漬けを求めに来たのですよ」

憮然《ぶぜん》とした戯作者の傍らで、坂村堂は上機嫌に言って泥鰌髭《どじょうひげ》を撫《な》でた。

聞けば、二種の味噌漬けをそれぞれ五つ、全部で十、ほしいとのこと。

十も、と驚きつつ、澪はふたりを中へ通した。襖《ふすま》を外した内所の、板張りの端に腰をおろし、戯作者と版元は揃《そろ》って出された白湯に口を付ける。

「八つ（午後二時）には売り切れてしまう、と聞いていましたから、これでも急いだのですよ。美緒《みお》さんのところにもお裾分《すそわ》けしたいですし」

坂村堂の言葉に、澪は嬉しくなって、にこにこと尋ねた。

「少しご無沙汰《ぶさた》しているのですが、美緒さんはお元気でしょうか？」

澪の問いかけに破顔して、随分逞《たくま》しくなられました、と坂村堂は答える。

「この間は、近所の子供を叱《しか》りつけた、と話しておられましたよ。せっかく干した洗濯物を汚されたのが許せない、と。棒手振りを捉《つか》まえるのもお上手になられました」

ふん、と大きく鼻を鳴らし、清右衛門がふたりの会話に割り込んだ。

「馬鹿娘のことなど興味はないわ。それよりも『親父泣かせ』とは一体何か」

ええい、早う答えよ、と怒鳴られて、澪は戸惑った視線を版元に送る。

そうそう、と坂村堂は白湯を飲む手を止めて、小膝を打った。

「今日は珍しく早めにつる家で昼餉を食べたのですが、周りのお客がその話題で持ちきりで。店では夕餉にしか出さないらしく、食べたことのない客ばかりでした」

親父泣かせ、とはまた面白い料理の名前ですねぇ、と坂村堂に言われて、澪は呆然とする。話の中身からして、それは常夜蒸しのことに違いないのだが、最早、誰もその名前を使う気はないのだろう。以前、蛸《たこ》と胡瓜《きゅうり》の酢の物に「ありえねぇ」と名付けたつる家の常客たちだが、今回も新しい名を付けてしまったようだ。

「親父泣かせ、ですか」

声に出して言えば、何やら可笑《おか》しくなって、澪は笑いだした。笑い過ぎでお腹《なか》が痛くなり、ついには両手でお腹を押さえて蹲《うずくま》る。

「おい、どういう料理なのだ」

さっさと答えよ、と戯作者は顔を紅潮させて怒鳴り続けた。

さあさ、今夜のつる家の献立は
ぬくぬく牡蠣《かき》飯、ふうふう風呂吹き
親父泣かせのあの料理
店の表から、手拍子とともに、下足番の呼び声が流れてくる。それに釣られて、腹を空かせたお客らが次々と暖簾を潜る気配がした。
「今夜は牡蠣飯か、旨そうだな。それと、追加で親父泣かせを頼む」
「こっちも親父泣かせをひとつ」
夕餉時、お客の声が調理場まで届いて、澪をくすくすと笑わせる。
「仕様がねぇなあ」

弱った顔で店主が注文を通しに、調理場へ現れた。

「誰も常夜蒸し、って名で注文してくれねぇんだよぅ」

「済みませんねぇ、澪さん」

同じくお臼が大きな身体を縮めて、澪に小さく手を合わせる。

「せっかく綺麗な名前を付けてもらったのに」

「良いんですよ、お臼さん」

にこやかに笑って、澪は応える。

「『親父泣かせ』って、お客さんの気持ちそのままなんですよ。私では考えつかなかったわ。味のある、良い名前じゃありませんか」

澪の台詞に、鮃を湯引きしていた政吉が苦く笑っている。

確かに、と店主は大きく頷いた。

「『親父泣かせ』ってなぁ、如何《いか》にも政さんの料理らしい名だもんな。そいじゃあ、これからは『親父泣かせ』でいくとするか」

店主がそう言った途端、入れ込み座敷から、

「おい、『親父泣かせ』はまだか」

と、料理を催促する声が相次いだ。

その日を境に、常夜蒸しは親父泣かせ、と名を変えて、つる家の名物として商われることとなった。

二度めの三方よしの日は小雪《しょうせつ》。その頃から寒さが身に応えるようになり、三度めの三方よしのあと、大雪《だいせつ》を迎えた。

木枯らしが吹き荒《すさ》ぶ中、つる家を訪れたお客らは、熱々の親父泣かせに文字通り泣かされ、慰めを得る。馴染みの百姓はわけを聞いて、苦労して自然薯を求め、届けてくれていた。やがて、今年も茶碗蒸しを登場させる季節を迎えたが、親父泣かせの人気は下がらず、種市の判断で昼はとろとろ茶碗蒸し、夜は親父泣かせを出来るだけ献立に入れるように決めた。そうして澪は、日中は鼈甲珠と弁当、それに粕漬けを懸命に商い、夕方からはつる家で店主や奉公人らと心をひとつにして夢中で働くうち、神無月も最後の日を迎えた。

その日、若い徒士はいつも通り弁当を受け取ると、名残り惜しそうに澪を見た。このひと月、そなたの弁当でどれほど慰められ、励まされたか知れない、と丁寧に礼を伝える。

「同じ内容に見えながら、切漬けは日によって替わり、握り飯にも胡麻《ごま》を塗《まぶ》したり、海苔を巻いたり、と細かな工夫が凝らしてあった。徒組は皆そろって貧しいが、貧しいからこそ、このように心のこもった旨い弁当の味わいは身にも胸にも沁みた。城内では色々な者から入手先を問われたが、我らは一切、明かさなかった。もしかすると大きな商いに結び付いたかも知れず、それは申し訳ないと思うが」

徒士は一旦、言葉を区切り、真摯《しんし》な眼差しを料理人に送った。

「持ち帰り専用の弁当屋、という商いの道もあるだろうが、そなたの行くべき道ではない、と我らは思ったのだ。冷めてなお、これほどまでに旨い。そなたの料理は器に装われ、湯気の立っている方がおそらく、もっと似合う。いつか、そうした料理を口にしてみたい。我らはそれを楽しみにさせてもらう」

そう結んで、若者は丁寧に頭を下げた。

徒組の皆の心根に胸を打たれ、澪もまた深く首《こうべ》を垂れた。

「月日の経つのは早いってぇが、齢を食えば食うほどそう思うぜ」

今月はもう、おとりさまだぜ、と柱の暦を眺めて、種市がつくづくという。

霜月《しもつき》に三の酉《とり》まである年は火事が多い、と信じられているし、実際、辛い思いもしたつる家である。だが、幸いなことに、今年は二の酉までだった。

「政さん、お澪坊が夜だけの通いになった分、お前さんが盛大働いてくれてるからよう、一の酉には夜だけの商いにして、男ふたりで鷲《おおとり》神社へお詣《まい》りと洒落込まねぇか」

いや、俺は、と断りかける政吉を、りうが素早く制する。

「お受けなさいな、政さん。人遣いの荒い店主がそんなこと言うなんて珍しいですよ。雨でも降らなきゃ良いですがねぇ」

その夜、雨の代わりに、雪になった。

初めての雪が江戸の街を覆うと、湯気を求めて多くのお客がつる家の暖簾を潜る。

つる家では、白尽くしの雪見鍋を献立に載せた。出汁を張った鍋の中に、鱈《たら》に葱《ねぎ》、しめじの白い軸を割いて加え、豆腐も足して、軽く絞った大根おろしをこれでもか、というほど載せた熱々の鍋物だ。醬油を酒で割り、柚子をぎゅっと搾り入れたもので食せば、身体がぽかぽかと温《ぬく》もった。白尽くしを求める者で畳の冷える暇がなくなり、お運びの手が足りない。澪も手隙を見つけては、膳の上げ下げを助けた。

二階の山椒の間に追加の料理を運んで、失礼のないように立ち去ろうとした時、お忍びで訪れた侍のひとりに、呼び止められた。

「つる家では以前、割籠を売ったことがあったが、あれはもうやらぬのか」

「はい、あれは火の扱いを止められた時だけの商いです」

澪の返答を聞き、やはりな、と侍は些《いささ》か落胆した声音で応えた。あとは澪の存在も忘れて、仲間同士の雑談に戻る。

「神無月の間中、徒士の使っていた弁当が妙に旨そうだった。冷めておるはずの揚げ物が、さくさくと良い音を立てるのだ。城内でもちょっとした噂になって、御膳奉行やらお城坊主やらが表御台所まで覗きに来ておった」

わしも耳にしておる、と同席の侍が身を乗り出した。

「麦飯の倹しい弁当らしいが、実によく考えてある、と御膳奉行の某がえらく褒めていたそうな。店がわかれば、頼みたがる者は多かっただろうに」

自身の心の臓の音が周囲に聞こえるのではないか、と怯《おび》えつつ、澪はそっと部屋を出た。襖を閉めたあと、廊下に両膝をついて動悸《どうき》が収まるのを待つ。

徒士から聞いてはいたが、よもや、件《くだん》の弁当がここまで話題になっているなどとは思いも寄らなかった。思慮深い徒組のお蔭で、大事にならずに済んだことを知り、澪はほっと胸を撫で下ろすのだった。

「隠し戸棚よりも、内所の床下を掘る方が安心だぜ」

霜月九日の早朝、漸く手の空いた大工の伊佐三が、澪の借家を覗きに来てくれた。

毎夕方から夜、家を空けるために鼈甲珠の盗難を案じる澪に、伊佐三は新たな提案をして、早速と内所の板張りを捲《めく》った。下を覗いて、

「前の借主の忘れ物だな」

と、一枚の絵付けの皿を拾い上げる。そうして床下を掘り下げると、板を打ちつけて物を収められるようにしてくれた。一刻（約二時間）ほどの間に全て片付けて、伊佐三は白湯を飲む間も惜しんで引き上げた。

鼈甲珠を仕込んだ重箱に、これまでの商いで得たお代を貯《た》めた壺《つぼ》などを床下に収めて、澪はほっと額に浮いた汗を押さえた。これで安心して出かけられる。安堵の息をついた時に、漸く、伊佐三が拾い上げた皿を思い出した。

手に取ってしげしげと眺めれば、おそらくは銘々皿のうちの一枚だったのだろう、赤地の器の内側には大輪の菊が描かれている。上絵付けの金と黄の花弁、緑の葉が目にも鮮やかだ。綺麗、と呟いて澪はそれを流しで丁寧に洗った。

布巾で水気を拭い、再度、じっくりと見る。美しいが料理を盛り付けるには向かない。料理人ならば、まず選ばない器だった。万が一、持ち主だったひとが取りに来た場合を考えて、澪はそれを棚の奥に仕舞っておいた。

疲れを覚え、少し休もう、と思った時だ。

もうし、と表から声をかけられて、入口の方を見れば、芳《よし》ほどの年配の女が控えめな笑顔をこちらに向けている。おさ舟に結い上げた髪に鼈甲の櫛《くし》と花形簪《かんざし》、消炭色《けしずみいろ》の小紋が品よく映る武家の妻女だった。

粕漬けを求めにくるのは、大抵、商家のおかみさんか、手土産にと考える者か、いずれにせよ庶民であったので、澪は内心、怪訝《けげん》に思いつつ、どうぞ、と中へ招いた。

「澪さん、澪さんですね」

意外にもそのひとは親しげに澪の名を呼び、ご無沙汰しています、と微笑む。

その顔があるひとの面影に重なって、澪は、あっと思った。確かに一度会ったことがある。

「もしや、源斉先生の……」

「ええ、母のかず枝《え》です」

かず枝は穏やかに笑んでみせる。いつぞや、源斉に頼まれたから、と鰻《うなぎ》をつる家に差し入れてくれたことがあった。

慌てて内所に通そうとする澪を、かず枝は制する。

「お忙しい刻限にお邪魔したのです。手短にお話しします。澪さんが徒組相手に商っていたお弁当を、ひとつ、お分け頂きたいのです」

かず枝のひと言に、澪は双眸を見開いた。

組衆が伏せていたはずのことを、何故、かず枝が知っているのだろうか。

娘の表情に恐れを読み取ったのか、御典医の妻は頭を振って、優しく話し始めた。

曰《いわ》く、徒組が持ち込んでいた弁当がとにかく旨そうだった、と城内で大変な評判になっている。ことに、冷めても衣がさくさくと軽い揚げものについて、誰しもが一度は食したい、と願ったが叶《かな》わない。徒組は決して入手先を明かさないが、夫、陶斉《とうさい》が他言せぬことを約束の上で組頭に問うたところ、澪のことを教えられたのだという。

「詳しくは話せぬのですが、徒組のお弁当に興味を持ったのは、公方《くぼう》さまの食に関して全ての責を負う役職のかたなのです。そのかたが動けば大事になりますが、主人ならば医師の立場からあれこれ助言する身。まずは食べてみておきたい、と」

お分け頂けませんか、と懇願されて、澪は恐縮する。弁当に興味を持った人物についても、おそらくは、との目星もついた。無論、その職にあるひとは何人も居るのだろうが、もしも仮に、あのかたならば……。もう互いの人生が交差することはないけれど、何か役に立てるならば、との思いもあって、澪は明日の引き渡しを約束する。

「では、八つ頃にこちらへ参ります」

明日は一の酉ですね、と言い残し、外に控えていた侍女を伴って、かず枝は帰っていった。

霜月の酉の日は、鷲神社の祭礼で市が立つ。十日は一の酉で、鷲神社に近い吉原《よしわら》廓《くるわ》も大層な人出になるため、翁屋からの使いは常よりも早く訪れた。

顔馴染みになった翁屋の使いは、四十過ぎの無口で無愛想な男だが、

「姐さん、早くに悪いな。何せ『おとりさま』だ」

と、珍しく詫《わ》びて引き上げた。

かず枝に頼まれていた弁当を用意するついでに、おとりさまに出かける種市たちの弁当も作った。種市らの分には、握り飯の他に鯖《さば》を焼き、疲れが取れるように酢を効かせた菊花と蕪《かぶ》の酢の物を添える。飯もお菜も多めに作った方が美味しいので、残ったものをふきと自分の昼餉にすることとした。

「おっ、お澪坊の弁当付きたぁ豪勢だ」

風呂敷包みを受け取った種市は、生地越しに匂いを嗅いで上機嫌だ。いそいそと出かける店主と政吉を見送ったあと、ふきと一緒に過ごそうと借家に連れ帰った。

粕漬けを求めに来たお客の対応をしつつ、ふきに料理の細かなことを教える。

「油揚げはね、面倒なようでも必ず油抜きして使った方が良いわ。そうでないと、調

理しても味が沁みないし、仕上がりもしつこくなるから」

油抜きの方法も、笊に取ってざっと熱湯をかけるだけのものから、鍋に入れてしっかり煮立たせるものまで、どんな料理を作るかで違ってくる。

「油揚げで何も手を加えないのは、お稲荷《いなり》さんのお供えくらいなんですね」

澪の手もとを見つめて、ふきがそう洩らした。刹那《せつな》、澪は油揚げをぎゅっと絞る手を止めた。ふいに、脳裡《のうり》に化け物稲荷の姿が浮かんだのだ。

「そう言えば、暫く化け物稲荷にお詣りに行けていないわ」

吐息交じりの告白を聞いて、ふきは料理人の腕を取った。

「澪姉さん、あたし、ちゃんとお留守番をしてます。お詣りしてきてください」

いいえ、それは、と頭を振りつつも、雪の後、濡れた枯れ葉に祠《ほこら》や神狐《しんこ》が埋もれ、汚れているのを思えば、澪は居ても立ってもいられなくなった。お詣りだけなら、一刻あれば戻ってこられるだろう。かず枝が弁当を取りにくるのにも充分に間に合う。ふきの言葉に甘えることにして、澪は襷を解いた。

「悪いわね、ふきちゃん。お弁当の残りがあるので、それでお昼にしてね」

言い置くと、余った油揚げを浅草紙に包み、それを手に借家を飛び出した。

俎橋、昌平橋《しょうへいばし》、と渡り、神田明神下を抜けて、化け物稲荷までの道中を小走りで駆け通す。漸く辿り着いた化け物稲荷は、冬枯れの情景の中にあった。

「ああ」

神狐に手を置き、荒い息を整えて、澪は声を洩らす。祠の屋根の落ち葉は払われ、神狐の身は拭ってあった。間違いなく、誰かが手を入れてくれているのだ。

ありがたいこと、と見知らぬ誰かに礼を言い、祠に無沙汰を詫びて手を合わせる。吉原へ戻った野江《のえ》のこと、なかなか捗《はかど》らぬ身請けのこと。苦しい胸の内を打ち明けて祈りを終え、神狐はと見れば、例によってふふっと柔らかく笑っていた。長居は出来ぬ身、後ろ髪を引かれる思いで境内をあとにする。

帰りは下り道が多く、また、お詣りをしたことで気持ちが解れて、足取りも軽い。息を弾ませて戻ってみれば、借家の表には武家の侍女が控えていた。もしや、と思い、慌てて中へ駆け込めば、既にかず枝の姿があった。ふきが機転を利かせたらしく、床几を空けて布を敷き、そこに腰かけてもらっていた。

「待ちきれなくて、早めに来てしまいました。御留守の間に上がり込んでしまって」

堪忍してくださいね、とかず枝は微笑む。

傍らの折敷《おしき》には、箸が一膳。ふきが何かを出したのか。怪訝に思いつつも、かず枝に挨拶しようと近付いて、澪は息を吞《の》んだ。

床几に置かれた、一際鮮やかな赤地の器が澪の目を射抜く。棚の奥に仕舞い込んだ、あの絵付けの皿だった。装われたものは既になく、底に少し汁気が溜《た》まっている。それを目にした澪は、冷たい手ですっと首筋を撫でられたかのように感じた。

「澪姉さん、お客さまに、このお菜のお味見をして頂きました」

澪の戸惑いに気付かず、ふきは明るく応える。その手には菊花と蕪の酢の物を入れておいた鉢があった。それを絵付けの器に装って、源斉の母に出したのだ。

激しい耳鳴りがして、血の気が引いていく。顔色が青ざめるのが自分でもわかった。

「菊花がこれほどまでに」

言いかけて、かず枝は両手で口を覆う。澪は袂から手拭いを抜き出して、かず枝に駆け寄った。

げほげほ、とかず枝は咽《むせ》て、差し出された手拭いに胃の腑《ふ》のものを戻した。

「ふきちゃん、お水を」

澪の鋭い声に、弾《はじ》かれたように、ふきが水瓶《みずがめ》へと走る。

「奥方さま」

中の異変に気付いたのだろう、入口からこちらを覗いて、ふたりの侍女が床几に駆け寄った。

「奥方さまに一体、何をしたのだ」

年長の侍女が澪を突き飛ばし、かず枝の背中を撫でる。かず枝は二つ折れになって苦しんでいた。

「これはいけない、すぐに屋敷へお連れして、殿さまに診《み》て頂かねば」

両側からかず枝を抱えようとするふたりを、お待ちください、と澪は懸命に制する。

「今、動かすのは奥方さまにとって、ご負担が大きいです」

澪の言葉が終わらぬうちに、かず枝はまた戻した。

こちらへ、と強い口調で言って、澪は内所の襖を開け放つ。手早く板敷に布団を敷く澪の姿を見て、ふたりの侍女は頷き合い、かず枝を支えて内所へと移った。帯を緩め、かず枝を布団に寝かせると、若い方の侍女はひとを呼ぶためか、縺《もつ》れる足で表へと出ていった。

「答えよ、奥方さまに何をした」

詰め寄る侍女を開いた掌で押し留め、澪はふきに命じて桶と水とを運ばせる。

「奥方さま、これでお口をお漱《すす》ぎくださいませ。そして胃の腑の中のものを全て、お吐きくださいませ」

澪に命じられるまま、かず枝は半身を起こして水を口に含み、桶の中へ吐き出した。

背中を撫でられ、最早胃液しか出ないのだが、吐くだけ吐いて、かず枝は漸く身を横たえた。

「きつい物言いはお止《や》めなさい。この者たちが悪いわけでは決してない」

かず枝は侍女を手招きして、掠《かす》れた声で諭した。

ですが奥方さま、と侍女は控えめながら反論を試みる。

「突然の吐き気など、毒か、あるいはそれに近い物を密《ひそ》かに口にさせられた、としか考えられませぬ」

そんな、とふきが小さく声を洩らした。澪がふきの方に目をやれば、真っ青になってその眼差しで必死に無実を訴えている。

「それは違います。口卑しくも酢の物の味見を望んだのは私。それに酢には毒を消す力が備わっていること、そなたも知っておろう」

かず枝に説かれて、侍女は俯《うつむ》いた。

吐くだけ吐いて落ち着いたのだろう、少し休みます、と小声で言って、かず枝は両の目を閉じた。大きな危機は脱したことを澪は悟り、僅かに不安を削いだ。

寝息が洩れたのを機に、澪はあとを侍女に託して内所を出て、そっと襖を閉めた。ふきを呼んで小声で告げる。

「あとは私に任せて、ふきちゃんはつる家へ戻ってちょうだい。そして、このことは誰にも話さないように」

良いわね、と念を押すと、ふきは、でも澪姉さんが、と言いよどむ。それでも澪に強く命じられて、ふきは振り返り、振り返りして出ていった。

内所の閉じた襖を見つめて、どうすべきかを澪はじっと考える。詫びて済むことではないが、今はかず枝の回復を祈り、待つしかなかった。

「奥方さまはご無事か」

永田《ながた》家の用人と思しき男が飛び込んで来たのは、それから半刻（約一時間）ほどのちのこと。引き戸の外に待機する武士が二名、先の年若い侍女の姿もあった。

「今は幸い、よく休んでおられます」

襖越し、侍女の応える声がした。

その返答に微かに緊迫が緩んだが、用人は今度は土間の隅に控えている澪をきつく睨みつける。

「女、答えよ。一体、何があったのか、隠し立てをせずに仔細《しさい》を申せ」

澪は土間に正座し、両の手をついて額を土に付けた。

「手違いで、絵付けの皿に酢の物を装ったのです。お詫びの言葉もございません」

料理人の言葉に、用人は眉を顰《ひそ》める。

「話をはぐらかすとは無礼千万。ご典医の奥方さまに毒を盛ったとあらば、その命、ないものと心得よ」

語気を強めて言い放つ侍に、澪は平伏したまま、そうではないのです、と声を振り絞った。

「酢は食材の毒を消す一方で、器の色付けのために使われた毒を溶け出させてしまう。そのため、絵付けの皿に酢の物を盛ることは決してしてはならぬ——料理の道に入った折りに、師と敬うひとからそう教わりました」

酢が毒を、と呻いて、用人は疑わしげに周囲を見回した。流し台に赤い器が置かれているのに気付き、それを手にして澪の下へ戻る。

赤地に黄、金、それに緑を用いて描かれた大輪の菊の皿だった。

「さような話は信じ難い。見え透いた嘘を」

「嘘ではない」

用人の台詞を断ち切る声が、大きく響く。声の主はと見れば、源斉そのひとだった。よほど急いで駆けつけたのだろう、両肩が激しく上下に揺れている。源斉は大股《おおまた》で土間を突っ切り、御免、と声に出して襖を開いた。

丁度、侍女に支えられて、かず枝が半身を起こしたところだった。

「母上」

息子の呼びかけに、源斉、と応じる。その声に力があった。源斉が板敷に上がり込むや否や、付き添いの侍女が襖をぴしゃりと閉ざす。

医師として診察をしている様子が洩れ聞こえ、各々が耳を欹《そばだ》てて経緯を窺《うかが》った。

「これならば、駕籠《かご》で屋敷へ戻れます。父上も兄上も安堵されましょう」

そんな声が聞こえて、用人は愁眉を開いた。

「心配をかけて済まない」

襖を開くなり、源斉は、用人や、外で待つ家臣らに真っ先に詫びる。そして控えている用人のもとに行って腰を落とすと、こう告げた。

「我が屋敷には、赤楽や上絵付けの器はひとつもない。ある時、不思議に思い、何故なのかを父上にお尋ねしたところ、そうした器の釉薬《ゆうやく》や絵具は酢で溶け出す恐れがあるので遠ざけている、とのことだった」

無論、器に罪はなく、いずれも盛り付ける料理を選びさえすれば問題はない。ただ、役務柄、万が一のことがあっては、とそうした器は置かないのだという。

「何故、酢だけがそのような悪さをするのか、理由は父上にも、無論、私にもわからない。ただ、母上のように毒に敏感な場合はまだ良いけれど、不知のうちに身体に蓄えられて、徐々に命を削られてしまうこともある、と教わったのだ」

源斉の言葉に、ならば若さまに申し上げます、と用人は澪を指し示す。

「その理を知っていながら、奥方さまに絵付けの皿を用いたのならば、この者は罰せられるべきでございます」

用人の言葉に、源斉は澪の隣りに行き、両の膝を折った。

その場に居合わせた者たちは、何が起きようとしているのかがわからず、ただ固唾《かたず》を呑んで源斉の動きを見守っている。

土間に正座して、母上、と源斉はかず枝を呼んだ。

「母上、私は料理人としてのこのひとを、よく存じています。此度《こたび》のことには、きっと何か仔細があるはず。何とぞ寛容な対処をお願い申し上げます」

そう言ってかず枝に深く頭を下げる。

源斉の姿に、家臣らは戸惑う視線を交わし合った。自分たちの仕える家の若君が、一介の女料理人のために、母親にとりなしを求めている。その事実がどうにも理解できないのだ。

源斉、とかず枝が我が子を呼んで、その面を上げさせた。

「寛容も何も、澪さんは関《かか》わりのないこと。私に料理を出したのは、留守を頼まれていた娘で、菊花の酢の物に似合う器を、と思ったのでしょう。棚の奥を探ってその皿を見つけたのです。その娘に、お前や澪さんのような知識があるとは思えませぬ」

かず枝は居住まいを正し、襟元を整えると、家臣らをゆっくりと見回して、続けた。

「これが他家ならば何の問題もないでしょうが、永田家は御典医の家系。殿さまから伺っていないとはいえ、器の毒についての不知は大層な恥です。身内の恥は即《すなわ》ち家の恥、殿さまの恥となりましょう。皆、此度のことは決して他言せぬように」

良いですね、と釘《くぎ》を刺して、かず枝は侍女の手を借り、ゆっくりと立ち上がった。まだ少し、足もとが心もとない。

「母上、駕籠までお連れします」

源斉は土間に片膝をつき、かず枝に背中を向ける。長身の源斉はかず枝を軽々と背負った。かず枝は外へ向かう息子を止めて、

「澪さん、お弁当をお分け頂けますか」

と、声をかける。

侍女が澪から竹皮の包みを受け取るのを見ながら、母上、と源斉は呆《あき》れてみせた。

「このような状況で弁当のことを忘れていないとは、母上らしいというか、何という

か。色々な意味で感心してしまいます」

　息子に言われて、かず枝は恥ずかしそうに身を竦《すく》めている。

　がしゃん、と大きな音がして、備前焼の擂り鉢が真っ二つに割れた。ふきが、茫然《ぼうぜん》と土間を見ている。擂り鉢を移そうとして、誤って調理台から落としてしまったのだ。

　今夜はこれで二度めだった。

「ふき坊」

　政吉の厳しい叱責《しっせき》が飛ぶ。

「やる気が無《ね》えなら、井戸端へ行って洗い物でもしてな」

　済みません、ごめんなさい、と繰り返し、ふきは土間に這《は》い蹲《つくば》って、割れた擂り鉢を片付けている。擂っていた自然薯ごと無駄になったのだから、政吉の怒りは半端ではない。

　日中に何があったのか、ふきは澪との約束を守って、誰にも何も話していなかった。つる家の調理場に立つなり、ふきには「何も心配しなくて良いから」と耳打ちしたのだが、事の顚末がわからぬ限り、ふきの胸から不安は去らないのだろう。

　それでもふきの落ち度には変わりなく、つる家では主も他の奉公人たちも、敢《あ》えて口を挟まない。澪のところで何かあったのではないか、と薄々思いつつ、誰も問い質《ただ》さなかった。それぞれが持ち場をしっかりと守るうちに、慌ただしく刻が過ぎ、下足番のりうのお客を迎える声が途絶えた。

種市は間仕切りからひょいと座敷を覗いて、

「お客も残り少なくなったし、今日は少し早いが、暖簾を終うとしようぜ。俺ぁ、朝から酉の市に行ったんで、くたびれちまった」

と、のんびりした声で告げて、肩を交互にとんとん、と叩いてみせる。それから、ふと思いついたように、

「お澪坊、悪いが、ふき坊を湯ぅに連れてってくんな。俺ぁもう寝ちまうんで、女同士、ゆっくり湯ぅへ浸かってくると良いや」

と、言い添えた。

店主の意を正しく汲《く》んで、澪は、そうさせて頂きます、と柔らかに応えた。

強い風が引き戸を賑やかに鳴らしている。薄い行灯の火が隙間風を受けて、ゆらゆらと揺らいでいた。他に火の気のない部屋は、吐く息も白く凍る。

澪はふきを連れてつる家を出たあと、湯屋へは行かずに、まっすぐこの借家へ戻り、

事の次第を話して聞かせたのだった。

「このお皿が、そんなことに……」

見事な大輪の菊を描いた皿に目を落とし、ふきは息を詰めている。

「私も料理人でなければ、そして天満一兆庵《てんまいっちょうあん》で教わらなければ、おそらくは知らずにいたと思う」

前置きした上で、澪は、こう続けた。

「料理にとって『美味しい』というのは、とても大事。でもそれよりももっと大切なのは、『身体に害がない』ということだわ。前にふきちゃんに紫陽花《あじさい》の毒のことを教えたけれど、料理人は果たしてそれが安心して口に出来るものかどうか、常に考えておくものなの。仮にそれを疎《おろそ》かにして食あたりでも出そうものなら、取り返しのつかないことになるから」

以前、偽つる家の一件で食あたりの濡《ぬ》れ衣《ぎぬ》を着せられたことを思い出したのだろう。ふきは悲痛な眼差しを澪に向けた。

「肝に……肝に銘じます」

堪忍してください、とふきは板張りに両手を置いて、額を押し付けた。

ふきちゃん、と澪は娘の名を呼び、悔いの滲む声で伝える。

「今回のことは、ふきちゃんのせいばかりではない、自分は教わっていたのに、ふきちゃんには教えていなかった私にも、落ち度があるの」

失った信頼を取り戻すことは、何もないところから信頼を積み上げていくよりも遥かに難しい。澪にはそれが骨身に沁みていた。

今日のことが、つる家で起こったのではなくて、本当に良かった——声には出さないが、澪は心底、そう思うのだった。

「これはこれは」

夕餉時、お客で込み合う入れ込み座敷に聞き慣れた声が響いて、膳を下げていた澪は、あら、と奥の席に目をやった。

常の席で、匙を手にした版元が膳を前に歓声を上げている。傍には不機嫌そうに眉根を寄せる戯作者の姿もあった。おそらく、清右衛門の戯作が書き上がり、ふたり揃っての夕餉となったのだろう。

「これが噂の『親父泣かせ』ですか。漸く御目通《おめどお》りが叶いました」

食べる前から目をきゅーっと細めている坂村堂の姿に、澪は思わず頬を緩める。それに気付いて、清右衛門は、ふんと鼻を鳴らした。

「何ともあざとい名だ、大体、夕餉にしか出さぬ、というのが許し難い」

これで不味ければ容赦せぬわ、と言い放ち、戯作者は匙を口に運んだ。

周りのお客らは好奇の眼で戯作者の様子を窺っている。

戯作者は、むっ、と声を洩らし、あとは何も言わずに黙々と食べ進めていく。途中で箸に持ち替えることなく、器の底が全て見えるまで、最後のひと掬いまで食べ尽くす。そして、恐ろしく不機嫌な顔つきで、音を立てて匙を置いた。

「清右衛門先生、如何《いかが》です？」

「気に入らぬ」

坂村堂の問いかけに、清右衛門は怒声で即答する。周囲はしんと静まり返った。

皆の視線が自分に集まっていることを察して、清右衛門はじろりと辺りを見回し、

「酒がないのが気に入らぬ」

と、吐き捨てた。

わっと座敷が沸いたところで、澪も膳を手に、にこやかに笑みを零して調理場へと向かう。澪の視野の端に、三人連れのお客が映った。

常ならば気に留めないはずが、妙に心に引っ掛かる。和やかに食事を楽しむお客らの中にあって、その三人を取り巻く雰囲気が張り詰めていた。ひとりは四十路《よそじ》前の、

番頭然とした男。残るふたりは還暦を越え、どこぞの大店《おおだな》の主の風格があった。三人が三人とも、匙で「親父泣かせ」を口に運ぶ度、いちいち考え込んでいるのだ。

番頭風の男の面差しに見覚えがあるような、ないような……。常客ならば覚えているが、そうでなければ記憶はどうしても曖昧《あいまい》になる。

誰だったかしら、と首を傾げつつ、澪は調理場へと引き上げた。

六つ半（午後七時）まで小半刻、流石《さすが》に入れ込み座敷に空きが目立つようになり、漸く注文が途切れ始めた。政吉とふたり、夜食の相談をしていたら、空いた膳を手にした店主に呼ばれた。

「お澪坊、坂村堂さんと清右衛門先生がお帰りだぜ」

ご挨拶したらどうだい、と命じられて、澪は襷を外すと、勝手口から路地を抜けて店の表へと急いだ。

「ああ、澪さん」

丁度、りうに送られて、坂村堂と清右衛門とが出てきたところだった。

版元が料理人と話したがっているのを察して、下足番は提灯をふたりに手渡すと、お気をつけて、の言葉を残し、すっと暖簾の奥へ身を隠した。

月の姿はまだなく、夥《おびただ》しい星が頭上から澪たちを眺めていた。こちらへ、と坂村堂はつる家から離れて、澪を俎橋の袂へ誘う。そして辺りを憚《はばか》るように声を落としてこう告げた。

「お気づきでしたか？　もう引き上げましたが、聖観堂《しょうかんどう》の番頭が、一階の座敷に居ましたね」

澪は版元が言わんとする言葉の意味がわからず、首を捻った。

その様子に、傍らの清右衛門が、ちっ、と舌を打つ。

「浅草の版元の聖観堂だ。毎年、師走《しわす》朔日に、恒例の料理番付を出しているところではないか」

お前の目は節穴か、と押し殺した声で叱責されて、澪は初めて、あっ、と気付いた。あの時、座敷にいた三人組のひとりに見覚えがあると思ったが、それもそのはず。確か三年前に聖観堂から使いとして訪れた、荘太《そうた》とかいう人物だったのだ。

「一緒に居たふたりは、おそらく、料理番付の行司役でしょう」

行司役は密かに単身で料理屋を訪れるものなのですが、と言って、坂村堂はふっと黙り込んだ。

今月は大の月で、残すところ五日。そして月が替われば聖観堂は料理番付を出すから、番付を決める作業はまさに佳境を迎えているはずだった。この時期に、版元の人間と行司役とがつる家に現れる、とはどういうことか。

「清右衛門先生」

版元は低い声で呼び、ふん、と戯作者は鼻息で応える。下方の提灯の火が、眼差しを交わし合う版元と戯作者とを薄く照らし出した。澪の目は、唇の端をくっと上げて不敵に笑う戯作者の表情を捉える。

清右衛門はちらりと澪を見ると、何も言わずにそのまま飯田川沿いを歩き始めた。

澪さん、と坂村堂は料理人を呼び、

「今年の料理番付は、思わぬ番狂わせがあるかも知れませんよ」

と、含みのある台詞を残して、戯作者を追い駆けていった。

ふたつの提灯の明かりが飯田川沿いから中坂の方角へ消えてしまうまで見送って、澪は暫くその場に佇んでいた。十字星や錨星《いかりぼし》、五角星に七つ星、と頭上には満天の星が瞬き、明かりを持たない娘を優しく照らす。

星空を仰いで、澪はつる家の調理場を任されて以来の歳月を思う。料理番付との関わり合いの深かった歳月を。

四年前、とろとろ茶碗蒸しで初星を取った。三年前、聖観堂の申し出により、登龍《とりゅう》楼《ろう》と大関位を巡って料理の競い合いを行い、敗れた。二年前、番付表自体から転落。

そして去年は又次《またじ》のための面影膳で、大関位に返り咲いた。

喜びに震えた日、奈落の底へ突き落とされた日、疑念を抱いた日。ただ、今はそうした日々からは、遥か彼方《かなた》に居るように思われた。

北の空に、澪は心星《しんぼし》を求める。その星は、豪奢《ごうしゃ》な輝きを放つ星々の中にあって、淡く懸命に瞬いていた。ここに居る、ここに居る、と語りかけるように。

食は、人の天なり。

澪は胸の内で、密やかに心星に誓う。

食べる人の心と身体を健やかに保つ料理を作り続ける――そのひと筋の道を、ただひたすらに歩いていきます、と。

師走朔日、その朝もいつものように、翁屋からの使いが鼈甲珠三十個を受け取りに来た。顔馴染みになってはいても口数の少ない男は、しかし、厳重に包んだ行李を受け取る際に、

「里は料理番付の話で持ちきりだぜ」

と、ぼそぼそと打ち明けた。

聖観堂は吉原に近い上に商いでの繋がりもあるため、翁屋を始め廓では余所《よそ》よりも

早く番付表が手に入るのだという。

「待つ楽しみってのがあるだろうから、俺ぁ言わねぇが、里じゃあ大騒ぎよ」

くっくと笑いを噛み殺すと、翁屋の使いは戻っていった。

思わせぶりな台詞も、しかし、澪の心を惑わすことはなかった。

「澪姉さん」

俎橋の方から澪を呼ぶふきの声が耳に届いたのは、時の鐘が四つ(午前十時)を告げたあとだった。

「旦那さんが、澪姉さんに、すぐ来てくれないか、って」

転びそうになりつつも、何とか澪のもとへ辿り着いた娘は、息を乱し、台詞が切れ切れになっている。

「伊佐三さんが、料理番付を持ってきて、でも、何だかよく、わからないんです」

わからない、と澪は怪訝な顔で繰り返した。

「おお、お澪坊か」

走り通して勝手口から調理場へと駆け込んだ澪を、種市の声が迎える。見れば、番付表を手にした種市と伊佐三、それに政吉が戸惑いを隠せない様子だった。

「料理番付が発表されたんだが、まあ、見てくんな」

差し出された一枚摺りを凝視すれば、大関位の位置に「日本橋登龍楼」の名と、「鮑尽《あわびづ》くし」の文字。そして、その右横に枠を余分にひとつ加えて「元飯田町つる家」と「親父泣かせ」の文字が記されているのだ。

「これは……」

関脇ならば大関の左隣りに記されるはずだし、実際、関脇位には「吉原登龍楼」の名があった。澪も判断が付きかねて両の眉を下げる。

「大関位なのか、違うのか、一体どっちだってんだよう」

店主が呻いて頭を抱えたところへ、

「つる家さん、おめでとうございます」

と、酒樽《さかだる》を手にした坂村堂が満面に笑みを浮かべて、勝手口に姿を現した。

「坂村堂の旦那ぁ」

良いところへ、と種市は番付表を手に版元へと駆け寄った。

「教えてくんな、つる家は登龍楼に勝ったのか、それとも負けちまったのかよう」

そこに控えている店主から奉公人に至るまで番付表を理解出来ていない、と悟って、坂村堂は丸い目をきょとんと見張り、そのあと破顔一笑した。

「四年前の冬場所で、白滝という力士が張出前頭になりましたから、張出をご存じだと思っていたのですが、相撲の番付には関心をお持ちではなかったのですね」

私もさほど詳しくはないのですが、と前置きの上で、版元はこう話した。

建前として前頭に加えることは難しいが、だからと言って、その者を外すわけにもいかない。苦肉の策として用いられたのが、わざわざ欄を設けて記した張出前頭とのこと。寛政六年（一七九四年）には齢七つの大童山《だいどうざん》という張出前頭が土俵入りをして人気を博した、との逸話が残っている。

「今回の料理番付でも、おそらくつる家さんの人気が、関脇に留めるには高過ぎたのでしょう。言うならば、『張出大関』ですよ」

聖観堂の窮余の一策でしょう、と説く版元の言葉に、徐々に種市の顔が紅潮し始める。坂村堂さん、と種市は震える声を絞り出した。

「するてぇと、何ですかい、つる家は……このつる家は、料理番付の大関位……張出大関ってことなんですね」

ええ、と坂村堂が頷くや否や、土間に控えていたのだろうお臼が飛び出してきて、

「お前さん」

と、政吉の首にしがみついた。

おりょうは伊佐三に駆け寄り、りうはふきと抱き合って喜びを分かち合っている。種市は、というと番付を我が胸に押し当て、肩を震わせていた。涙と鼻水とがぽたぽたと落ちて土間にしみを作る。

旦那さん、と小さく呼んで、澪はその背中に手を置いた。お澪坊、と店主は応え、

「俺ぁ番付にはもう拘《こだわ》らねぇつもりだったんだが、おつるの名前をこうして残すことが出来たのは、やっぱり嬉しいぜ」

と、袖口で顔を覆った。

「おやまあ」

りうが泣き笑いの声を上げる。

「料理の名前通りに、つる家の親父を泣かせちまいましたよ」

老女のひと言に、居合わせた誰もがわっと歓声を上げた。

その日は番付を見た常客が祝いに詰めかけて、終日、大層な賑《にぎ》わいとなった。

「本音を言やぁ、俺ぁ、張出ってのが気に食わねぇぜ。付け足しみてぇでよ」

「まったくだ。どうせなら、登龍楼を引き摺り下ろしての、正の大関にさせてやりたかったぜ」

興奮と歓喜の嵐が少し静まると、お客らは決まって、そんな台詞を口にする。

だが、言い回しは多少異なっても、必ずこんな風に場をおさめるお客が居た。

「馬鹿言っちゃあいけない。張出になるってなぁ、巷《ちまた》での『親父泣かせ』の評判が高くて行司役も袖に出来なかった、てぇことだろ。つまりはつる家こそが、正真正銘の花形力士ってことだ」

その言葉を耳にする度に、お臼は調理場へ駆け戻り、食器棚の陰に蹲って泣いた。

おい、お臼、と政吉は包丁の手を止めずに、声を張る。

「お前、身体がでかいから、ちっとも隠れてないんだよ」

そんな夫婦の様子に、つる家の店主や奉公人らは朗らかに笑い、そして互いに悟られぬよう瞼を拭った。

明日香風——心許《こころばか》り

蒼天《そうてん》に、幾つもの凧《たこ》が競り合い、真新しい凧を孕《はら》んで高く高く上がっている。今年の干支《えと》である寅《とら》や達磨《だるま》を描いた絵凧の中に、「龍」や「富」「宝」などの字凧が混じるのも微笑《ほほえ》ましい。俎橋《まないたばし》を渡るひとびとは、下ろしたて草履の足を止めて空を仰いだ。

文化十五年（一八一八年）、正月二日の朝。

飯田《いいだ》川の土手で凧を操る子供らに、橋上から声援を送る者たちに混じって、澪《みお》もまた、晴れやかな表情で、新春らしい情景を眺める。

思えばここ数年、火事に疫病に旱魃《かんばつ》、と江戸の街は試練続きだった。新しい年はどうか穏やかに、との祈りを胸に、澪は手にした風呂敷《ふろしき》包みを抱え直した。

「澪さん」

名を呼ばれて振り返れば、薬箱を手にした源斉《げんさい》が、穏やかな笑顔を向けている。

「源斉先生」

「明けましておめでとうございます、澪さん」

患者の枕元に詰めていたのだろう、薄《うっす》らと無精ひげが浮き、両の眼《め》も赤い。華やかな景色の中で、医師のみが昨年を引きずっていた。

病に盆も正月もないけれど、相変わらず患者のために走り回る源斉の身を、澪は案じる。新年の挨拶《あいさつ》もそこそこに、

「源斉先生、お疲れのようですが、ちゃんとお食事は摂《と》っておられますか？」

と、尋ねた。

「いやぁ、参りました。まるで私は澪さんの患者のようだ」

ほろりと笑う源斉に、澪は、そんなつもりでは、と口籠《くちごも》って俯《うつむ》いた。

源斉は慈しむ眼差《まなざ》しを澪から風呂敷包みへと移す。

「良かった、その風呂敷、使ってくださっているのですね」

上品な真朱《まそお》色の絞り染めの風呂敷は、件《くだん》の騒動のあと、源斉の母かず枝《え》から源斉を通して、丁寧な詫《わ》び状とともに届けられたものだった。

「お詫びするのは私の方ですのに、お心遣いを頂いて」

優しい色合いの風呂敷は、手にするだけで気持ちが華やぐ。あまり身を飾らない澪にとっても、ありがたい贈り物だった。

「例の弁当、父が随分と褒めていました。あれから、傷まぬうちに城へ持ち込み
……」

一旦《いったん》言葉を区切ると、源斉は少し黙り、思案の末にこう続けた。

「食に纏《まつ》わる役職のかたと分かち合ったそうです。料理に精通したその相手も、澪さんの料理の工夫に随分と感服していた、と聞いています」

源斉の言葉に、澪はただひと言、恐れ入ります、と応《こた》えただけだった。

よーい、よーい、と棹《さお》を操る船頭の声がして、橋下、幾艘《いくそう》もの船が行く。どの船とも、積み上げた荷に紅白の布をかけ、初荷の幟《のぼり》をなびかせていた。

「ああ、初春らしい光景ですね」

欄干に片手を置き、僅《わず》かに身を乗り出して、源斉は川を覗《のぞ》き見た。

その横顔をそっと眺め、澪は思い返す。源斉が屈託を秘めた面持ちで水面を眺めていた日のことを。穏やかで優しい源斉が何かに思い悩み、苦しんでいるのが容易に察せられたあの日のことを。

これまでずっと、このひとに支えられ、見守られてきた身。その苦しみを和らげる力があるとは思わないけれど、せめて痛みに寄り添えたなら、と願う。

違う、そんな風に考えるのは間違っている。ふいに湧《わ》き上がった感情に狼狽《うろた》え、必死で打ち消して、澪は風呂敷を胸に深く抱いた。

「源斉先生、では、私はこれで」

「ああ、一柳《いちりゅう》にお年始ですね」

一礼して背中を向けた澪に、ご寮《りょん》さんに宜《よろ》しく、と源斉は柔らかに声を張る。逃げだすように小走りになる娘の項《うなじ》を、唐梅匂う風《からうめにお》が、さらりと撫《な》でて追い越して行った。

「ほうか、三が日は、つる家《や》もお休みだすか、珍しおますなあ」

一柳の奥座敷で、年始重詰から黒豆煮や小鰭《こはだ》の粟漬《あわづけ》を澪のために取り分けながら、
芳《よし》は高揚した声を上げる。

「ほな、今夜は泊まっていきなはれ。旦那さんも、きっとお前《ま》はんとゆっくり話した
い、て思てはりますよって」

芳の夫で一柳の店主の柳吾《りゅうご》は、年始に出かけて夜にならないと戻らないのだという。

優しい申し出を、しかし澪は済みません、と小さく詫びて辞退した。

吉原《よしわら》が商いを休むのは、一年のうち元日と文月《ふづき》十三日の二日限り。昨日は大門《おおもん》を閉
ざした遊里も、今日は商い始めで、澪も翁屋《おきなや》へ鼈甲珠《べっこうだま》を卸したところだった。

ほうか、と残念そうに呟《つぶや》いて、芳は銘々皿に装った料理を箸《はし》先で美しく整える。

何気なく室内を見回せば、食積《くいつみ》飾りの脇に、艶《あで》やかな彩りの毬《まり》が置かれていた。ま

るで、遊んでくれるひとを待ちわびているように、澪の目には映る。

「佐兵衛《さへえ》もお薗《その》さんも、遠慮があるんだすやろ」

澪の懸念を察したのだろう、佐兵衛一家は年始に来ないことを暗に伝えて、芳は銘々皿を澪に手渡した。

「こちらから出かける分は歓迎してもろてますよって、お花《はな》の顔を見に、ようよう寄せてもろてる」

心配せんでよろし、と芳は軽く首を振った。

柳吾のことだ、佐兵衛を料理人の道へ戻す説得を続けているに違いない。けれど、芳がその話に触れないことから、難航していることが察せられた。

黙り込んでしまった澪を気遣ってか、ああせや、と洩《も》らして、芳は飾り棚に手を伸ばし、小ぶりの塗りの蓋物《ふたもの》を取った。蓋を外して、澪の方へ、すっと差し出す。

「これ、何やと思う？」

受け取って中を覗けば、子供の握り拳《こぶし》ほどの大きさの、木蘭色《もくらんじき》のざらついた塊があった。黒砂糖に似るが、それよりは肌理《きめ》が細かく、しっとりとしている。澪の怪訝《けげん》な眼差しを受けて、芳は眉《まゆ》を曇らせた。

「一柳の座敷で見つかったよって、お客さんの忘れ物のはずだすが、どなたも心当たりがない、て言わはるんだす」

柳吾はその正体に気付いたようだが、芳には詳しくは語らず、とても貴重な品だから、落とし主が現れなければ自身番に届けた方が良い、と話しているとのこと。

澪は好奇心を覚え、器に鼻先を入れて匂いを嗅《か》いだ。仄《ほの》かに甘い香りがするが、それが何の香りなのかがわからない。塊から零《こぼ》れ落ちた粉を指に付けて、しげしげと眺めた。料理人の勘で、食べられるものだと踏んで、懐から手拭《てぬぐ》いを引き出した。もしも悪い物ならすぐに吐き出せるように、膳《ぜん》の湯飲みを引き寄せる。

「これ、澪」

芳の制止も聞かず、粉の付いた指先を口に含んだ。

舌の上に載せられた粉は、ゆっくりと溶けていく。刹那《せつな》、澪は双眸《そうぼう》を見開いた。

甘い、とても甘い。砂糖とも水飴《みずあめ》とも異なる、全く未知の甘さが舌を魅了する。毒などでは決してない、むしろ、何とも言えず優しい滋味に溢《あふ》れているのだ。

澪は思わず、もう一度、指に粉を付けた。唾液《だえき》で濡《ぬ》れていた指先で、乾いた粉はゆっくりと潤《ほと》びて、甘い香りを放つ。あっ、と澪は声を洩らした。その香りに、以前、何処《どこ》かで出くわした覚えがあるのだが、明確には思い出せない。

「澪、大丈夫か」

気遣う芳に、澪は頷《うなず》いてみせた。

「甘い味がします。お砂糖などとは全く別の甘さです」

これを料理に用いれば、きっと今までにない味わいのものが出来るに違いない。料理人ならば誰しもが色々と試してみたい、と思う滋味だった。口の中の余韻を探って、

「一柳の旦那さんは西洋のものにもお詳しいので、もしかすると西洋の甘味なのかも知れません」

と、芳に伝える。

一柳名物の生麩《なまふ》は、幕府の許しを得て西洋の小麦を用いている、と柳吾から聞いている。ああ、と芳が合点の声を発した。

「それやったら、早う持ち主に戻さなあきまへん。暫《しばら》く待って、どなたも名乗りではらへんようなら、自身番へ届けまひょ」

澪から戻された塗りの器を手に取って、芳は自身に言い聞かせるように呟いた。

「年が明けて、俺ぁ七十になっちまったよぅ」

自分の齢《とし》に仰天しちまうよぅ、と情けない声を上げる店主に、

「旦那さん、新年早々、齢の話は止《よ》してくださいよ」

と、おりょうが口を尖《とが》らせた。気の良いおりょうは、同居の親方から託された酒を持ち、太一《たいち》を連れてつる家に年始に訪れていたのだ。

今年二十四になった澪は、ふたりの遣《や》り取りを笑うに笑えず、両の眉を下げつつ、焼き網の餅《もち》をひっくり返した。焼けにくく、そのくせ焦げ易《やす》い餅は、こうして幾度もひっくり返し、熱を逃がしながら焼くのがこつだった。

万遍なく炙《あぶ》られるうちに、芯《しん》まで火が通り、漸《ようや》く餅の肌が大きく裂けて、そこからぷっくりと膨らみ始めた。商いを休んでいるつる家の調理場に、香ばしい香りが広がった。旨そうだ、と種市《たねいち》が早くも涎《よだれ》を拭う。

「あたしゃ、どうにも落ち着かないったら」

澪の傍らに屈《かが》み込んで、おりょうは首を捻《ひね》った。

「お鏡は別として、お餅が丸いってのは、一体どうしたものだろうねぇ。澪ちゃん、大坂のひとは、本当にこんな形のお餅を食べるのかい？」

江戸っ子のおりょうの疑念に、ええ、と澪は深々と頷いてみせる。

「私の生まれ育った大坂では、切り餅ではなく、丸餅ばかりでした」

江戸ではのし餅を包丁で切り分けて、角ばった餅を食す。大坂にものし餅が無いわけではないのだが、澪の知る限り、雑煮に入れるにしても、焼いて食べるにしても、端から丸めた餅だった。この丸餅は、昨日、芳が持たしてくれたものだ。大坂の丸餅を恋しがる芳のために、柳吾が特別に頼んで作らせた、と聞いている。

「江戸も昔々は丸餅だった、と俺ぁ聞いたことがあるぜ。けど、丸だろうが四角だろうが、旨けりゃ良いさ」

種市は、焼き上がった餅を潰《つぶ》して醤油《しょうゆ》をつけ、浅草海苔《のり》をくるりと巻いた。ほらよ、太一坊、と差し出された磯辺巻きを受け取り、太一は目を細めて美味《おい》しそうに食べ始めた。ふきが甲斐甲斐《かいがい》しく、太一のためにお茶を淹《い》れている。

「そう言やぁ、ふきちゃんの弟の健坊《けんぼう》も、太一と同い年だったたっけねぇ」

ふたりの様子を眺めて、おりょうがつくづくと言う。

「子供が大きくなるのは早いねぇ。ふきちゃんだって、初めてここに来た日のことを思えば、もうすっかり娘さんだもの」

こっちは年を取るばっかりで、とおりょうは太い息を吐いた。

つる家で半刻《はんとき》(約一時間)ほどを過ごしたあと、おりょうは親方の世話を理由に、太一とともに帰路につく。澪はふきと一緒に、途中まで母子を見送ることにした。

年始回りか、裃《かみしも》姿の侍が、挟み箱を担いだ奉公人を従えて、俎橋《まないたばし》を渡る姿が何組か。それを眺めて、おりょうは足運びを緩めた。澪もおりょうに歩みを揃《そろ》える。ふきと太一はそれに気付かず、仲良く弾む足取りで、俎橋を渡っていった。

「うちのひとはねぇ、澪ちゃん」

おりょうは太一とふきの背中に目を向けて、ぼそりと言う。

「本当は太一を自分と同じ大工にしたかったんだよ。太一が跡を継いでくれたら、親方だってどんなに喜ぶか知れないもの。でもね、それは諦《あきら》めるんだってさ」

澪は思わず立ち止まって、おりょうを見た。

おりょうは小さく頭《かぶり》を振って、弱々しく笑った。

「太一には絵の才があるから、絵の道に進ませる、って。でもねえ、絵師で果たして食べていけるのか、あたしゃ、どうにも心配でさ。皆が皆、辰政《ときまさ》先生みたいになれるわけじゃないし」

良い齢になっても、女房子供も養えないようじゃあ惨《みじ》めだからね、とおりょうは肩を落とす。澪はどう応えて良いかわからず、黙って目を伏せた。

俎橋を渡り切ってしまって、向こう側でふきと太一がこちらに手を振っている。おりょうは澪を優しく促して、歩き始めた。

「うちのひとは、太一があぁだから、好きな道に行かせた方が良い、って。口がきけないことで、辛《つら》い思いも悔しい思いも沢山するだろうけれど、それが自分で選んだ道なら、ましてや好きな道なら辛抱も出来るだろう、って。そんな風に言われたら、あたしゃ、何も言えなくなっちまってねぇ」

おりょうの言葉に、不意に視野が霞《かす》んで、澪はそれを隠すように顔を背けた。

「太一ちゃん、幸せだわ」

澪の掠《かす》れた声に、おりょうは、そうかねぇ、と自信なさそうに応えた。

ともに災害で両親を喪《うしな》った境遇だからこそ、澪には太一の身の上が自身と重なって仕方ないのだ。太一に向けられる伊佐三《いさぞう》とおりょうの深い愛情が、澪にはありがたくてならなかった。おりょうさん、と澪は呼んで、涙の溜《た》まった瞳《ひとみ》を向ける。

「伊佐三さんの仰《おっしゃ》る通りです。自分で選んだ道なら、好きな道なら、どんな辛抱でも出来るんです。私も、それに太一ちゃんもきっと」

おりょうは、澪の涙に胸を突かれた表情を見せ、声もなく橋を渡った。そうして橋を渡り終えると、ほら、太一、と息子の名を呼んで手を差し伸べた。

「澪ちゃん、ありがとね」

太一と繋《つな》いだ手を前後に振って、おりょうは澪を見た。

「おかげで、あたしも腹を据える覚悟が出来た」

晴れ晴れとした笑顔を残して、母親は息子とともに帰っていった。

暦の上ではとうに春だが、朝方はまだ随分と冷える。ことに川に面した借家ゆえ、明け方、引き戸を開けると、寒風が吹き抜けて澪を震え上がらせた。筏《いかだ》や船の姿のない飯田川は、漆黒から仄かに光を孕み始めた天を映している。息を吐きながら、両手を擦り合わせ、重箱を胸に抱える。中に入っているのは、昨夜のうちに下拵《したごしら》えをした七種《ななくさ》だった。

睦月《むつき》七日の今日は、七草。この日に無病息災を祈念して七種粥《がゆ》を食すのが習わしである。七種粥はつる家のこの日の定番でもあり、毎年、待ち望むお客が店の前に列をなすのだ。七種粥の作り方には細かな約束事があり、それを守った七種を届けるため、まだ暗いうちから店へ向かう。表通りから路地に入ったところで、澪は耳を欹《そばだ》てた。

唐土の鳥が　日本の土地へ

渡らぬ先に　なずな七種　囃《はや》してほとと

とんとんとん、と俎板《まないた》を叩《たた》く音とともに、ふきの歌声がまだ薄暗い路地に響く。澪は思わず口もとを綻ばせて、路地に佇《たたず》み、じっとふきの愛らしい声に耳を傾けた。

ふきがつる家に来て四年。傍らで澪のすることを注意深く見聞きし、きちんと記憶に刻んでいるのだ。七種は安心してふきに任せよう、と決めて、澪は足音を忍ばせて戻った。

その日は生憎《あいにく》、昼前から霙《みぞれ》交じりの雨になった。

それでもつる家の七種粥を求めて、暖簾《のれん》を出す前から店の表に長い列が出来、さらに刻《とき》が経《た》つにつれ、行列は俎橋まで伸びた。元来、江戸っ子の粥嫌いは筋金入りで、七草や小正月など行事食として食べる時でも、たっぷりの砂糖を載せて甘くしないと口にしないはずだった。何故、この店の塩味の粥がこれほどまでに好まれるのか、と政吉《まさきち》などは、ずっと首を傾《かし》げている。

「うちは粥屋じゃねぇのによぅ。こうも忙しいと、俺ぁもう死んじまうよぅ」

空いた膳を下げてきた店主は、しきりに零した。その声が届いたのだろう、土間伝いにりうが顔を出し、何を罰当たりなことを、と種市を窘《たしな》める。

「つる家は番付で大関位を射止めた店なんですよ。そこの七種粥だなんて、如何《いか》にもご利益がありそうじゃないですか」

表で並ぶお客の身にもなってくださいよ、とりうは言うだけ言って、表へと戻った。りうのひと言で、店主も奉公人たちも、大賑《おおにぎ》わいの理由を改めて思い、気を引き締める。待つ間の慰めになれば、とふきは切り落とした小松菜の根を集めて、浅く水を張った小桶《こおけ》に並べ、入口の両脇に置いた。何事か、と覗き見たお客らは、

「なるほど、牡丹《ぼたん》の花が咲いてるみてぇだな」

と、感心しきりだ。

畳の冷える暇もなくお客で賑わったため、ふきが大量に用意した七種も、暮れ六つ（午後六時）を過ぎる頃にはついに底をついた。

丁度客足が途切れたこともあり、種市は、

「いつもより少しばかり早いが、今日はもう閉めちまおうぜ」

と、宣言した。

繁盛に慣れているはずが、妙に緊張する一日だったため、主《あるじ》も奉公人もくたくたに疲れてしまい、夜食もそこそこに、各々、帰り仕度を整えた。

政吉とお臼《うす》が先に帰り、孝介《こうすけ》の迎えを待つりうに、澪も付き合っていた。

「夜分に済みません」

勝手口の外で、案内を請う声がしている。

声の主がすぐにわかって、澪は急いで引き戸を開けた。

「今夜は早終《はやじま》いだったのですね、済みません」

板敷に招かれて、源斉は店主に頭を下げた。珍しく薬箱を持っていない。

「つる家の七種粥を少し分けて頂こう、と思いまして。私の恩師が病の床にあり、先ほど見舞ったところ、この店の粥の話をされて」

是非とも差し入れたいのですが、と源斉は種市に頼み込む。

「源斉先生の頼みとありゃあ、俺ぁ何だってさせてもらいたいのは山々なんですぜ。けど、今回は堪忍してもらうよりないんでさぁ」

七種が品切れで店を早終いしたことを打ち明けて、店主は両の手を合わせ、医師を拝んでみせた。

「そうでしたか」

随分と気落ちしたらしく、源斉は長く息を吐いた。滅多に失意を表に出さない源斉の様子に、種市もりうも、それに澪も少し戸惑い、密《ひそ》かに視線を交える。

「源斉先生にとっちゃ、よっぽどの相手なんですかい」

種市の問いかけに、医師は深く頷いた。

「私に長崎留学の道を拓《ひら》いてくださった恩師なのです。日に日に体力が削《そ》がれていくので、何とかしたい、と滋養のあるものを届けてはいるのですが……」

源斉は言葉途中で、ぐっと唇を噛《か》み締める。

医師という立場を離れて、恩師の身を心から案じる気持ちが、皆の胸に沁《し》みた。

お澪坊、と種市は澪に向き直った。

「七種全部は無理でも、小松菜だったら少しはあるぜ。それで何とかならねぇか」

旦那さん、駄目ですよ、とりうが戒《いまし》める。

「七種粥には決まり事があるんですから」

約束事を守って下拵えをした七種なら、澪の家にあった。実は、と打ち明けて、

「今から取ってきます」

と腰を浮かせる。お澪坊、待ちな、と種市が即座に澪を引き留めた。

「行って帰って、てのは二度手間だぜ。源斉先生、お澪坊の家で作ってもらって、そのまま見舞いに持っていっちゃどうです」

店主の申し出に、源斉は戸惑いを隠さない。

「いや、それは……」

女の独り暮らし、しかもこんな夜分に、との源斉らしい遠慮が透けて見え、種市は顔を綻ばせる。

「源斉先生なら、誰も、何も思やぁしませんぜ」

りうも傍らで、ふぉっふぉと笑った。

「医師と産婆は、何時《いつ》でも何処《どこ》へでも行くもんですからね。変な遠慮は無用ですよ」

それに、と老女は澄まして、こう言い添えた。

「先生なら、澪さんに何したって、あたしゃ大歓迎なんですがねぇ」

留守の間は火を落としていたので少し手間取ったが、行平鍋の中でことことと米が躍り始めた。澪はほっとして、内所の方に目をやった。源斉は来た時と同じく、背筋を伸ばしてきちんと座っている。ただ、その目は内所の隅に向けられていた。

「済みません、お茶の葉がここにはなくて」

漸く七種粥が炊き上がり、蒸らす間に、澪は内所に白湯《さゆ》を運んだ。

「このまま暫く蒸らせば、出来上がりです」

「お手数をおかけして済みません」

源斉は詫びて、湯飲みを手に取った。会話は弾まず、ぎこちない雰囲気に気詰まりを覚えつつ、澪は内所の隅を見た。昨年霜月《しもつき》に干しておいた蜜柑《みかん》の皮が、小さな笊《ざる》に収まって置かれている。源斉はこれを気にしていたのだろう。

澪は手を伸ばして笊を取り、中身を源斉に示して、微笑んだ。

「蜜柑の皮なんですよ、これ。洗い物に使うんです」

洗い物？　と源斉は驚いたように目を見張る。ええ、と澪はにこやかに頷いた。

「大根の絞り汁もそうですが、布巾《ふきん》が真っ白になります」

料理人の返答に、医師は感心してみせる。

「料理人の澪さんならでは、の使い道ですね。蜜柑の皮を干したものは、我々医師の間では『橘皮《きつぴ》』と呼ぶ生薬なのですよ」

胃を健やかにし、風邪を遠ざけ、咳《せき》を鎮める効能がある薬とのこと。古いものほど薬効があり、陳皮《ちんぴ》と呼ぶのだという。陳皮、と繰り返し、澪は目を見開く。

「確か、七色唐辛子の中にも入っていますね」

「そうです、あの黄色いのが陳皮で、もとを正せば蜜柑の皮なのですよ」

源斉の教えを聞いて、それならば、と澪は瞳を輝かせる。

「薬は煎《せん》じるから苦くなるけれど、干した蜜柑の皮をそのまま擂《す》り潰《つぶ》して用いれば、食べ易《やす》くて、しかも身体に良いのではありませんか?」

七色にせずとも、蜜柑の皮とそれに鷹《たか》の爪《つめ》を少し入れれば、良い薬味になるのではないだろうか。澪の考えを聞いて、源斉は、ああ、それは面白いかも知れません、と声を弾ませた。医術と料理が交わることが互いに嬉《うれ》しく、内所は柔らかで温かな雰囲気へと変わっていた。

「澪さんのお蔭《かげ》で、気持ちが少し晴れました。恩師に暗い顔を見せずに済みます」

源斉は澪に感謝の眼を向け、声を落として続けた。

「恩師の病は、労咳《ろうがい》なのです」

労咳、と低く呻いて、澪は項垂《うなだ》れた。それは不治の病で、安静と食養生以外に有効な手立てがなく、何年もかけてひとの身体を蝕《むしば》んで苦しめ、ついには命を絡め取る。

「何か良い薬があれば良いのに……」

詮無《せんな》いことと知りつつも、澪の口をついてそんな台詞《せりふ》が洩れてしまう。

源斉は頭を振り、諦め顔で澪を見た。

「労咳に効く薬があるとすれば、それは酪《らく》、というものだけでしょう」

らく、と澪は繰り返し、眉根を寄せた。見聞きした覚えがあるようで、思い出せない。それがどのようなものか、どういう文字を当てるのかも、わからなかった。

そんな澪のために、源斉は人差し指で空に、ゆっくりと「酪」と書いてみせる。

もとは「斉民要術《せいみんようじゅつ》」という海の向こうの古い料理書で取り上げられたものだが、今の世で「酪」と呼ぶのはそれとは異なる、と源斉は言う。

「牛の乳に砂糖を加え、刻をかけて煮詰め固めたものです。それを削って薬として飲むのです」

「牛の乳？」

澪は裏返った声で問い質《ただ》す。

「牛とは、畑を耕すあの牛ですか。牛の乳を、ひとが飲むのですか？」

そんなことをして牛にならないのだろうか、との疑念を澪は辛うじて封じた。

澪の考えていることがわかったのか、源斉は目もとをふっと緩めた。

「牛の乳は本来、子牛を育てるためのもの。ゆえに滋養豊かなのですが、農耕に使われる牛では駄目なのです。吉宗公の御代に、天竺《てんじく》より安房嶺岡《あわみねおか》に運ばせた特別の牛三頭が数を増やし、今や、江戸雉子橋《きじ》にまで牛小屋があるほどです。使用されるのはその白牛の乳です」

特別の牛、と呟いて、澪は源斉に尋ねる。

「それでは、誰でもが口に出来るというわけではないのでは……」

無論です、と源斉は深く頷いた。

「口に出来るのは公方《くぼう》さまだけです。ただし、これはあくまで建前で、酪は幕府により密かに売られています。それでも、公方さまが口にされるものですから、畏《おそ》れ多いということで、どのような見た目で、どのような味なのかも公にはされず、購入を許されるのは、ごく限られた者だけです」

白牛の乳から作られた酪は、日本橋の玉屋という店を始め、全国十四か所の取次所で内々に売られているのだという。ただし、一匁《もんめ》（約三・七五グラム）の値が四百文、と聞いて、澪は目を剝《む》いた。

「一匁が四百文……」

「そうです、四百文です。薬効を得るためには、一日一両でも足りない。ですから、酪で労咳が治るとしても、結局、飲み続けられるほど財のある者に限られます」

源斉は口惜しそうに言い、腿《もも》に置いた手を拳に握った。

行平鍋の七種粥が充分に蒸らされた。澪は鍋ごと真綿で包《くる》み、持ち易いように風呂敷に収めて源斉に託す。見送るために引き戸を開けていて、澪はふと、心に引っ掛かるものを覚えた。薄い行灯《あんどん》の明かりのもと、自分の手に視線を落とす。指先に付いた粉を思い返せば、喉の奥に甘やかな滋味のある味わいが戻ってきた。

もしや、と思いつつ、澪は背後の源斉を振り返って尋ねる。

「源斉先生は、その酪、というものをご覧になったことはあるのですか？」

料理人の問いかけに、医師は深く頷いた。

「売られている酪なら、二度、見ました」

重ねて料理人から見た目を問われ、源斉は記憶を辿《たど》る眼差しを行灯に向けた。

「日本橋玉屋で見せてもらったものは、亀甲《きっこう》形の木蘭色の塊でした。切り分ければ、断面は僅かにざらついていたように思います」

源斉の表す酪と、あの日、一柳で口にしたもの。亀甲形というのが異なるけれど、色や質はそっくりに思われる。だが、それがどういうことなのか、澪にもよく理解できない。源斉が帰っていったあとも、澪はじっと考え続けた。

芳から問われたものの正体は、果たして本当に酪なのか。源斉から教わった酪には、砂糖が用いられているはずだった。しかし、一柳で口にしたものには、独特の甘味はあれど、砂糖のそれとは明らかに異なった。もし仮に、あれが酪だとしたら、それほど高価なものを一柳の座敷に忘れた者は、何故、申し出ないのか。

このことを、芳の耳に入れた方が良いのか、騒ぎ立てるほどでもないのか。決められないまま、健坊の藪入《やぶい》りがあり、二度の三方《さんぼう》よしがあった。日々、忙《せわ》しなく過ごすうちに、徐々に酪について考えることもなくなっていた。

異変が起きたのは、睦月二十五日、初天神の朝だった。漸く氷が張らなくなり、日陰に残っていた友待つ雪も融けて、確かな春の廻《めぐ》りを覚える。

「太鼓売りが張り切りだしたな」

翁屋の使いは鼈甲珠の荷を大事そうに抱えると、顎《あご》で俎橋の方を示した。どーん、どんどん、と賑やかに太鼓を鳴らして、太鼓売りが俎橋を行く。その弾む足取りに目を留めて、澪は柔らかく頷いた。

「じきに初午《はつうま》なんですね」

昨年の初午が芳の嫁入りの日だったことを思い返し、この一年の早さを思う。

「里でも、初午はお祭り騒ぎよ」

普段は無愛想な男が上機嫌で言って、足取りも軽く帰っていく。

「あっ」

見送りを終えて俯いた拍子に、髪から櫛《くし》が抜け、地面に落ちて真っ二つに割れた。

まあ、何てこと、と澪は屈んで櫛を拾い上げる。粗末な棗《なつめ》の櫛は、大坂に居た頃から髪に在ったものだ。大事に使っていたのに、と哀《かな》しい思いで割れた櫛を眺めた。

古来、愛用の品が割れたり欠けたりするのは凶事の兆しとされる。ふっと気持ちが陰ったその時、俎橋を転がるように駆け下りる人影を認めた。見覚えのある、一柳の若い奉公人だった。一柳に何かあったのだ、と察して、澪は走りだした。

どーん、どん、どん、と太鼓の音が響く中、奉公人のもとへと駆け寄る。

「大変なんです、すぐに一柳にいらしてください」

澪を認めると、若い男はその腕を摑《つか》み、切れ切れに声を放った。

「旦那さんが……旦那さんが、自身番に連れて行かれました」

詳しい理由も何も皆目わからない、と聞いて、澪は男の腕を解き、地面を蹴《け》った。組橋を駆け渡り、飯田川沿いを走りに走る。息を整える間も惜しんで竜閑橋《りゅうかん》、脇腹を押さえながら一石橋《いちこく》。畳町、具足町を抜ければ、一柳が見えた。

勝手口に駆け込み、下駄を脱ぎ捨てて、案内も請わずに必死で奥座敷を目指す。

「ご寮さん」

廊下を走り抜け、開け放たれた襖《ふすま》から室内に飛び込めば、庭に面した十畳ほどの奥座敷には、澪も顔馴染《かおなじ》みの、主だった奉公人らが悲愴《ひそう》な面持ちで控えている。

隅に置かれた長火鉢の前に座り、俯いていた女が、澪の声に顔を上げた。

澪、と名を呼ぶその顔からは血の気が失《う》せている。

ご寮さん、と澪は再度呼び、作法も忘れて座敷を斜めに駆け、芳の傍らに座り込む。

「来てくれたんか、澪」

心配かけて堪忍だす、と詫びる声は、しかし、明瞭《めいりょう》で張りがあった。顔色こそ悪いが、変事に遭っても一柳の女将《おかみ》として皆を束ねばならない、との気構えがその表情に滲《にじ》む。

「堪忍だすが、暫くこの娘と、ふたりきりにしとくれやす」

芳は奉公人らに命じて、皆を退室させたあと、そっと澪の手を取った。

「澪、大変なことになってしもた。公方さましか口にすることの出来ん物を、旦那さんが勝手に作った、いう疑いをかけられて……」

今朝方、自身番から呼び出しがかかったのだという。

公方さましか口に、と小さく呟いて、澪ははっと顔を上げる。

「ご寮さん、それは例の」

澪の問いに、芳は唇を戦慄《わなな》かせて、深く頷いた。

「あれから、七草まで待っても持ち主が現れへんかったよって、自身番に届けたんだす。それで済んだと思っていたら、今朝のこの騒動だすのや」

澪の脳裡《のうり》に、まさにこの部屋で口にした木蘭色の物と、源斉から聞いた話の記憶とが、一気に押し寄せる。間違いない、やはり、あれは「酪」というものだったのだ。

澪は思わず両の手で頭を抱え込んだ。

「澪、大丈夫か、しっかりしなはれ」

気丈にも芳は澪を気遣い、その背中に手を置いた。

あまりの申し訳なさに、澪は早口で源斉から聞いたことを話し、

「ご寮さん、堪忍してくださいい。私がもっと早うに気ぃついて、ご寮さんにお伝えし

ていたら」

と、畳に額を付けて詫びた。

「そないに心配せんかてええ」

澪の腕に両の手をかけて、芳は優しく娘を起こす。

「一柳の方から、その酪とかいうもんを、忘れ物として自身番に届けたんや。万が一、勝手に御禁制のものを作っていたとしたら、わざわざ自分から届け出たりするわけがない。誰が考えたかて、わかる道理だす」

それに、と芳は自身に言って聞かせるように、柳吾が捕まったあとの経緯を語った。

「すぐに坂村堂《さかむらどう》さんが駆けつけてくれはって、一緒に番屋に行ってくれはった。旦那さんには会わせてもらわれへんかったけど、番屋のひととは話が出来たんだす」

番太郎が言うには、仮に大事件ならば、廻《まわ》り方同心が一柳に踏み込んで自ら柳吾に縄を打つだろうが、この度は呼び出された形なので、大したことにはならないのではないか、とのこと。あとは任せるよう坂村堂に説得されて、芳は一旦、店に戻ったのだという。

「一柳の座敷を使わはったお客さんの誰ぞが関《かか》わってはるんやと思うけんど、それはお役人が調べたらわかることやろから」

心配せんかて大丈夫だす、と芳は無理な笑顔を澪に向けた。

「それよりも、今日はお前はんに、粕漬《かすづ》けの商いを放《ほう》り出させたんと違うか？　悪いことしたなあ、早う帰りなはれ」

でも、と躊躇《ためら》う澪に、芳はきっぱりと告げる。

「お役人のお調べを受けてからのことやけど、一柳はそないな事件とは無関係だす。旦那さんも、すぐに無罪放免で帰してもらえますやろ」

だが、芳の願いに反して、柳吾はその日、一柳に戻されることはなかった。否、その日ばかりではない、四日、五日が過ぎても、柳吾は帰らなかった。

どーん、どんどん
どーん、どんどん
如月《きさらぎ》二日、やっとその日が来た、と言わんばかりに子供たちが競い合って太鼓を叩き、街なかを走り回っている。その賑やかな太鼓の音が、客足の途絶えたつる家の入れ込み座敷まで届いて、その場に居合わせた者たちの胸にぎりぎりと爪を立てた。
「初午だってのによう」
俯いたきり拳を握っていた種市が、ぼそりと呻《うめ》いた。

去年の初午に喜びの涙で芳を送り出したのに、今年の初午、その亭主が罪人扱いを受けているとは、誰も思いもしなかった。一柳の柳吾に恩義のある政吉とお臼は揃って項垂れ、りうは慰める言葉を探してか、黙って入歯を弄《いじ》っている。

「馬鹿馬鹿しい、何かの間違いに決まってますよ」

おりょうは憤りを隠さず、ふきは皆の邪魔にならないよう入口の暖簾の外に控えていた。

「自身番での調べですぐに帰してもらえるはずが、よもや大番屋に移されるとは……」

坂村堂は辛うじてそう告げ、肩を落とした。

あれから柳吾は自身番で簡単な調べを受けて捕縛され、芳と坂村堂の眼前を引きずられて、南茅場町《みなみかやば》の大番屋へと移されたのだ。自身番と違い、大番屋には留置《とめおき》の施設も備わり、そこでもう幾日も調べを受けているのだという。当然、一柳の座敷を使ったお客らも順次、呼び出されて調べに応じているが、やはり酪など忘れていない、と言うばかり。

「日本橋で売られている酪なら、何のお咎《とが》めを受けることもなかったのですが、誰かが勝手に作った、となると……」

城内の白牛の乳を盗んだか、あるいは横流しを受けたか。いずれにしても、柳吾は大変な疑いをかけられているのだ。

馬鹿な、と政吉が吐き捨てる。

「手前で偽物を作って、手前で番屋へ届ける――そんな間抜けな盗人《ぬすっと》が、居て堪るかってぇんだ。一柳を嫉《そね》む誰かに、陥れられたんですぜ。そうに決まってる」

目を血走らせて、政吉は拳を己の腿に叩きつけた。旦那さんがお気の毒です、とお臼は大きな身を震わせて顔を覆って泣きだした。

「妬《ねた》み嫉みは世の常、てぇが、それにしても、酷《ひど》い話だぜ」

種市は声を戦慄かせる。父親の容疑を解くために東奔西走しているのだろう、坂村堂は痩《や》せて細くなった身を縮めて、頭を抱え込んだ。

「四年ほど前でしたか、豪商に酪を横流ししていた御膳奉行が詰め腹を切らされる、という一件がありました。お奉行さまが切腹ならば、庶民は……」

坂村堂が敢《あ》えて伏せた「死罪」のふた文字が、店主や奉公人らの脳裡に浮かんだのだろう。一同は揃って声を失い、青ざめる。

澪は、全く違うところで虚を突かれていた。

坂村堂の話す一件に心当たりがあった。否、あるどころではない。料理番付大関位を巡って登龍楼《とりゅうろう》との競い合いを控えていた時に、包丁で誤って指に大怪我《おおけが》を負ったが、発端は、読売でその事件を知り、当時の想《おも》いびとの身を案じたことだった。

そうか。あれが、この度の酪だったのか。

当時はどのようなものかも知らなかったが、その酪が、よもや再び、澪の大切なひとたちの頭上に暗雲をもたらすことになろうとは……。澪は廻り合わせの恐ろしさに、言葉を失った。

「たとえ濡《ぬ》れ衣《ぎぬ》でも、牢《ろう》に移されて拷問でもされたら終いじゃねぇか」

吼《ほ》えて今にも飛び出しそうな政吉を、お前さん、とお臼が羽交い締めにして止める。

「政さん、落ち着いてくんな」

種市も政吉の前へ回って、その両の肩を押さえた。

皆の思考が悪い方へ、悪い方へ、と流れ始めた時だった。

「あたしゃ、下馬先での噂話《うわさばなし》しか知りませんがねぇ」

入歯を首から提げ直して、りうは努めて明るい声で話す。

「大番屋から牢へ移されるのにも、入牢《じゅろう》証文とかいう厄介なものが必要だと聞いてますよ。おまけに入牢の前には、与力が何日もかけて調べるとか。お白洲《しらす》でもそうですが、潔白を示す機会なら、これから幾度もありますとも」

りうの助け舟に、坂村堂は両手を膝《ひざ》に置いて、本当にそうです、と頭を下げる。

「ついつい、悪いことばかり考えてしまいますが、もとより父も一柳も一切、酪とは絡んでいません。酪を作れる道具があるかどうか、調べが入ればわかるでしょうし、仕事振りなども証言してくれるひとは沢山います。第一、密かに酪を作って売っていたとしたら、一柳は今どころではない、莫大な富を得ているはずです」

とにかく、打てる手は全《すべ》て打ちます、と坂村堂は表情を引き締めて決意を語った。

「旦那さん、表にお客さんが」

ふきが土間伝いに顔を覗かせて、お客を通して良いかどうか尋ねる。それを機に、種市は板敷を下り、一同を見回した。

「お客にはこっちの事情は関係ねぇからな。旨い夕餉《ゆうげ》を食っていってもらおうぜ」

店主の声に、奉公人らは揃って立ち上がり、それぞれの持ち場へと戻っていく。

政吉は黙ったまま、海苔の両面をさっと炙り始めた。澪は玉子を解きほぐして、薄焼きを作る。ふたりの様子を見て、ふきが三つ葉を洗う。夕餉の献立のひとつは、砧《きぬた》巻き、という料理だった。

たとえ屈託を抱えようと、それを決して料理には持ち込むまい。言葉に出さずとも、その思いを胸に、三人の料理人は料理に向かう。巻き簾《す》に海苔を敷き、充分に冷ました薄焼き玉子を置いて、酢締めの鰆《さわら》を削いだもの、さっと湯通しした三つ葉を載せて、くるりと巻く。食べ易いように包丁を入れれば、彩り豊かな切り口が覗いた。

「ほう、こいつぁ綺麗《きれい》だなぁ」

脇から澪の手もとを覗き込んで、店主が洩らした。

味見を、と言われて、種市は箸で砧巻きを摘まみ、そろそろと口へ運んだ。玉子の優しい味、鰆の豊かな味を、磯の香漂う海苔が包み込む。爽《さわ》やかな味わいは三つ葉だろう。種市は黙って咀嚼《そしゃく》を続ける。口の中のものを飲み下して、ほっと吐息をつくと、随分と慰められるぜ、と掠《かす》れた声を洩らした。

「今日の料理は、また何とも粋だねぇ」

入れ込み座敷では、砧巻きを口にしたお客が、感嘆の声を上げている。

「店に、何かよっぽど良いことがあったんじゃねぇのか。さもなきゃ、こんな天女みてぇな洒落《しゃれ》た料理、思いつかねぇよ」

深夜になって風が出てきたらしく、借家の薄い引き戸がかたかたと鳴っている。隙間風が灯明皿の火を脅かすので、澪はそっと、明かりを手もとに引き寄せた。

擂り鉢に、二種の味噌《みそ》とこぼれ梅、酒や味醂《みりん》などを入れ、丁寧に、滑《なめ》らかになるまで擂る。心が波立っている時でも、こうして擂り鉢でものを当たっていると気持ちが凪《な》いでくるのがわかる。

昨年の重陽《ちょうよう》から翁屋に卸している鼈甲珠だが、季節の廻りに合わせて味噌や調味料の配合を少しずつ変えることで、より一層、美味しくなる。寒さが厳しければ甘味とこくを深め、徐々に暖かくなるにつれて、味わいを少し淡くする。二百文を払って入手するひとに喜んでもらえるよう、日々の工夫を欠かさなかった。また、鼈甲珠の床を利用した粕漬けにも、青物や魚の種類を変え、工夫を凝らした。

二百文の料理も、二十文の料理も、どちらも気を抜かず、手を抜かない。そうすることで拓ける道がきっとある――そう信じよう。思うこと、悩むことは尽きないけれど、今、この刻は一心に料理に向かおう。澪は自身に言い聞かせて、擂粉木《すりこぎ》を動かし続けた。

風のうねりの中に、誰かの呼ぶ声を聞いた気がして、擂粉木を動かす手を止めて、耳を欹てる。それを待ち兼ねていたように、とんとん、と引き戸を叩く音がした。

もう半刻ほどで町木戸が閉まる刻限である。

こんなに遅く、と警戒しつつ、澪は調理台から引き戸へと移った。

「澪、夜分に済まん、私だす」

意外な声の主に、澪は慌てて心張棒《しんばりぼう》を外して引き戸を開く。

「若旦那さん」

一柳の名の入った提灯《ちょうちん》を手にして、佐兵衛が疲れ切った様子でそこに立っていた。

「堪忍やで、一柳からの帰りに寄せてもろたら、こんな刻限になってしもた」

勧められるまま床几《しょうぎ》に腰を下ろすと、佐兵衛は肩を落として前屈みになる。

澪は火鉢に置いてあった鉄瓶に手を伸ばし、湯飲みに白湯を注《つ》いで佐兵衛のもとへ運んだ。おおきに、と応えはしたものの、佐兵衛は湯飲みに手を伸ばす気配もない。

「初天神からずっと親方について駿府《すんぷ》へ出てて、一柳のことを知ったんが今日の昼やった」

留守中に届いていた芳からの文を読んで仰天し、荷を解く暇も惜しんで一柳に駆けつけた。それまで気丈に振る舞っていた芳だが、佐兵衛の顔を見た途端、泣き崩れたという。

「よもや、こないなことになるとは……」

こないなことに、と佐兵衛は繰り返し、両の手で頭を抱え込んだ。

若旦那さん、と澪は呼んで、床几の傍らに屈んだ。

「潔白を示す機会は幾らでもある、と聞いています。坂村堂さんも仰《おつしや》ってましたが、酪というのを作るにはきっと特別な道具が要るでしょうし、一柳にそれがなければ」

「銅鍋と杓文字《しゃもじ》なら、一柳にかてあるやろ」

澪の慰めを苛々《いらいら》と遮っておいて、佐兵衛は僅かに息を呑《の》む。堪忍や、と頭を振ると、佐兵衛は傍らの湯飲みに手を伸ばした。

「一柳の旦那さんは、再々、染井村《そめい》まで訪ねてくれはって、断っても断っても、この私に『料理の道に戻れ』て言わはったんや。もう、戻れるわけもない、この私に……」

苦そうに白湯をひと息で干して、佐兵衛は声を絞り出す。

「何もかも、早いうちに旦那さんに打ち明けておいたら良かったんや。こないなことになる前に、もっと早う」

己への腹立ちを抑えきれず、佐兵衛は拳で自身の頭を幾度も打った。尋常ではない佐兵衛の苦しみぶりに澪は戦《おのの》き、若旦那さん、と叫んで、その腕を懸命に押さえる。澪に腕を捉《とら》えられ、佐兵衛はもんどり打って土間に転がった。そして転がったまま、両の手で顔を覆って慟哭《どうこく》した。澪はなす術《すべ》もなく、ただ佐兵衛の激情の波が収まるのを、じっと息を詰めて待つしかなかった。

引き戸を開くと、どーん、どんどん、と太鼓の音がまだ微《かす》かに聞こえている。半刻ほどをここで過ごしたあと、提灯を手にした佐兵衛は、ただひと言、済まなんだ、との言葉を残して、染井村へと帰っていく。

月は既に沈んだが、満天の星々が澪とともに佐兵衛を見送った。疲れ果てた旅人に水を与えるように、柄杓《ひしゃく》の形の星が佐兵衛の頭上に浮かんでいた。

その夜、床に入ってからも、佐兵衛の慟哭する姿が目の前に浮かんで寝付かれず、澪は幾度も幾度も寝返りを繰り返した。

——銅鍋と杓文字なら、一柳にかてあるやろ

佐兵衛の声が耳の底に響いている。

あれはどういう意味だろう、と澪は一心に考える。

酪とは白牛の乳に砂糖を加え、煮詰めて固めたもの、と源斉に教わった。ならば、酪を作るのに鍋と杓文字は必要だろう。銅製の鍋でないと駄目なのだろうか。もしそうだとしたら、何故、佐兵衛はそれを知っていたのか。

何かある。

そこに、何かがある。

闇の中で両の指を組み、力を込めて、澪は懸命に考えた。

――してはならんことにまで手を染めようとした
二年前の秋、漸く再会できた時に、佐兵衛が口にした台詞が蘇《よみがえ》る。

してはならんこととは何か。佐兵衛に料理の道を捨てさせるほどのこととは何か。

ずっと考えてきたが、答えは出ない。だが……。

澪は、はっと上体を起こす。

もしや……。

してはならんこと、とは、もしや……。

「そんなん違う、絶対に違うわ。ありえへん」

くに訛《なま》りの独り言が口をつく。違う、違う、と繰り返しても、身体の震えが止まらない。腕を交差させて自身を抱き締め、澪はじっと恐怖に耐えた。

ぴょー　ぴょー
ぴょー　ぴょー
夜を裂いて鳴くのは、緑啄木鳥《あおげら》か。もう朝が近いのか。障子に目を向ければ、闇《やみ》が少し色を落としていた。じきに木戸が開く。澪は床を離れて手早く身仕度を整えた。

化け物稲荷《いなり》へお詣《まい》りしよう、祠《ほこら》に手を合わせ、恐ろしい推測を打ち明け、それが誤りであることを祈ろう。そう決めて、澪は借家を飛び出した。

俎橋を渡り、昌平《しょうへい》橋に辿り着いた頃、東天が赤く焼け始めた。懐かしい金沢町を抜けて、明神下。早く、早く、と気ばかり急《せ》いて、足が縺《もつ》れる。あっ、と思った時には下駄の鼻緒が切れて前に転んだ。鼻緒を挿《す》げ替える刻も惜しくて、澪は下駄を脱ぎ、手に持って走った。擦れ違うひとが何事か、と道を譲る。空が菫色《すみれいろ》に染まる頃、化け物稲荷に辿り着いた。

そのまま駆け込もうとして、澪は不意に足を止める。境内で水を使う音がした。誰かが詣っているのだ。裸足のため足音がしないのを幸い、澪はそっと境内に足を踏み入れ、中を覗いた。

あっ、と声が洩れそうになるのを、ぐっと堪《こら》える。源斉が絞った雑巾《ぞうきん》で神狐《しんこ》を拭っていた。澪に見守られているのに気付かず、源斉は掃除を終えると、祠の前に身を屈め、一心に拝む。恩師の病平癒を祈願していることは、容易に察せられた。祈りの刻を妨げぬように、澪は密やかに境内から抜け出る。

表通りに立ち、澪は化け物稲荷に向かって両の掌《てのひら》を合わせた。離れたところから堪忍して下さい、と詫びて、深々と首を垂れる。

化け物稲荷を守り、清浄に保っていてくれたのは、源斉だった。患者のために骨身を削り、無理を重ねている源斉だったのだ。

あれほど胸一杯に広がっていた疑心暗鬼の潮が、静かに引いていく。

今、考えるべきは、佐兵衛の犯したかも知れない罪についてではない。

どうすれば柳吾の身の潔白を示すことが出来るのかだ。そして、自身に出来ること、すべきことを成さねば。

借家に戻り、きちんと朝餉を用意して食べ、翁屋の使いに鼈甲珠を渡す。粕漬けを商い、そのあとで一柳に顔を出そう。そう決めると、澪はもう一度、祠に向かって丁重に頭を下げるのだった。


一柳が座敷の忘れ物の酪を自身番に届け出たのは、七草の日のこと。柳吾が自身番に引っ張っていかれたのは睦月二十五日。その間、自身番でどんな遣り取りがあったのだろうか。

昼餉時、買い物客で賑わう八ツ小路《やこうじ》を歩きながら、澪は懸命に考える。

芳や政吉が指摘したように、紛いの酪を作っている者が、それを番屋へ届け出ることは、誰が考えてもあり得ない。そのあり得ないことを、役人は「あり得る」と考えたのだろうか。そうではなく、柳吾を捕えたことには、何か別の理由があるのではなかろうか。

何だろう、何かが引っ掛かるのだ、この辺りに。

澪は自身の胸に手を置いて、じっと思案に暮れる。自分でも、引っ掛かっているものの正体がわからず、じっくりと記憶を辿ってみる。そう、あれは、一柳の奥座敷で口にしたものの味だった。これまで味わった記憶のない、全く未知の滋味。あの味は、砂糖の味とは全く異なる。また、砂糖が加えられた味とも思えなかった。

——牛の乳に砂糖を加え、刻をかけて煮詰め固めたものです
源斉の言葉が蘇り、澪はふいに歩みを止めた。

砂糖を加えたものが酪であるのならば、一柳で口にしたものは酪ではない。酪ではないのに、何故、柳吾は酪製造の疑惑を持たれねばならないのだろう。役人が、どうしても柳吾に、酪製造の責を負わせたいのだろうか。そうせねばならぬ理由があるのだろうか。

——公方さまが口にされるものですから、畏れ多いということで、どのような見た目で、どのような味なのかも公にはされず
そう、確かに源斉は、そう話していた。

幕府の人間ならば、畏れ多くも公方さまの召し上がるものと、町民の口に入るもの

とが全く同じ、というのは容易には受け容れ難いのではないか。だとすれば、密かに区別をつけるのではなかろうか。そう、酪には、実は二種類あるのではなかろうか。片や、砂糖入り。片や、白牛の乳のみ。前者が売られている酪、後者が公方さまの召し上がる酪ということか。否、果たして、本当にそうだろうか。澪は自身の考えに疑念を抱く。砂糖入りの方が贅沢《ぜいたく》品ではないのか。普通に考えれば、そちらが公方さまの召し上がる酪、ということにならないか——思考は堂々巡りをするばかりで、澪は諦めて歩きだす。

一柳へ行く前に、芳に何か手土産を、と思って八ツ小路に足を運んだが、何を買えば良いのか、思いつかない。時分時でもあり、広場にある掛け茶屋や屋台見世《みせ》は、蕎麦《そば》や団子などを求めるひとで繁盛していた。

出汁《だし》の匂い、餡《あん》を炊く香りに混じって、醤油と味醂で甘辛く炊かれた穴子の香りが漂う。つん、と酢の匂いも鼻をくすぐって、懐かしさが澪の足を止めさせた。目を向けた先に、穴子の押し寿司《ずし》を商っている屋台見世があった。

懐かしい。

押し寿司、ことに穴子の押し寿司には、郷里大坂での思い出が潜んでいた。ただ辛いばかりではない、芳との出会いに繫がるものだった。

そうだ、あれを芳への手土産にしようか、と屋台見世を眺めていた時だった。澪の前を垢塗《あかまみ》れの痩《や》せた男がふらふらと横切った。汚れた手拭いで頰《ほお》かむりをしていて、顔は見えない。立て続けに出る咳を聞けば、年寄りのようだった。あっ、と澪は咄嗟に声を洩らす。男の細い腕が屋台見世の寿司へと伸びるのを認めたのだ。

「何しやがる」

いち早く気付いた店主が怒鳴り、男の腕を捩《ね》じって、その腹を蹴り上げた。

「食いたけりゃあ銭を払え。払えねぇならとっとと失せやがれ」

地面に転がった老人を店主は執拗《しつよう》に足蹴にする。抗《あらが》うこともなく、老人は蹴られ続けた。

麗《うら》らかな如月の八ツ小路の背景に、一瞬、残暑厳しい文月の順慶町が重なる。屋台見世の店主に足蹴にされているのは、紛れもなく八歳の澪だった。

「待ってください」

澪は思わず叫んで、店主と老人の間に割って入った。

「お金を払いますので、そのひとにお寿司を渡してください」

「姐《ねえ》さん、あんまり甘やかすもんじゃねぇぜ」

口ではそう言いつつも、店主は押し寿司を経木に載せると身を屈め、ほらよ、と老人の鼻先に突き出した。奪うようにして、男はがつがつと寿司を口に押し込む。急《せ》いて食べたせいか、男は咽《むせ》た。澪はその背を撫でつつ、見世の邪魔にならぬよう、男を広場の隅へと誘《いざな》った。男はしゃがみ込んだまま、夢中で穴子寿司を食べ続ける。

「姐さん、済まねぇな」

食べるものを食べて人心地ついたのか、男は初めて顔を上げて澪を見た。年寄りだと思い込んでいたが、四十過ぎぐらいだろうか。胸を病んでいるのか、土気色のこけた頬に黒い血が付着していた。奇妙なことに男はまじまじと澪を見つめ、息を呑んだ。

「あんた……もしかして天満一兆庵《てんまいっちょうあん》の」

「えっ」

かつての奉公先だった天満一兆庵の名を耳にして、澪は驚愕する。よもや、こんな場所でその名を聞こうとは思いも寄らなかった。

動悸《どうき》を堪えて男の顔を注視すれば、甚だしく面変わりしているが、さもしい眼差しがひとりの料理人のそれと被《かぶ》った。

途端、記憶の引き出しが次々に開いていく。手入れのされていない包丁、騙《だま》し取られた珊瑚《さんご》のひとつ玉。殺してやる、と叫んだ又次《またじ》。それを制止する芳……。

富三《とみぞう》、と澪は呻き声を洩らす。佐兵衛を失墜させた張本人の富三に違いなかった。

刹那、どこにそんな力が残っていたのか、と思うほど俊敏に、富三は澪を力一杯突き飛ばし、立ち上がって逃げだした。追う気もせずに、澪は男が紛れ込んだ雑踏をぼんやりと眺めた。だが、ひとの群れの切れ目に、とうに消えたと思った富三の姿があった。迷いのある表情でこちらを見ている。

澪はそれを認めて、のろのろと両の膝を伸ばした。

暫時《ざんじ》、互いに相手の腹を探る視線を送り合った末に、男の方から澪に歩み寄った。

「つる家は張出大関を射止めたと聞くが、登龍楼が正の大関位に居座る限り、今後も張出止まりだろうよ。あんた、登龍楼を引き摺り下ろしてやりたかねぇか」

男が何を言わんとしているのか読み取れず、澪は無言で相手の出方を待った。

さらに半歩、澪の方へ寄って、富三は声を落として告げる。

「登龍楼の弱みを、俺ぁ、握ってるのさ。天満一兆庵の若旦那も絡む話だ」

知りたかねぇか、と男は上目遣いに澪を見た。

やはり、この男は佐兵衛と登龍楼との間に起きたことを知っているのだ。

返事をせず、ただ唇を引き結ぶ娘の様子に、男はにやりと笑った。こちらの話を聞く気が充分にある、と踏んだのだろう。

こっちだ、と先に立って歩き始めた男のあとに、澪は意を決して従った。

神田川沿い、柳原堤《やなぎわら》には延々と柳が続き、葦簀《よしず》張りや簡素な板張りの小店《こだな》が軒を連ねる。いずれも古着や古道具を商う店で、軒先に吊《つ》るされた古着が風を孕む様は色彩豊かな吹き流しにみえた。店にひとは住まず、商いは陽《ひ》のある間のみ。そのため、この辺りでは夜になれば夜鷹《よたか》が客を引き、願人坊主《がんにんぼうず》が店の軒で雨露を凌《しの》いだりもする。

「ここだ」

表戸を打ちつけてある古着屋の裏側に回り、吊った筵《むしろ》を捲《めく》ると、富三は中に入った。入口から覗けば、天窓から射し込む陽で仄明るい板の間に、壊れた箪笥《たんす》らしきものが一棹。あとは富三が持ち込んだのか、欠けた湯飲みや箸が転がっていた。廃業した古着屋に勝手に住みついているのだろう。動けば埃《ほこり》が舞い上がる汚い部屋で、富三は激しく咳き込んだ。

「安心しな。あんたをどうこう出来る気力も、俺には残っちゃいねぇよ。ここをやられちまってるんだ」

もうそんなに長くはねぇのさ、と富三は自嘲《じちょう》気味に言い、胸を押さえてみせた。

労咳、という病名が頭を過《よぎ》る。澪は腹を括《くく》って室内に入り、戸口の傍《そば》に座った。

「あんたも薄々気付いてるだろうが、俺ぁ、登龍楼の采女宗馬《うねめそうま》とは関わりがある。それも、ただならぬ関わりがな」

咳が話を中断したが、富三は手の甲で口を拭って、切れ切れに続ける。

「奴ぁ煮売り屋から始めて、日本橋に店を持ち、ついには名字帯刀を許されてやがる。それもこれも、陰で随分な真似《まね》をしていればこそだ。俺がもしも『お恐れながら』とお上に訴え出りゃあ、奴は死罪を免れまい。いや、下手すりゃ小塚原《こづかっぱら》か鈴ヶ森よ」

あんた、この話を買わねぇか、と富三は澪の方へ身を傾けて声を低めた。何も応えず、澪はじっと富三の目を見ていた。気詰まりなのか、富三は自分から視線を外す。

初午の名残りか、表の方から、どーんどーん、と太鼓の音が響いていた。

少しの間、その音に耳を傾けて、富三は、

「江戸は初午きりやが、大坂では二の午、三の午と続いて、小さい頃はそれが楽しみやった。命に限りが見えてきた今になって、やたらと昔を思い出す」

と、くに訛りで呟いた。そして、暗く卑屈な目を澪へと戻した。

「俺《わい》は、死ぬる前に旨いもんが腹一杯、食いたい。料理人になって、これまで散々ひとに旨いもんを食わせてきたんや。飢えたまま死ぬるなんぞ、真っ平やで。そのためにも銭が欲しい。あんたはあんたで、若旦那さんの仇が討てる。どや、どっちにもええ話と違うか」

幾らなら出せる、と問う男に、澪は無言のまま立ち上がった。おい、と焦る声を背中に受けて、初めて澪は唇を解いた。

「そないな話に一文も払う気ぃはおまへん。あんた、天満一兆庵で何を修業しはったんだすか。旦那さんがお前はんを江戸店にやったんは、お前はんにそれだけのもんがある、と見込まはったからと違うんか。私はそれが口惜しい」

口惜しいてならん、と言い捨てて、澪は部屋を飛び出した。死の匂いの漂う部屋から彩り溢れる景色の中へ戻ったものの、澪は虚《むな》しくてならなかった。

人波を掻《か》き分けて柳原堤を戻るうち、脳裡に天満一兆庵の佇まいや嘉兵衛《かへえ》の姿が蘇り、滲み出した涙を、澪は指で拭った。


「えっ、干し蛸《だこ》だすか？」

大坂屋の馴染みの手代が、当惑した表情で澪を見た。

とうに暖簾を終った店内に、無理にも通してもらった澪は、ええ、と頷いたあと、身を乗り出して、こう言い添えた。

「出来れば、明石のものが良いのですが」

一柳に芳を見舞い、つる家での働きを終え、そのまま借家に戻るつもりが、どうしても思うところがあって、日本橋伊勢町まで足を延ばした澪であった。

澪の要望を聞いて、手代が戸惑ったのも無理はない。概して江戸では、蛸はさほど人気のある食材ではない。夏につる家で供した蛸と胡瓜《きゅうり》の酢の物が「ありえねぇ」と名付けられたことがあったが、せいぜい、冬、酢蛸にする程度だ。ましてや、干し蛸となると、その存在自体、知る者は少なかった。

だが、大坂では蛸の人気は絶大であった。盛夏の頃、芥子《からし》酢味噌で和《あ》えたり、煮つけたり、と様々な料理に用いられる。また、その姿のまま透き通った飴色に近くなるまで、しっかりと干した蛸も人気で、こちらは保存食として通年、活用されるのだ。明石の干し蛸は特に質がよく、将軍家へ献上されると聞く。

思い詰めた様子の澪に、手代は暫くじっと考え、一旦、中座して奥へと引っ込んだ。戻った時には紙包みを手にしていた。両端から乾いた足がにゅっと突き出ている。

「これは店の商品やのうて、主の私用の品でおます。事情を話しましたら、これで良いなら使《つこ》うてもらうように、とのことだした」

差し出された干し蛸を、澪はありがたく受け取った。代わりに真昆布の上等を奮発して買い、風呂敷に包んだものを胸に抱えて、夜道を急いだ。

干し蛸はじっくりと焦げない程度に炙り、包丁で粗く刻む。洗い米にこの蛸と酒、醤油に味醂、針生姜《しょうが》を加え、水加減をして炊いていく。ぐつぐつと土鍋が上機嫌に歌い始めれば、早朝の調理場一杯に、干し蛸独特の濃厚な香りが広がった。蒸らし終えて、澪はわくわくと蓋を外した。

桜色に染まった炊き立て熱々の飯に、ふっくらと身幅を増やした蛸が混じる。杓文字で鍋の底から捌《さば》いて、熱を逃がし、ひと口、味を見る。

刹那、大坂天満《てんま》の風が、身体の中を吹き抜けていった。

「懐かしぃ」

思わず、声が出た。

美味しくて、懐かしい。蛸飯を口にするのは、大坂の天満一兆庵が焼けて以来だった。ひぃふぅみぃ、と指を折り、七年の歳月が流れたことに、改めて胸打たれる。

澪はくっと唇を引き結び、昨夜のうちに炊き上げていた昆布の様子を見た。真昆布は鍋の中で艶々《つやつや》と黒光りして、出番を待っていた。色紙の昆布を箸で摘まみ上げて、じっくりと眺め、澪は低く呻く。

「あほやなあ、私」

相手は佐兵衛を陥れ、天満一兆庵の江戸店を潰す陰謀に加担した男なのだ。それなのに、人が好《よ》いにもほどがある——そう思いつつも、澪は自身を止めることが出来なかった。

墨と筆とを用意して、紙に「心許り《こころばかり》」と認《したた》める。

文字が乾く間に、冷めた蛸飯と真昆布の佃煮《つくだに》とを割籠《わりご》に詰めた。

「本当は重詰にするものなんだけど……」

割籠の蓋に先の紙を、文字が上に来るように巻いて、しっかりと閉じる。

その昔、天満一兆庵では、年に二回の藪入りの際、奉公人に重詰を持たせて帰した。中身は、明石の干し蛸を用いた蛸飯と、上等の真昆布を佃煮にしたものだ。

常は質素を旨とする奉公人たちにとって、出汁を引く前の乾物を用いた重詰は充分に贅沢だった。そして主の嘉兵衛は、その重詰のひとつ、ひとつに「心許り」の一筆を添えていた。店のためによく尽くしてくれている、その謝意を奉公人の家族に伝えるためだった。おそらく富三もその重詰を手に、宿下がりしたに違いない。天涯孤独の澪は、当時、そうして藪入りする仲間が羨《うらや》ましくて仕方なかった。

死ぬ前に旨い物を食いたい、と言った富三に、当時の「心許り」と同じものを届けようと決めた。通じなくても仕方ないが、それでも、同じ天満一兆庵で修業した者として、店主嘉兵衛の思いを伝えておきたかった。

鼈甲珠を翁屋の使いに渡し、粕漬けを売り尽くしてから、澪は割籠を風呂敷に包み、下駄をかたかた鳴らして、柳原堤を目指した。

空全体に薄い雲がかかり、紗《うすぎぬ》越しの春陽が優しい。

澪を見守るように、雲雀《ひばり》が低く、高く、中天を舞い、歌っていた。道中を急いで、往来のひとで賑わう神田川沿いを進み、件の廃屋に着くと、裏手へ回って筵をそっと捲る。富三は眠っているらしく、苦しそうな寝息がしていた。

澪は声をかけず、気付かれぬよう割籠を入口に置き、足早にその場を立ち去った。

翌日の夕刻、澪がつる家へ顔を出すと、調理台に笊一杯の金柑《きんかん》が置かれていた。

「あら、この金柑、どうしたんですか？」

澪が問うと、帰り仕度をしていたおりょうが、ああ、それは、と手を止めた。

「あたしが持ってきたのさ。うちの庭の柚子《ゆず》がどうしたわけか全然実を付けなくなって、代わりに金柑が鈴なりなんだよ。ご近所に配っても余って余って」

つる家で助けてもらおうと思ってねぇ、とおりょうはひとつ摘まんでみせた。政吉も真似て、ひとつを口に放り込む。

「そのまま食うしか、俺には思いつかねぇから、澪さんの来るのを待ってたのさ」

政吉の台詞に澪は少し考え、それなら蜜煮《みつに》にしましょうか、と提案した。

一柳からは、柳吾が大番屋での留置を解かれて戻った、との知らせは未《いま》だ届かない。しかしそれは、入牢に至るまでの罪科が今ひとつはっきりしないことの証《あかし》でもあった。つる家の面々は不安と焦燥をじっと堪え、なるたけ平静を保つように振る舞っていた。

「切り込みから竹串を使って種を取るの、丁寧にお願いね」

金柑の蜜煮は、野江《のえ》との思い出の味でもある。澪はふきに、蜜煮の作り方を念入りに教えるべく、茹《ゆ》でて水に晒《さら》し、種を抜いた金柑を、水と砂糖で煮含めていく。

「金柑は、長く置いていても美味しくなくなるし、ただ茹でただけだとすぐに駄目になってしまう。けれど、お砂糖で煮ると日持ちするから、長く楽しめるのよ」

ふきに言い聞かせるはずが、澪はふと、自分の言葉を再度、胸の内で繰り返した。そのまま置くより、蜜煮にした方が日持ちする。それが何故なのか、澪にも理由はわからないのだが、砂糖には日持ちをよくする力が、確かに備わっている。

源斉から、酪は日本橋を始め全国の取次所で密かに商われている、と聞いたが、それならば何よりも重要なのは日持ちではなかろうか。

白牛の乳が薬効を持つのなら、公方さまには混じり物のない純正なものを。銭を積んで入手する町民には、日持ちがするように砂糖を加えたものを。

幕府は、そのどちらをも「酪」として扱っているのではなかろうか。そして、もしも仮に、正真正銘、公方さまの召し上がる純正の酪を作り上げた者が居たとしたら。

「澪姉さん、澪姉さん」

ふきに呼ばれて、澪ははっと我に返った。

鍋の金柑には既に落し蓋がされて、柔らかで甘い香りを漂わせていた。

柳吾の無事の解き放ちを待って一日千秋の思いで暮らすからか、刻の流れは極めて遅く、初午からまだ数日しか経っていないことに、つる家の店主も奉公人らも焦《じ》れる思いだった。

自身の推論が正しいのかどうか、澪には判断が付かない。また、その推論が当たっていたとして、どうして良いかがわからない。ただ毎日、一柳に芳を見舞ったが、不安がる奉公人を女将として束ねる芳の姿に、何も出来ない自分を憂えた。

動きがあったのは、如月七日の夜のことだ。

つる家が商いを終えて、珍しく澪が暖簾を終っていた時だった。西の空に浮かぶ破鏡の月が思いがけず明るく周囲を照らしていた。背後から、ちょいと尋ねるが、とくぐもった声がする。振り返れば、筵を身体に巻いた願人坊主だった。

「この店の、澪って名の女料理人に用があるんだ」

澪は警戒しつつ、私です、と短く応える。

願人坊主は筵の中に手を突っ込んで、畳んだ紙を取り出した。

「物乞い仲間の富三に頼まれた。大事な文だから、必ず本人に渡してくれと」

確かに渡したぜ、と念を押して、願人坊主はひと目を忍んで俎橋を渡っていく。

先日の割籠の礼だろう、と見当をつけて澪は畳まれた文を開いた。

はらはらと文は解けていき、その端が地についても、まだ手の中に畳まれたものがあった。文の長さに戸惑いつつ、澪は月明かりを頼りに目を通していく。

読み込むうち、次第に血の気が引き、驚愕のあまり意識を失いそうになった。気持ちを落ち着かせるために一旦、文を粗く畳んで、大きく息を吐く。

「お澪坊、どうしたんだ、具合でも悪いのか」

調理場に戻った澪の様子に不審を覚えたのか、店主が気遣った。

「済みません、急に寒気がして」

今夜はこれで退《ひ》かせてください、と澪は詫び、後片付けをふきに託して、つる家を出た。九段坂下を急ぐ澪の背後から、お澪坊、と呼ぶ声がする。

「ひとりで大丈夫かい、何なら今夜はこっちに泊まっていきな」

わざわざ追い駆けて来てくれた店主に、澪は顔を背けたまま、大丈夫です、と応えるのが精一杯だった。

借家に戻ると、種火から震える手で灯明皿に火を移し、懐にしまった文を取り出す。一読して足らず、二度読んで疑い、三度読んで天井を仰いだ。

富三からの文の大意は、次のようなものであった。

公方さまの「酪」は、牛の乳を用いることのほかは謎《なぞ》に包まれている。二十年ほど前から、幕府の命によりその酪が密かに売られるようになったが、将軍家の酪が江戸城雉子橋門の厩《うまや》近くの製薬所で作られるのに対して、売るための酪の多くが嶺岡で作られていることに気付いた者が居た。

煮売り屋から身を起こし、世知に長《た》けたその男は、両者の酪が異なることに目を付け、より公方さまの酪に近いものを作り出して、儲けることを考え付いた。

雉子橋門の厩で搾られる白牛の乳はふんだんにある。留守居役が使う料理屋として名を知られるようになり、蓄えもあった。要所要所に金を使えば、余った乳を密かに入手する道筋をつけることも不可能ではなかった。この時、言葉巧みに、酪作りの仲間に引き込まれたのが、天満一兆庵江戸店の佐兵衛だった。

料理人として未知の食材に興味のあった佐兵衛は、何としても天満一兆庵を江戸一番の料理屋にすべく、その手段として懸命に酪を探った。精進を重ね、恐らくはそれが公方さまの酪に最も近い、と思《おぼ》しきものを作り上げることに成功する。

佐兵衛の作った酪を、男は吉原廓の巽屋《たつみや》と組んで、密かに法外な値で売ろうと企てていた。男の目論見《もくろみ》に気付いた佐兵衛が手を引こうとしたため、巽屋の花魁《おいらん》にひと芝居打たせ、ひとを殺《あや》めたと思い込ませて失踪させた。

全ての陰謀の基は、この男、即《すなわ》ち、登龍楼の采女宗馬である。富三は采女より金を摑まされ、世間知らずの佐兵衛が天満一兆庵の江戸店で孤立するよう立ち回り、その乗っ取りを企んだのだった。

十分に財を成した采女は、四年前、賂《まいない》を渡していた御膳奉行らに白牛の乳と酪横流しの罪を被せて、酪作りから手を引いた。だが、酪の薬効を求める者は絶えることがないし、采女の性根から考えて、登龍楼の料理屋としての雲行きが怪しくなれば、再び酪の密造に手を染めるやも知れない。

労咳を患い、たとえ残り少ない命であっても、惜しいことに変わりはなく、自分は逃げるが、この文を奉行所へ届けよ、と縒《よじ》れた筆で認めてあった。

割籠の蛸飯と昆布の佃煮を口にして、天満一兆庵に奉公していた幼い頃を思い出したこと。最期の最期、ひとつくらい真面《まとも》なことをしたくなった、と文は結ばれていた。

富三、と記された横に、「心許り」のひと言が添えてある。

——してはならんことにまで手を染めようとした
文を読み終えた澪の耳もとに、佐兵衛の悲痛な声が聞こえて、澪はぐっと握り締めた拳を胸にあてた。佐兵衛の苦悩が今初めて、心から理解できた。

その時、唐突に鼻の奥に蘇る香りがあった。ああ、と澪は呻吟《しんぎん》する。

この香りは、いつぞや、呼び出しを受けて単身、登龍楼に乗り込んだ時に、嗅いだものに違いない。今思えばおそらく、あれが牛の乳を煮る匂いだったのだろう。

酪を作ろうなどと企てる者が他に居るとも、また実際に作れる者が居るとも考え難く、役人が登龍楼と巽屋を洗えば、酪作りと密売に関して確かな証が得られるのではないか。柳吾の身の潔白は作っていないことを裏付けるほかないが、それが難しいのはこれまでの経緯でわかる。しかし、作った者が別に居たのならば、柳吾の嫌疑は晴れるだろう。

だが、と澪は手の中の文に目を落とし、大きく息を吐いた。

富三は佐兵衛が見つかったことを知らず、死んだものと思い込んで、この文を残したのだろう。しかし、佐兵衛は生きている。これを奉行所へ届け出れば、采女宗馬はおそらく死罪、登龍楼は潰れるに相違ない。だが、同時に、佐兵衛もまた罪人になってしまう。改心したとはいえ、畏れ多くも公方さまの白牛の乳で勝手に酪を作ってしまったのだ。お上の御威光を蔑《ないがし》ろにした罪は決して軽くはないだろう。芳の夫を救うことは、芳の息子を罪人にすることを意味する。どちらとも決めあぐねて、澪はひとり頭を抱え込んだ。

柳吾を助けるのか。

佐兵衛のことを伏せたままにするのか。

心は振り子となり、左右に大きく揺れて定まらない。眠れぬまま夜を明かし、鼈甲珠を翁屋の使いに渡したあとは何をする気にもなれず、澪は富三からの文を手にしたまま、床几に座り込んでいた。ふと、引き戸の表に誰かが立つ気配がした。

今日は粕漬けの商いを休むことにして、断ろう、と腰を上げた時だ。少し開いた引き戸から、こちらを覗いている男と目が合った。

「若旦那さん」

駆け寄って、引き戸を大きく開き、澪は佐兵衛を招き入れる。また病がぶり返したのか、と思うほど面窶《おもやつ》れした佐兵衛だが、その表情には先日と異なり、力があった。

「澪、お前《ま》はんに頼みがある」

床几に座るなり、佐兵衛は真摯《しんし》な眼を澪に向けた。

「一柳の旦那さんは無事に帰ってきはる。代わりに、私はもう戻ってこられへんやろ。私が居らんようになったら、染井村のお薗とお花のこと、気にかけたってくれへんか？」

こないなこと、頼めた筋と違うんやが、と哀しげに言い添え、佐兵衛は頭を下げた。

ああ、若旦那さんは一柳の旦那さんを助けるために自訴しはるんや、と澪は即座に理解した。若旦那さん、と震える声で澪は佐兵衛に問いかける。

「一柳の座敷に酪を置いたんは、登龍楼の仕業だすか？」

登龍楼との繋がりを問われ、佐兵衛は顔色を変えた。

「何でや、何でそないなことを思うんや」

佐兵衛に問われて、澪は手にしていた文を、すっと差し出した。

「こ、これは……」

受け取って読み進めるうちに、文を持つ佐兵衛の両の腕《かいな》がわなわなと戦慄きだす。読み通して震える手で文を畳み、佐兵衛は暫く黙って考え込んだ。気の遠くなるほど長い沈黙のあと、傍らで項垂れる澪に、静かな視線を送る。

「澪、済まなんだなぁ。板挟みの目ぇに遭わせてしもた。辛かったやろ」

澪の苦しみを見通したに違いない、慈しみに満ちた声だった。

畳んだ文を懐に捻《ね》じ込んで、佐兵衛は床几から立った。

「一柳を陥れても、登龍楼には何の益もない。采女宗馬にしても、この度のことは番狂わせやったはずや。ものの正体を知らず、ただ運ぶだけの役回りの者が、迂闊《うかつ》に一柳の座敷に忘れた、と見るのが真実に近いように思う。売り手と買い手の二者で遣り取りするよりも、何人もひとを介する方が足がつきにくうなるさかいにな。いずれにしても、お前はんはこれ以上、関わったらあかん」

決着つけんのは私の仕事だす、と言い置くと、佐兵衛は出て行く。澪はあとについて歩きながら、どうしたら良いのか、考えが回らなかった。俎橋の袂《たもと》で、佐兵衛は振り返り、もうここでええ、と静かに、しかしきっぱりとした口調で告げた。

俎橋を渡り、飯田川沿いを下っていく佐兵衛の姿をずっと目で追って、ただ祈ることしか出来ない自身の不甲斐なさを澪は呪《のろ》った。

佐兵衛が町奉行所に自訴をしたと思われる翌朝、江戸の街は、片時雨《かたしぐれ》に見舞われた。陽光の恵みを受ける元飯田町とは対照的に、北の空は分厚い雨雲に覆われていた。

「里じゃあ、今、大騒ぎだぜ」

いつものように鼈甲珠を受け取りに来た翁屋の使いが、澪の顔を見るなり、興奮した口振りでこう続けた。

「翁屋の隣りの巽屋に、まだ夜も明けきらねぇうち、同心やら番方が詰めかけて、楼主から番頭から、あらかたしょっ引いていったのさ」

平素は自治に委《ゆだ》ねられている遊里が荒々しい捕り物の舞台となったことで、吉原は騒然となった。それのみではない、同じく江戸町一丁目の登龍楼江戸店へも手が入ったとのこと。

「役人は口を割りゃあしねぇが、ありゃあ、巽屋と登龍楼とがつるんで、何かよっぽどのことをしやがったんだろうぜ」

そこまで話して初めて、使いは笠紐《かさひも》を解き、濡れた笠を一振りした。

「お澪坊」

油紙に包んだ行李を抱えて使いが帰るのと入れ違いに、九段坂下から種市が転がるように走って来た。すぐ後ろに、血の気の失せたふきの顔も覗く。

「お澪坊、日本橋登龍楼が捕り物沙汰《ざた》でえらいことになってるらしい」

伊佐さんが知らせてくれたんだが、と種市は息を弾ませた。

日本橋登龍楼には、ふきの弟の健坊が奉公しているのだ。今にも登龍楼に向かって走りだしそうなふきの肩を、澪はぎゅっと捉えた。

「心配なのはわかるけれど、ふきちゃんは、つる家で待っていてくれるかしら。旦那さんと私とでちゃんと健坊の無事を確かめてくるから」

酪に纏わる捕り物ならば、お上の威信をかけて容赦ないものになるだろう。そんな光景をふきに見せたくはなかった。そうした思いは伏せて、政吉を手伝い、しっかりと調理場を守るように、と諭す澪の言葉に、ふきは涙目で頷いた。

老いた種市を気遣い、澪は日本橋登龍楼を目指す。飯田川沿いを下り、竜閑橋を渡れば本銀町、そして本町一丁目。外濠《そとぼり》沿いにある日本橋登龍楼の周囲には、人垣が出来ていた。

切妻造りに黒漆喰《しっくい》壁の二階家の佇まいは変わらねど、下屋庇《げやびさし》のもとには、鍋釜始め調理道具の一切が放り出され、転がる。金銀の箔を配した漆器や磁器までも無残に叩き割られ、泥に塗れていた。

室内では何かを打ち砕く大きな音が続き、大勢の動き回る様子を、壊された連子格子の窓から垣間見《かいまみ》ることが出来る。それはあたかも龍の腸《はらわた》を引き裂いて弱らせ、命を奪おうとしているかに映った。

「俺ぁ、役人が踏み込むところに居合わせたが、大した見ものだったぜ」

野次馬のひとりが、声高に話している。

「捕り物のための十手《じって》だろうが、やたらでかいのを持った同心が、番頭やら料理人やら、そりゃあ小気味良いほど次々に召し捕ったのさ」

「一体、登龍楼は何をしでかしたんだ。第一、肝心の店主はどうなったんだよ」

尋ねる声がひとつ上がれば、言い回しの違いはあれど、

「そうとも、名字帯刀だか何だかの、あの野郎はどうなった」

と問う声が、次々に重なった。

問いかけに真面に答えられる者は居ない。ただ、経緯を見守っていた野次馬たちの話に寄れば、店主の采女宗馬は捕り物の隙をついて単身逃れたらしく、今は登龍楼の内部に隠し部屋がないかどうか、虱潰《しらみつぶ》しに調べているらしい。

「ほんなら、ほかの奉公人はどないなったんだすか。幼い子供らは……」

人垣を掻き分けて、澪は野次馬のひとりに迫った。目撃談を誇らしげに話していた男は、しかし答えることが出来ずに、澪の腕を払い除《の》けた。

思い余って、澪は木戸を目指して駆けだした。

「あ、お澪坊、待ちな」

背後で種市の声がしたが、澪は振り返らず、小者《こもの》の制止も振り切って、木戸から中

庭へと飛び込んだ。

「何だ、お前は」

あっという間に取り押さえられた澪に、同心らしき壮年の男が鋭い視線を投げる。澪の目は、中庭の一角に向けられていた。そこに仲居を始め、女の奉公人が集められていた。否、女ばかりではない、十を幾つか過ぎたばかりの、男児の奉公人も混じっていた。捕えられた澪を見て、中のひとりが腰を浮かす。

健坊、と澪が呼ぶのと、役人が健坊を押さえつけるのとが、ほぼ同時だった。

「そないに小さい子に、何しはるんだすか。放しておくれやす」

叫ぶ澪を、しかし下役の者が羽交い締めにして、木戸の外へと引き摺り出した。

「お役人様、その娘をどうかお許しくださいまし」

種市がその足もとに縋《すが》る。

孫ほどの齢の役人に、白髪頭の年寄りが這《は》い蹲《つくば》って許しを請う姿を見かねたのか、先の同心が歩み寄った。種市の傍にひょいと屈み込むと、その名と住まいを尋ね、健坊と澪とのつながりを問うた。大まかの事情を察すると、同心は腰を伸ばして、澪と種市とを交互に眺めた。

「詳しくは申さぬが、登龍楼は早晩、取り潰しになる。事情を知る奉公人は別として、幼い者は里に返されることになろう。近々のことなので、大人しく待つように」

温情のある台詞に胸を一杯にして、澪は店主の横に膝をつき、土に額を付けた。

北の空にあった雨雲が日本橋まで流れて、店主と澪の頭上に雨をもたらした。少しでも早くふきに吉報を届けたい店主と登龍楼の前で別れて、澪はひとり、一柳を目指した。

まだ弱い雨脚の中を歩きながら、今日が天赦日であることを思う。酪に登龍楼が関わっていることが判明したとすれば、柳吾を捕えておく理由はない。そうなれば、柳吾は解き放ちになるだろう。否、もしや、すでに一柳に戻されているかも知れない。澪は鍛冶《かじ》橋近くで足を止め、奉行所の方角に向かって、深々と頭を下げた。奉行所の大門を潜《くぐ》って自訴した佐兵衛を思い、神仏の御加護を心より祈る。

柳吾の妻であり、佐兵衛の母である芳に、何もかも全て伏せておけるなら、どれほど良いだろうか。しかし、澪が伝えねば、誰が佐兵衛の覚悟と決着を知らせるのか。澪は唇を固く引き結び、一柳の方へと歩きだした。

柳町の表通りに立てば、向こうから傘を翳《かざ》し、小走りで駆けてくる人影を認めた。そのひとは、こちらに気付くと傘を手放して、澪、とその名を呼んだ。

「澪、旦那さんが戻らはった……半刻ほど前、無事にお戻りにならはったんだす」

朗報を自身の口から、と思っていたのだろう、涙声を振り絞ると、芳は両の腕を懸命に娘の方へと伸ばした。その生色の戻った笑みが、澪の胸を深く抉《えぐ》った。

弱々しかったはずの雨が徐々に勢いを強めて、一柳の奥座敷に樹々《きぎ》を打つ音を届ける。ひとの声は絶えて、重く陰鬱《いんうつ》な雰囲気が部屋に充満していた。

「そうした訳だったとは……」

苦しげに息を吐き、面窶れした柳吾が唸る。

「自身番へ連れて行かれた時もそうだったが、今朝、突然に許された時も、その理由がまるでわからなかった。よもや、佐兵衛さんとそんな形で繋がるとは……」

柳吾は話して、傍らの芳を気遣う素振りを示す。

芳はと見れば、背筋を丸め、顔から表情を消して腑抜《ふぬ》けのように座っていた。澪はその背中を撫でようとそっと手を差し伸べる。芳は咄嗟《とっさ》に澪の手を払った。

思いがけず強い力で、ぱんっ、と激しい音がした。芳は自身の振る舞いに戦き、堪忍、と震える声を絞り出す。

よろよろと立ち上がる芳に、柳吾は腕を添えて支えようとした。

ひとりに、と芳は呻く。

「ひとりになりとおます。ひとりにして、おくれやす」

言い置いて、芳は縺《もつ》れる足で奥座敷を出る。

閉じられた襖の向こうで、うっうっ、と嗚咽《おえつ》が洩れた。嗚咽はじきに、ううう－っ、と尾を引くようになり、澪は堪らず畳に額をついて、声を放った。

「ご寮さん、堪忍して下さい」

心を決めて話したことだったが、せめて今日一日は伏せておけば良かったのではないか、との悔いが早くも澪を責め苛《さいな》んでいた。極楽から地獄へと突き落とされた芳の気持ちを思うと、澪は消え失せてしまいたくなる。

「佐兵衛さんの一件は嘉久《かきゅう》にも伏せます。芳は暫くの間、染井村へやりましょう」

澪を見送りに出て、柳吾は沈痛な面持ちで言った。佐兵衛の女房子供が一番不憫《ふびん》だし、芳もそれを望むだろうから、と。

強い雨に叩かれて、辺りが煙っている。差し出された傘を小さく礼を言って受け取ると、澪は暇《いとま》を告げた。

通りの端まで行って振り返れば、雨の中、柳吾は天を仰いでいた。

登龍楼に役人の手が及んで、四日経ち、五日が過ぎた。

皆目わからなかった事件も、少しずつ、少しずつ、洩れ聞こえてくるものはあった。

「何でも、登龍楼の主は、公方さまの食の上前を撥《は》ねてたらしいぜ」

「よくもまぁ、そんな恐ろしいことを」

ひとびとは、寄ると触るとそんな噂話を交わす。ことに、つる家のお客たちは、好んでそれを話題にした。未だに捕まらない采女宗馬を散々罵《ののし》った挙句、最後は決まって、こんな会話で締め括る。

「これで今年の料理番付の大関位は、いよいよこの店で決まりだな」

「あたぼうよ、つる家ほど大関位に相応《ふさわ》しい料理を出す店があるか、ってぇんだ」

座敷の話し声が調理場へ届くと、政吉は決まって眉根を寄せ、それを認めてお臼がくすくすと笑う。空いた膳を下げて来たおりょうが、ふと、澪に目を留めて問うた。

「あれ、澪ちゃん、随分と痩せたねぇ」

毎日見てると気付かないもんだけど、とおりょうは澪を案じる。澪は無理にも笑顔を作り、そうでしょうか、とだけ応えた。手にした徳利が軽くなっているのを幸い、

「ちょっと味醂を買い足して来ます」

と断って、ふきが手を伸ばすのを制し、さっと勝手口を飛び出した。

九段坂から俎橋にかけて、黄金色に染まっている。一日の仕事を終えて家路に向かうひとびとに紛れて、澪は徳利を手に、重い足取りで中坂を目指した。

柳吾から、芳が染井村のお蘭のもとへ身を寄せた、との連絡を受けた。染井村に文使いを頼んだが、芳からの返事はまだない。背中を撫でようと伸ばした澪の手を、強く払った芳。その怯えた表情は、澪の胸を去らない。

柳吾を助けるために、自訴した佐兵衛。その佐兵衛を引き止めなかった澪。芳の胸中を思えば、息をするのも苦しい。

佐兵衛の自訴を止めなかった澪のことを、芳は終生許さないだろう。それで芳の苦しみが僅かなりとも軽くなるのであれば良い。けれども、芳にとって最も許し難いのは、己自身ではなかろうか。柳吾と添う道を選ばなければ、生まれなかった煩悶《はんもん》かも知れないのだ。そう思い至った途端、涙が溢れそうになった。

何とか堪えて、味醂を求め、気持ちを立て直すために、帰路をゆっくりと辿る。夕陽が飯田川の水面で細かく砕ける様をぼんやりと眺め、橋の袂に差し掛かった時だ。

「お澪坊」

種市が店の前で大きく手を振っている。りうに肩を抱かれて、ふきが両手で顔を覆っているのが見えた。何があったのか、と澪はじっと目を凝らす。りうの隣りに孝介が控えていた。その孝介の背後から、小さな人影が覗く。

「健坊」

澪は短く叫び、乱れる足で皆のもとへと急いだ。

「小さい奉公人は里へ返すようお達しがあったんだと。口入屋《くちいれや》の孝介さんがそれを聞いて、いち早く健坊を連れて帰ってくれたんだよぅ」

あとは涙で声が詰まり、種市は拳で瞼《まぶた》を擦った。

りうに徳利を託すと、澪は姉弟に向かう。健坊、ふきちゃん、と優しく呼んで両腕を広げ、ふたりを抱き寄せた。ふきの目から零れ落ちた涙が、澪の肩口を濡らす。

四年前、登龍楼を抜け出してきた健坊を大人たちの判断で戻した時も、こんな風にふたりを抱いたことを思い返し、澪は双眸を潤ませる。佐兵衛のことを思えば辛いばかりだからこそ、ふきと健坊の幸せが身に染みて、ありがたかった。

無事に健坊が戻り、喜びに沸くつる家を、その日最後に訪れたのは、医師の源斉だった。既に暖簾を終い、店主も奉公人も座敷の方に移って、健坊の戻ったお祝いの夜食を愉しんでいたため、勝手口に立った源斉に気付いたのは、澪ひとりだった。

「済みません、また太夫《たゆう》の弁当をお願いしようかと」

懐から弁当箱を取り出しかけて、源斉は唐突に動きを止めた。掛け行灯に照らされた澪を見る顔つきは、医師のそれになっていた。手首を出してください、と命じて、医師はその手首を握る。源斉の親指と人差し指は、澪の手首で簡単に交差して余った。こんなに瘦せて、と源斉は呻いた。そっとその手を離し、澪を残して土間伝いに入れ込み座敷に向かう。種市と二言、三言、話してすぐに戻ると、澪にこう命じた。

「ご店主の許しを頂きました。今日は帰って休んでください」

澪の返事も聞かずに、送ります、と源斉は薬箱を手に取った。

源斉とふたり外に出れば、明かり要らずの夜で、俎橋の向こうに、少しも欠けたところのない白銀の月が停《とど》まっていた。先に立って歩く源斉の背が、随分と広い。その背中に向かって、源斉先生、と呼びかけたくなるのを澪は堪えた。


「話して頂けませんか」

灯明皿の火が、床几に座る男女を仄かに浮かび上がらせる。ふたりの間には、薬箱と二段重ねの弁当箱とが置かれていた。

黙って俯く娘に、源斉は想《おも》いを込めた口調で告げる。

「もしひとりで苦しみを抱えておられるのなら、私にも少し分けてもらえませんか」

温かな言葉に胸を満たされながらも、澪は頭を振る。

源斉自身は澪と苦しみを分かつことがないのに、自分ばかり甘えることは出来ない。それに佐兵衛の行いは、ひとに話せることではなかった。

「源斉先生、ひとつだけ教えてください」

澪は顔を上げて、身体ごと源斉に向き直った。

「もしも、仮に酪を勝手に作ったなら、やはり命で償わねばならないのでしょうか」

思いも寄らぬ問いかけだったのか、源斉は瞠目《どうもく》し、声を失した。だが、澪の悲愴な表情に、よほどの事情が潜むことを汲《く》んだのだろう、思案しつつ唇を解く。

「酪を作るには牛の乳が必要ですが、白牛の乳を盗んだのなら大罪です。けれど、酪を作っただけで罰せられるとは考え辛い」

床几に両手をつき、身を傾けて、澪は源斉を見つめる。

料理人を安堵させるように、医師はこっくりと頷いてみせた。

「刑罰のもとになる『御定書百箇条《おさだめがきひゃっかじょう》』を目にしたことはありませんが、酪に関する記述があるとは思えません。私は医師ですから、役務柄、贋薬《にせぐすり》を売った者が引き廻しの上で死罪、というのは存じていますが、作っただけで罰せられた例は知らない。それに公方さまは酪の効用を世に知らしめたい、と常々思っておられるのです。その証に、

『白牛酪考』という書を医官に書かせておられるほどだ」

　ただ、と源斉は思慮深く続ける。

「以前、澪さんから酪について問われた時に、敢えて伏せたことなのですが、実は、公方さまが実際に口にされる『酪』がどのようなものかは、極秘とされていて、私も見たことがありません。公には、幕府が『酪』と称して売っているものが、公方さまの酪と同じだと言われているけれど、おそらくは違います」

　源斉の説明は、富三の文や澪の考えと、ぴたりと重なり合った。

　御典医の子息は、言葉を選びながら、話を続ける。

「玉屋で売られている酪は、古《いにしえ》の飛鳥《あすか》の頃に食されたと聞く『蘇《そ》』に近いけれども、小野蘭山《おのらんざん》、という著名な本草学者《ほんぞうがくしゃ》は、酪を『ボートル』（バター）と記しています。その正体は実のところ、不明なのです。酪を作ったといっても、何処まで本当の酪に迫ったのかは、限られたごく僅かな者以外は知りようがない。従って、そのような曖昧《あいまい》なものを作ったからといって、いきなり罪に問われるとは考え辛いのです」

　仮に奉行所で裁きを受ける場合、死刑に処すか否かは、町奉行の一存では決められず、町奉行から老中、そして公方さまへと上申されて初めて決せられる。死刑の許しを与えるべき家斉《いえなり》公ご自身が、酪の効用を広めたい、と願っておられるのだ。ただ作っただけの者に、公方さまが命を以《もっ》て償わせるとは考え難い、と源斉は結んだ。

闇の中に薄らと光が差す。それは儚《はかな》い光かも知れないが、今の澪には救いだった。

澪の面持ちが僅かに明るくなるのを認め、源斉は心弛《ゆる》びの息を洩らして、私はこれで、と腰を浮かせた。

「では、明日、太夫の弁当をお願いします。昼までにつる家に取りにいきますので」

源斉の言葉に、澪は手にした弁当箱を愛《いと》おしそうに撫でて、頷いた。

「朝のうちに、店に預けておきます。源斉先生の恩師のかたにも、同じものをお作りしましょうね」

澪の応えに、源斉は初めて頬を緩めた。そして改めて口もとを引き締めると、少し身を屈めて澪の瞳を覗き込む。

「澪さん、あなたを……あなたのことを……」

その先を言いよどんで、源斉は軽く頭を振った。

娘に伝えるべき言葉を探し、逡巡《しゅんじゅん》する男の双眸に、仄かな哀しみが宿っていた。

「あなたの苦しみに、何も出来ないことが苦しい」

それだけを密やかに打ち明けると、源斉は、息を詰めている娘を残して帰っていく。

月下、その広い背中が徐々に遠ざかり、俎橋の向こうに消えてしまうまで、澪は川端に佇んでいた。もう決して相手の耳に届かないようになって初めて、澪は応えた。

「源斉先生、私も同じです」

東天高く輝く孤高の月が、溢れだす想いに耐える娘を慎しみ深く照らしている。


ちょんちょん、と挟みを鳴らして、花売りの老女が九段坂を行く。抱えた筵から、愛らしい桃の花や、目にも鮮やかな山吹が覗いていた。

少し分けてもらい、澪は常よりも早くつる家に向かう。彼岸が過ぎ、夜が短くなった分、少しでも手伝えることがあれば、と思ったのだ。

店の表ではふきと健坊とがこちらに背中を向けて、土筆《つくし》の袴《はかま》取りをしている。麗《うら》らかな春陽のもと、肩を寄せ合う姉弟の姿に、澪はふっと目の奥が温かくなった。声をかけずに、足音を忍ばせて路地へ入る。

「お澪坊はああだから、こっちも気付かねぇ振りをしちゃあいるが、見てて不憫《ふびん》で仕方がねぇよ」

種市の声に、そうですとも、と相槌《あいづち》を打つのは、おりょうのようだ。

「ご寮さんは染井村に行ったきり、と聞けば、佐兵衛さんの身に何かあったに決まってますよ。あたしらに心配をかけまい、と思ってるんでしょうが、水臭いったら」

「でもねぇ、坂村堂さんは何も知らない、と仰ってましたからねぇ。坂村堂さんがご存じないってことは、一柳の旦那さんが一切話しておられないってことですよ」

こっちも知らん顔してるのが一番ですよ、と話しているのはりうだった。

澪は立ち聞きしているのが辛くなって、静かに路地を戻った。

綺麗な桃だねぇ、とすれ違うひとが、澪の抱える桃に目を留めて微笑む。柔らかな桃花の芳香が、澪の哀しみに寄り添った。そっと花に顔を寄せて、胸一杯に香りを吸い込む。そのまま桃の枝越しに俎橋を眺めれば、欄干に摑まりながら、おぼつかない足取りでこちらへ向かう男の姿が目に映った。汚れた着物が異臭を放つのだろう、俎橋を行く者たちは、露骨に顔をしかめ、男を避けていた。

具合でも悪いのか、足を前に踏み出すのもやっとのようだ。その男が、ゆっくりと顔を上げる。

その正体を見定めて、澪の手から桃の枝が落ちた。丸い花が幾つか、ころころと地面を転がる。

「若旦那さん」

悲鳴に似た声を上げ、澪は俎橋に向かって駆けた。前のめりに倒れかける佐兵衛を、すんでのところで腕を広げて抱き留める。垢に塗れ、疲弊しきった佐兵衛は、澪の腕の中で意識を失った。

「若旦那さん、しっかりしとくれやす」

若旦那さん、と澪は佐兵衛を揺さ振り続ける。

橋上の異変に気付いたふきが店内に駆け込み、間を置かず、店主らが飛び出してきた。何事か、と足を止める通行人らの周辺に、桃花が甘やかな香りを留めていた。

「采女の袖《そで》吹き返す明日香風、都を遠みいたずらに吹く――古い歌にあるように、明日香風が吹いたとな」

ゆらゆらと陽炎《かげろう》の揺れる弾正橋《だんじょう》の袂で、読売が低い声で口上を節に載せる。

道行く者は足を止めて、その口上に耳を傾けていた。

「哀れ登龍楼は取り潰し、立派な店も取り壊し、いずれは別の店が建つ。悪運強い采女宗馬は逃げおおせたか行方知れず、采女と関わり甘い汁を吸った二本挿しは揃って詰め腹切らされる、詳しい話はこちらの読売、お代は四文、お代は四文」

四文銭を手に読売に群がるひとびとを避けて、澪は佐兵衛と白魚橋《しらうお》に向かって歩いていく。半月ほど入牢して厳しい取り調べを受けた佐兵衛だったが、五日寝込んで、徐々に体力も戻りつつある。柳吾のものだろう、見覚えのある上質の上田紬《つむぎ》がよく映っていた。

よーい、よーい、と哀切滲む船頭の声に目をやれば、京橋川には、青竹を積んだ幾艘もの筏がゆったりと行き交う。爽やかな芳香が、白魚橋に佇むふたりを包んだ。

三ツ橋、の異名を持つこの場所は、交差する二つの川に、冂の字の形に三つの橋が架けられている。ここから見る情景は、懐かしい郷里大坂の四ツ橋を連想させて、ふたりは暫し黙って見入った。

艱苦《かんく》に耐えるばかりだった如月も、僅かな日を残し、過ぎ去ろうとしていた。

「母親がなあ、澪に合わせる顔がない、て今朝も泣いてはった」

堪忍したってな、と佐兵衛に詫びられて、澪は、慌てて頭を振る。

あのあと、澪から知らせを受けた柳吾の判断は的確だった。養生のため佐兵衛を一柳へ移す一方、染井村に使いをやってその無事を知らせた。お薗とお花を伴って戻るよう芳に伝え、無事に一家は対面を果たしている。お薗の気持ちもあり、すぐには無理だろうが、いずれ一家で一柳へ移る日も廻ってくるに違いない。

「何や長い夢を見てたみたいや」

炭町の、出格子にこけら葺《ぶき》、通り庇の店に目をやって、佐兵衛がつくづくと洩らす。もとの天満一兆庵の江戸店だったところだ。あれから幾代も主が替わり、手入れも充分にされていないため、全体に薄汚れ、廃れた印象は拭えないが、それでも、かつての店の面影は充分に残っていた。

「采女から勧められて、初めて酪を口にした時、薬と聞いていたけれど、これは料理に使える、と思うた。砂糖の味が邪魔やから、砂糖を抜いて、もっと味よう作って料理に活《い》かせたなら、天満一兆庵は間違いなく江戸一番の料理屋になれる――そう思たんだす。登龍楼から乳を分けてもろた時も、それが、よもや公方さまの白牛のものとは知らなんだんや。自分のお粗末さに、我ながら呆《あき》れてしまう」

富三の画策により、奉公人らの心は既に主の佐兵衛から離れており、誰も歯止めになり得なかった。ほどなく、悪事の片棒を担がされる、と気付き、離脱を申し出た佐兵衛に、采女宗馬は了承したとして、巽屋で手打ちの酒を呑ませた。そして、薬の混入した酒で酔い潰れた佐兵衛に、遊女を殺したと信じ込ませたのだ。

「人ひとり、この手ぇで殺めた、と思い込んで、あとはお前はんの知る通りや」

問わず語りを終え、佐兵衛は長々と息を吐いた。もう少し思慮深かったらこんなことにはならなかったのに、との煩悶が透けて見えた。

結局、酪とは何だったのだろう。

源斉でさえ、その正体を知らぬものを、果たして采女宗馬は知り得たのだろうか。

否、おそらくは佐兵衛の作り上げた酪を、公方さまの召し上がる酪に仕立てただけではなかったか。煮売り屋だった頃の采女は、腕の立つ料理人だったと聞く。酪の密造などに手を染めねば、その料理人としての人生も違っていただろう。

自らの犯した罪を償わずに逃げたことは卑怯と思うものの、采女宗馬という男は、最早、逃げるだけの一生を送るほかない。料理人として腕を振るう喜びを、二度と手にすることもないのだ。

下から吹き上げる川風は意外に冷たく、澪はさり気なく風上に移る。手持ちを売り切った読売のふたり連れが、編笠を外して、ほくほく顔で傍らを過ぎて行った。

佐兵衛は澪に視線を戻し、誰にも話してへんことやが、と前置きの上で告げる。

「お解き放ちの時、吟味方から内々で教えてもろた。『白牛酪考』いう書を引き合いにして、私を庇《かほ》うてくれはったひとが居ったそうや」

佐兵衛の自訴により事態を重く見た奉行所は、評定所《ひょうじょうしょ》に吟味の場を移すことを視野に入れて慎重に調べを進めたところ、御膳奉行のひとりから、佐兵衛に関して「およそ料理人ならば未知の食に挑んでみたいと願うのは当然のこと。まして『白牛酪考』にて酪の効用を広く世に知らしめよ、と仰せの公方さまならば、酪作りに挑んだ料理人を、決してお咎《とが》めにはなるまい」との進言があった。自訴したこと、佐兵衛自身は、白牛の乳の横流しにも酪の売買にも直接関わっていないことも功を奏して、目溢《めこぼ》しが決まったのだという。

「幕府重鎮の覚えも良い、登龍楼の采女宗馬とも因縁のあった御膳奉行さまの進言やったそうや。お蔭《かげ》で助かった命やけれど、縁も所縁《ゆかり》もない者のために、何でそこまでしてくれはったんか、私にも、ようわからんのだす」

佐兵衛の言葉に、澪はそっと目を閉じる。

土圭《とけい》の間の小野寺《おのでら》、そう名乗っただけで、采女宗馬に通じたひと。間違いない、澪の想いびとだった小松原《こまつばら》さまこと、御膳奉行小野寺数馬《かずま》さまだ。小松原さまが若旦那さんを助けてくれたのだ。

佐兵衛と澪との関わりを、小松原は知っていたのだろうか。天満一兆庵の名が出ていれば、気付いただろう。けれど、手を差し伸べた理由はそれではない。澪の知る小松原は、そうした事情を踏まえるひとでは決してない。

小松原も佐兵衛も、根っからの料理人。おそらく、同じく料理に携わる者として佐兵衛の心情を真に理解し、そこに情けを掛けたのだろう。澪もまた料理人だからこそ、気持ちを汲むことが出来た。

どちらからともなく、白魚橋を戻る。ゆっくりと歩いて、袂まで辿り着いた時、佐兵衛は澪を振り返った。苦しみと決意とが入り混じった目をしていた。

「私はほんまに愚かや。苦しいから逃げたはずが、一層苦しなった。捨てて初めて、己がどれほど料理の道を全うしたかったかが、わかった。もしも許してもらえるならば、一柳の旦那さんのもとで、もう一度、料理人としてやり直したい。父親の嘉兵衛のような、一柳の旦那さんのような料理人となって、その御恩に報いたいと思う」

佐兵衛の決心に、澪は頷くことで応える。

嘉兵衛のような、柳吾のような料理人。それこそ、佐兵衛に相応しい。

小松原の道、佐兵衛の道、澪の道——永遠に交差することはないが、三者の料理人としての揺るぎない道がはっきりと見えたように、澪には思われた。

「若旦那さん、ここで失礼します」

一礼すると、澪は風に向かって駆けだした。

竹河岸を走り抜け、一石橋を渡り、竜閑橋。時折り立ち止まって、息を整え、額から滴り落ちる汗を拭う。俎橋を渡り、借家の前を通り、中坂へ。立ち話をしている坂村堂と戯作者《げさくしゃ》の脇を挨拶もせずにすり抜けて、駆け上がる。裏四番町まで辿り着いた時、漸く、澪は足を止めた。

両の膝に手を置いて、激しく息を弾ませる。真っ直《ます》ぐ行けば、富士見坂という名の急な下り坂。右手には草生《む》す蛙原。二度と来ることのないはずの場所だった。

二年前の同じ季節、月のない夜に、ここで小野寺家へ向かう輿《こし》入れ行列を見送った。

あの夜の絶望も、今は遥《はる》か。

澪は辻《つじ》に立ち、両の手を合わせると、小野寺の屋敷の方角へ向かって、深々と首を垂れた。

――小松原さま、若旦那さんを助けてくださって、ありがとうございます。本当にありがとうございます
そう繰り返して、顔を上げた。

小さく吐息をついて、何気なく、富士見坂の方へ目をやる。坂の手前に、凝然と佇む人影を認めた。

霞み立つ遠景を背負った男は、渋い褐返《かちかえし》の紬の綿入れ羽織がよく似合う。

小野寺数馬、そのひとだった。

澪の様子を、そこでじっと見守っていたのだろう。ふたりは暫し、無言で互いを見合った。二年の歳月が、小松原と澪の間に優しく降り積もる。

かつての想いびとは、削げていた頬にほんの少し肉が付き、以前よりも健やかに見えた。小脇に抱えた紙張り太鼓は、子への土産だろうか。

良かった、小松原さまはお健やかで、そしておそらくお幸せなのだ。

澪の目もとが和らいだのを認めたのか、小松原の目尻にも皺《しわ》が寄った。

澪は脇へ退き、頭を下げる。道を譲られて、男はゆっくりとした足取りで澪の前を過ぎ、辻を北へと折れた。

——その道を行け、下がり眉
聞こえるはずのない声がして、澪は面を上げる。振り向くことなく、男は屋敷への道を真っ直ぐに進む。

富士見坂下から辻へと、一陣の爽風が吹き抜けていった。

天《そら》の梯《かけはし》――恋し粟おこし

飯田《いいだ》川沿いの人通りは絶え、地面を打つ雨音が単調に続いていた。

澪《みお》は引き戸の心張棒《しんばりぼう》を再度確かめ、内所の襖《ふすま》を固く閉ざす。既に夜明けを迎え、障子越しの外は仄明《ほのあか》るい。力を込めて板張りを捲《めく》り、床下に潜《もぐ》り込む。そこに、伊佐三《いさぞう》が拵《こしら》えてくれた物入れがあるのだ。

「重い」

呻《うめ》き声を洩《も》らして、底から壺《つぼ》を持ち上げる。板張りに這い上がると、蓋《ふた》替わりの油紙を外し、広げた風呂敷《ふろしき》に中身を空けた。藍《あい》染めの布の上に金銀取り混ぜて小さな山が出来た。昨年末、翁屋《おきなや》より届いた鼈甲珠《べっこうだま》のお代から、玉子代や調味料代など掛取りで支払ったものを引いた蓄えだった。金貨銀貨を取り分けて、数えやすいよう十ずつまとめる。幾度も幾度も数え直して、澪は深く息を吐いた。

「やっぱり全然足りない」

金に換算すれば、全部でおよそ百十五両ほど。年明けから今日までのお代を加えたとしても、あさひ太夫《たゆう》の身請け銭、四千両にはほど遠い。覚悟の上とはいえ、澪は道のりの遠さに改めて呆然《ぼうぜん》となった。

内所の薄い光を攫《さら》えて鈍い光を放つ金銀を、畳に両手をついて暫《しばら》く眺めて、澪はふと思う。ひとの欲には際限がないもんやなあ、と。

あさひ太夫の正体を知るきっかけとなったのは、十両とともに届いた文だった。当時はその十両の重みに腰が抜けそうになったのだ。目の前のこの金銀は、鼈甲珠を吉原《よしわら》で商うことがなければ、終生、縁のなかったもの。それを思えば、呆然としている場合ではない。これを元手にして増やす方法があるだろうか。澪はじっと考え込んだ。

表では、地を打つだけだった雨が、今は賑《にぎ》やかに傘を鳴らしている。少しずつ街が目覚めて、動き始めた。

淡い雲の残る天に、七色の大きな虹《にじ》の橋が架けられた。

俎橋《まないたばし》を渡る者は誰ともなく足を止めて、東の空の虹を仰ぎ見る。一日の仕事を終えて疲れ果てたところへ、ほんの少し慰めを得た体で目もとを緩めた。そこへ、手拍子とともに老女の声が届く。

「さあさ、弥生《やよい》最初の三方《さんぼう》よしは、紅白膾《こうはくなます》に蛤《はまぐり》のお汁、豆腐の田楽にゃ木の芽味噌《みそ》をたっぷり、雛祭《ひなまつ》りのお膳《ぜん》で一杯いかがです」

九段坂下に目をやれば、ひとりの老女が通りに出て、ゆったりと手を打ち鳴らし、歌うように口上を節に載せる。下足番の弟子か、脇で十歳ほどの男の子が熱心に手拍子を合わせていた。

「虹も良いが、一日の締めはこうでないとな」

誰かが言えば、周囲の幾人かが頷《うなず》き、虹を背に、競い合って俎橋を駆け下りる。つる家《や》名物「三方よしの日」が幕を開けた。

「澪さん、済まねぇな」

小豆《あずき》飯を捌《さば》く澪の手もとを覗《のぞ》いて、政吉《まさきち》が片手で拝んでみせる。

「小豆飯やら紅白膾やら、雛祭りの献立は聞いていたんで、昼に俺なりの膳を出してみたんだが、見た目も味も違う、とお客からえらく文句が出たのさ」

こんなことなら、端《はな》から澪さんを頼るか、ふき坊に任せりゃあ良かったぜ、と政吉は肩を落とす。そんな、と澪は頭《かぶり》を振ってみせた。

「つる家の主な料理人は政吉さんなんですもの、献立を変えても良いと思います」

「そいつぁ違うぜ、澪さん。その店の料理には変えて良いものと、残しておくべきものとがある。雛祭りの膳や茶碗蒸《ちゃわんむ》し、鮎飯《あゆめし》やはてなの飯、他にも色々あるが、そうした料理はつる家の根石だ。俺ぁ、今日、それが骨身に沁《し》みた」

隣りで蕗《ふき》の筋を取っていたふきが、政吉の言葉にこっくりと頷いてみせた。

今夜の三方よしの酒の燗《かん》は温《ぬる》めで、雛祭り膳の他にも、三つ葉と貝柱の搔《か》き揚げや、焼き蛤など、政吉らしい肴《さかな》もちゃんと揃《そろ》っている。澪の料理と政吉の料理、お客はその両方を楽しむことが出来ていた。いずれはこの店を去る身の澪は、政吉の気持ちが胸に沁みた。

「お澪坊、大変なんだよぅ」

六つ半（午後七時）を過ぎた頃、種市が浮足立って、座敷から調理場へ戻った。

「摂津屋《せつつや》の旦那《だんな》が……あの摂津屋助五郎《すけごろう》がまた見えたんだよぅ。何だってあんな豪商がうちみたいな庶民の店にそう何度も来るんだよ。俺ぁ、もう魂消《たまげ》ちまって」

女料理人の手が空いたら話がしたい、との伝言《ことづて》を聞いて、何事だろう、と澪は戸惑いつつも頷いた。

「遅くなって申し訳ございません」

つる家二階の東端、山椒《さんしょう》の間に澪が顔を出したのは、小半刻《こはんとき》（約三十分）ほど経《た》ってからだった。

摂津屋はひとり、雛祭りの膳でゆっくりと酒を愉《たの》しんでいる最中だった。

「噂《うわさ》には聞いていましたが、雛祭りの膳で酒を呑《の》ませるとは、心憎い趣向ですな」

少し酔ったのか、摂津屋は目の縁を赤くしている。

「所帯を持たぬ男や、娘の居ない親父《おやじ》は、こういう料理を口にする機会はない。それに、娘を失《な》くした父親も」

最後の台詞《せりふ》を声を落として言ったあと、札差《ふださし》は盃を膳に戻して、澪と相対《あいたい》した。

「あさひ太夫が大変なことになっている」

「大変なこと?」

咄嗟《とっさ》に畳に手をつき、澪は摂津屋の方へ身を乗り出した。大変なことの予測がつかずに怯《おび》える娘を見て、摂津屋は懐に手を入れた。

「昨秋、こんなものが出回りましてね」

畳に置かれたのは、一枚の錦絵《にしきえ》だった。それを手に取って、澪は双眸《そうぼう》を見開く。

「これは……」

あさひ太夫を描いた錦絵で、澪にも見覚えがあった。

この錦絵が、あさひ太夫をどんな窮地に陥れたというのか。

鋭く問う娘の眼差《まなざ》しを受けて、摂津屋は眉間《みけん》に皺《しわ》を寄せる。

「これまで翁屋は、誰からどう乞われようと、あさひ太夫は伝説の遊女であって、実際には居ない、と言い続けてきたのだよ。それが、重陽《ちようよう》の節句の夜、姿を見られてしまい、しかもこうして錦絵にまでされてしまった」

天女の如《ごと》き美しさが人口に膾炙《かいしや》して、大名やら名だたる豪商やらが、翁屋にあさひ太夫との饗宴《きようえん》を執拗《しつよう》に強いるようになった。翁屋楼主伝右衛門《ろうしゆでんえもん》にしても、これ以上、太夫の存在を隠し通せるものではない、と頭を抱えているのだという。

「私を含む、あさひ太夫の旦那衆三人も、とても年季明けまで太夫を翁屋へ留め置くことは出来ない、と考えています」

両の手を腿《もも》に載せると、摂津屋は澪の方へ身を傾けた。

「今日はお前さんの覚悟を尋ねに来たのですよ。今のままでは、あさひ太夫に三人のうちのひとりを選ばせて、その者に囲われるより他ないけれど、お前さんはそれで良いのか」

駄目だ、野江《のえ》を誰かの囲い者にしてはならない――澪は思わず強く頭を振った。

「ならば、お前さんが身請けをするのだね。だが、太夫の身請け銭は四千両だ。果たして一介の料理人に用意できるのかねえ」

唇を嚙《か》み締める娘に、摂津屋はさらに畳みかける。

「ひとつ百六十文の鼈甲珠を日に三十。しかも夏場は休まねばならない。順当に商いが続いたとしても、秋から初夏までの商いで手に出来るのはせいぜい二百七十両ほど。実利となると、さらに少なくなる。太夫の身請けにどれほど歳月がかかることやら」

そんなに悠長に待てませんよ、と斬《き》り捨てて、札差は立ち上がった。

お待ちください、と澪はその足もとに縋《すが》る。

「諦《あきら》めるわけにはいかないのです。きっと知恵を絞ります。後生ですから、今少し考える時をください」

「今日までかかっても出なかった知恵が、今さら絞り出せるのか、甚《はなは》だ疑問ですな」

畳に額を擦《こす》りつける娘を見おろして、摂津屋は冷ややかな声で告げた。それでも娘が諦めず、足もとから離れようとしない姿に、男はほろ苦く笑う。

膳の上、空の汁椀《しるわん》には蛤の殻が一対、残されていた。それに目を留めて、摂津屋は口調を改める。

「では、四日だけ、待ちましょう。四日後に答えを聞きに、またここへ伺います」

せいぜい知恵を絞ることです、と言い置いて、札差は帰っていった。

手持ちの銭を元手に増やすには、どうすれば良いのか。

割籠《わりご》を作って商ってはどうだろうか。否、と考え付く傍《そば》から澪は頭を振った。増やせたとしても時がかかり過ぎる。あとは富籤《とみくじ》を当てることしか思いつかない。自分の浅知恵にうんざりして寝床を離れた。結局、一睡も出来なかった。

「弥生になっても、鼈甲珠は翁屋のお客さんにだけ供されるんでしょうか」

朝のうちに鼈甲珠を取りに来た翁屋の使いに、ふと気になって尋ねてみると、不機嫌な声で返事があった。

「翁屋じゃあ、花見の時季だけは、見世《みせ》の常客には売ってねぇのさ。それというのも、あんたが日に三十しか鼈甲珠を卸してくれねぇせいなんだぜ。忘八《ぼうはち》は毎日、荷の中を改めて、酷《ひど》く機嫌を損ねるんで弱っちまう」

常客には売らない、とはどういうことか。店の外で売る、ということだろうか。使いを見送ってからも、どうしてもそれが気になり、澪は銭の入った巾着《きんちゃく》を帯に挟んで、借家を飛び出した。

昨年の弥生に通い続けて足に馴染《なじ》んだ道を、澪は急ぐ。

三ノ輪から日本堤、葦簀《よしず》張りの掛け茶屋を両側に眺めて進み、衣紋《えもん》坂に辿《たど》り着いた。くねくねと五十間道《ごじっけんみち》、切手茶屋で切手を受けて、吉原へ。大火のあと、まだ大門《おおもん》がなかった去年とは異なり、今は堅牢《けんろう》な冠木門《かぶきもん》が澪を出迎えた。

仲《なか》の町《ちょう》に延々と植えられた桜はまだ二分咲きだが、大勢の花見客が花枝の下をそぞろ歩く。桃の節句が済んだからか、あるいは切手が要るからか、女客の姿は去年に比して少なかった。

ひと目を引くのは通人か、黒地羽織を重ね、そよ風に紅絹《もみ》の小袖《こそで》裏を覗《のぞ》かせた男が、前後に遊女を従えてこちらへ向かってくる。

「あっ」

男の手に在《あ》るものに目を留めて、澪は思わず声を洩らした。澪と同じように、行き交う幾人かが揃って足を止めている。

それを察したのだろう、男は得意満面の様子で右の腕を精一杯に伸ばしてみせる。

極薄く寒天を流した蛤の片貝。掌《てのひら》に載せられているのは、紛れもなく鼈甲珠だった。

「ちょいと教えてくんな」

まだ少年の面影の残る男が、少し離れたところから声をかける。

「そいつぁ、鼈甲珠とかいう奴かい？　巷《ちまた》で噂《うわさ》の」

問われて、通人は誇らしげに頷いてみせた。

「そうとも、正真正銘、翁屋の鼈甲珠よ。あのあさひ太夫も口にしたと聞く、これがその鼈甲珠に違《ちげ》えねぇ」

おおっ、と吐息とも感嘆とも取れる声が洩れて、男の周囲に人垣が出来た。堪えきれず、ひとの間をすり抜けて男のもとへ辿り着くと、澪は早口で尋ねた。

「翁屋で売ってもらえるんですか？」

誰もが知りたかったことらしく、人垣は男にぐっと迫った。

花見客に取り囲まれて、男は首を振った。

「そいつが苦労なことで。翁屋では軒下に床几《しょうぎ》を置いて、昼見世と夜見世の始まり刻《どき》にそれぞれ十五ずつの鼈甲珠を商うのさ」

「売り出しの前に皆、並ぶでしょうし、すぐに売り切れてしまいませんか」

少なくとも昨年、澪はそれを経験している。澪のさらなる問いかけに、男はからからと笑いだした。

「さあ、そこが翁屋の憎いところよ。ひとを並ばせるだけ並ばせて、宝引き宜《よろ》しく、籤を引かせるのさ。糸の先に朱色の印があるのが当たりで、そりゃあもう、えらい盛り上がりだ」

芸者らが三味線を掻き鳴らし、幇間《ほうかん》が場を盛り立てて、ちょっとした見せ物になっている、と聞いて、澪は伝右衛門の商才に内心、舌を巻いた。

鼈甲珠を買うことを粋な遊びに昇華させて、数の少なさに苦情を言わせない、という知恵。翁屋が吉原で大見世となり得たのも、楼主伝右衛門の類希《たぐいまれ》な商才があってのことなのだ。改めてそれを思いつつ、澪は沈んだ足取りで仲の町を歩く。

自分には知恵が足りない。もっと、よく考えて知恵を絞らねば。

翁屋の当たり籤を引いた幸運な者たちが、ちらほら、蛤の片貝を手に吉原での花見を楽しんでいる。たった十五人の幸運な者たちが。

それを羨《うらや》ましそうに眺めて、花見の女客が、

「口惜しいわねぇ。誰だって鼈甲珠を手に入れたい、と思うに決まってるのに」

と、呻いた。

そう、懐に余裕があれば、誰しも鼈甲珠を手に入れたいのだ。

澪はふと足を止めた。

一番、鼈甲珠を手に入れたいのは誰だろう。それによって一番、利を得るのは誰か。

何かが摑《つか》めそうで、澪はぐっと息を吞み、思案に暮れていた。

「おいおい、立ち止まっちゃあ迷惑だぜ」

幾度か肩を突かれて、澪はのろのろと歩きだす。妙案の尻尾《しっぽ》は、摑めそうでなかなか摑めなかった。

仲の町を幾度も往復したあと、江戸町一丁目の表通りへと抜ける。翁屋の前をゆっ

くりと通り過ぎて、榎本稲荷《えのもといなり》に辿り着いた。身を屈めて、祠《ほこら》に手を合わせる。初めてここで再会を果たした時の白狐《びやっこ》に扮《ふん》した野江の姿と、四千両のことが脳裡《のうり》をぐるぐると廻《めぐ》り、胸が苦しくなる。澪は懐にそっと手を置き、片貝を確かめた。澪による太夫の身請けを願って逝った又次《またじ》のためにも、決して諦めてはならない。考えよ、知恵を絞れ、と澪は自身に繰り返し説いた。

一番、鼈甲珠を欲しいのは誰か。誰が一番、利を得るのか。

——忘八は毎日、荷の中を改めて、酷く機嫌を損ねるんで弱っちまう

翁屋の使いの声が耳に蘇《よみがえ》り、澪は片貝を生地越しにぎゅっと握り締める。そうだ、翁屋伝右衛門こそが、最も鼈甲珠を欲している。伝右衛門なら、百あれば百、二百あれば二百の鼈甲珠を売りきる商才もある。ならば、自分はどうすれば良いか、澪はひとつ先の答えを息を殺して考え続けたが、やはり思い及ばなかった。

諦めて両の膝《ひざ》を伸ばしかけた時だった。

「何だと、もう一遍言ってみやがれ」

「ああ、何遍だって言ってやらあ」

背後に怒声を聞いて、澪は振り返る。

桜の枝を手にした花見客と、棒手振《ぼてふ》りとが小競り合いを始めたところだった。天秤《てんびん》

棒《ぼう》の前後に載せられているのは、鉢植えの桜草だ。

「同じ桜って名だが、仲の町の豪勢な桜に比べてその桜の、何とまぁ貧相なことよ」

売る場所を違《たが》えた方が良かねぇのか、と花見客は手折った枝を棒手振りの鼻先に突き付けて、嘲笑《あざわら》った。

棒手振りは花枝を邪険に払い除《の》けて、負けずに言い返す。

「馬鹿は手前よ。仲の町の桜なんざ、散り出したら引っこ抜かれて、あとは薪になるしかねぇ。だがな、こっちの桜は大事に育てりゃあ、年々数を増やして、春が廻ってくる度に花を咲かせてくれるんだ」

どっちが良いか、よく考えやがれ、との棒手振りの啖呵《たんか》に、通りかかった者たちが足を止める。その言い分に理があると思った者が、桜草の鉢に手を伸ばした。

「ひとつ、くださいな」

棒手振りの台詞に心惹《こころひ》かれて、澪もまた、小さな植木鉢を手に取った。粗末な焼き物の植木鉢に、桜色の可憐な花が精一杯に咲いている、顔を寄せれば淡い香りがした。鉢を手に、仲の町へと戻り、大門へ向かう。買い物などしている場合ではないのに、と澪は苦く笑う。おまけに桜草は思いの外、値が張った。ただ、これから長く愉しめるなら良い買い物と言えるだろう。棒手振りの言う通り、大事に育てて数を増やし、春が廻ってくる度に花を咲かせてみよう——そう思った時、澪の心の針に何かが引っ掛かった。

桜草を鼈甲珠に置き換えたら、どうか。

春が廻ってくる度に、桜の下で蛤の片貝の器を手にそぞろ歩きを楽しんでもらうためには、どうすれば良いのか。大事に育ててもらうには……。

細いひと筋の光が、澪の胸に射し込んだ。光は徐々に身幅を広げていく。

「そうよ……そうだわ」

桜草を胸に抱き、澪は駆けだした。

「鼈甲珠を翁屋に売る？」

弥生七日の夜、約束通りにつる家を訪れた摂津屋は、澪の話を聞き、戸惑いの色を隠さない。

「どういうことか、わかりかねる。お前さんは既に毎日、鼈甲珠を翁屋に売っているではありませんか」

障子越しの月が、山椒の間を青く照らしている。他の小部屋にも階下にも客は絶え、つる家の店主も奉公人たちも気を回して調理場に籠《こも》ったままだ。

「確かに、今は私が作った鼈甲珠を翁屋さんに卸しています。どんな調味料を使い、どんな作り方をするのか、知っているのは鼈甲珠を考えだした私だけだからです。でも、作り手は私でなくとも良いのです。季節により、調味料の割合に工夫は要りますし、丸く仕上げるのに慣れとこつは必要ですが、料理人ならば出来るでしょう」

摂津屋は両の眼《め》を閉じ、澪の話にじっと聞き入っている。

窓辺に置いた桜草の鉢に目をやって、澪は決意を込めた口調で言明した。

「鼈甲珠には特別な調味料を用いていますが、その仕入れ先も含めて、作り方の一切を翁屋さんに売り渡し、以後、私は鼈甲珠から手を引きます」

「何と……」

双眸を見開いて、摂津屋は腕組みを解いた。

「では、以後は翁屋が好きなだけ鼈甲珠を作り、商えるようにする、というのか」

札差からの問いかけに、はい、と澪は深く頷いた。

一介の料理人に過ぎない自分だから、玉子の入手にも限界がある。だが、伝右衛門ならば、伝手《つて》を駆使してもっと多くの上質な玉子を仕入れられるだろう。つまり、伝右衛門の手腕をもってすれば、莫大な利を得ることが可能なのだ。

くっくっ、と摂津屋の肩が上下に揺れた。笑いは徐々に大きくなり、ついには両の手を打って呵呵大笑《かかたいしよう》に至る。面白くて仕方がない、という風情で笑い続けたあと、老練な札差は眼光鋭く澪を見た。

「なるほど、そんな手を考え付くとは、よくもまあ知恵を絞ったものだ。で、翁屋伝右衛門に、幾らで売るつもりだね？」

「四千両です」

打てば響くような答えに、札差は顎《あご》を撫《な》で、にんまりと笑った。

「お前さんの覚悟のほどは、重々、わかりましたよ」

山椒の間を出ていく時に、摂津屋は澪を顧みた。

「弥生十五日は梅若忌《うめわかき》。昼見世の始まる前、そうさな、四つ半（午前十一時）頃に翁屋へ来なさい。お前さんが伝右衛門と商談をする席に、私も立ち会いたいのでね」

梅若忌に、と澪は繰り返して、頷いた。

摂津屋を送って外に出てみれば、身を欠いた月の船が西寄りの天に浮かんでいた。

お付きの者に手を添えられ、塗り駕籠《かご》に乗り込もうとして、札差は、ああ、そうだ、と女料理人を顧みた。

「花魁格の遊女を落籍《ひか》せる時には、盛大な宴を開くのが習い。その折りにはお前さんの料理を披露してはどうか」

そう言い残すと、摂津屋は駕籠の人となって、帰っていった。

梅若忌というのは、平安時代、人買いに攫《さら》われ、隅田川のほとりで十二歳で病死した梅若丸の忌日を指す。その日は例年、向島《むこうじま》の木母寺《もくぼじ》にて法要が営まれる。能「隅田川」により、我が子を喪《うしな》った母親の悲しみは、時代を越えて長く謡い継がれていた。

可愛《かわい》い盛りだった四歳の娘を喪った摂津屋が、その日を翁屋での話し合いに指定したことに、摂津屋なりの想《おも》いが潜んでいるように、澪には思えてならない。

――過酷な運命を補って余りある道を、あさひ太夫に、否、野江という娘に、拓《ひら》いてやりたい
昨年睦月《むつき》、あさひ太夫の正体を突き止めた摂津屋が洩らしたひと言が、今も澪の胸に棲《す》みついていた。

澪は布団に身を横たえて息を詰め、じっと闇《やみ》に目を凝らす。そこにめらめらと燃え上がる炎を見ていた。

――頼む、太夫を、あんたの……あんたの手で……

「又次さん」

小さく呼んで、澪は上体を起こした。

又次の希望を叶《かな》え、自身の手で野江を身請け出来るとしたら。

堅牢な籠《かご》から、野江を自由の身に戻せるとしたら。

ふいに、言い知れぬ不安が胸に湧《わ》き、澪は枕もとを探り、片貝の入った巾着《きんちゃく》を探す。

何だろう、長年抱き続けた夢を叶えようとしている今になって、途轍《とてつ》もなく怖い。

何故、どうして、と澪は途方に暮れた。

戯作者清右衛門《げさくしゃせいえもん》は、どのお大尽に身請けされるよりも、幼馴染《おさななじ》みの澪に身請けされるのが一番の吉祥、と言ったが、果たして本当にそうだろうか。

女が女を身請けしたとなれば、大騒ぎになる。吉原を出たあと、野江をこの借家へ迎えるとして、ひとの口に戸は立てられないのだ。伝説の遊女だった過去はずっと付いて回るだろう。何より、野江自身に、生涯を通じて引け目を背負わせることになりはしまいか。

四千両の算段を整えるだけでは足りない。野江の幸せを一番に考えよう。どうすれば、今まで辿ってきた過酷な運命を補って余りある幸せを、野江がその手に出来るのか。

つーつつ、ぴーぴー
つつぴーこ、ぴーぴー

磯鴨《いそひよどり》の鳴き声が静寂を破り、澪を我に返す。気付けば障子の外が既に仄明るくなり始めていた。

「姐《ねえ》さん、毎度あり」

まだ何処《どこ》かあどけなさの残る棒手振りが、枡《ます》に一杯の浅蜊《あさり》の剝《む》き身を寄越す。

「ありがとう」

お代の二十文を渡すと、澪は枡を抱えて室内に戻った。

浅蜊は大坂では馴染みがなかったが、美味《おい》しくて、その上とても安い。砂出しの手間が省けて扱い易《やす》いからか、剝き身にして商う者も多い。便利なものだわ、と思いつつ、澪は剝き身を笊《ざる》に移した。こうした剝き身の他、皮を剝いて切った青物なども売られていて、江戸の街は男の独り者でも存外と暮らし易いのだ。

剝き身を味噌汁の具にしたものを、冷や飯にかけて、勢いよく掻っ込めば、簡単に食事を済ますことが出来る。漁師の多い深川で好まれる料理ゆえに、「深川飯」の異名があるのだとか。それも美味しいのだけど、と独り言を洩らして、澪は剝き身の浅蜊をたっぷりの生姜《しょうが》とともにさっと出汁《だし》で煮る。そして、汁ごと洗米に加えて炊き込んだ。生姜の勝った香り、それに少しお焦げが出来ているらしい香ばしい匂いが漂い、炊き上がりがわかる。

充分に蒸らして炊き込みご飯を捌き、蒸気を逃がしてから、揉《も》み海苔《のり》を散らす。贅《ぜい》沢《たく》ではないが、磯の香がたっぷりの春の味わいだ。熱いうちに三角に握り、平皿に並べたら、かなりの量になった。

「そうだわ」

思いついて竹皮を取り出し、濡《ぬ》れ布巾《ぶきん》でさっと内側を拭《ぬぐ》うと、握り飯を並べ始めた。まだ温《ぬく》もりの残る包みを抱えて、中坂を駆け上がれば、目指す店はすぐそこだ。

「あら、澪さん」

勝手口に回って中を覗けば、立ち働いていた女が、すぐに気付いて歓声を上げる。洗い張りした黄八丈《きはちじょう》をすっきりと着こなし、きりりと襷《たすき》がけした姿が頼もしい。

「美緒《みお》さん」

澪も駆け寄って、友の手を取った。

指の節が高くなり荒れた手が、しかし、とても愛《いと》おしい。元気だった？　と同時に尋ね合い、それが可笑《おか》しくて手を握り合ったまま朗笑した。

「さっき、源斉《げんさい》先生のところから戻ったばかりなの。美咲《みさき》がお腹《なか》を壊してしまって」

板敷の布団に寝かされた美咲は、また少し大きくなっている。熱はないらしく、澪が顔を覗き込むと、にこっと上機嫌で笑った。

「美咲ちゃん、ほんとに可愛いわねぇ」

「当然だわ、私に似たんだもの」

そう言って、美緒はちらりと舌を出した。

土間続き、伊勢屋《いせや》の店の方では、爽助《そうすけ》と久兵衛《きゅうべえ》が接客中らしく、話し声に混じって銭の音が賑やかに聞こえる。その活気から、商売繁盛が察せられた。

「お父さま、お元気になられたのね」

澪が声を潜めると、美緒は目もとを和らげて頷いた。

「美咲が生まれて丁度一年。ひとりで歩いたり、言葉を少しずつ話すようになったのが、励みになっているみたい」

ちょっと待ってね、と美緒は友に断って、階下から階上へ、お母さま、と声をかける。とんとん、と足音がして、美緒の母が下りてきた。少し老けたようだけれど、顔色もよく、思いの外、健やかに見えた。心労から体調を崩して品川宿の生家へ身を寄せている、と聞いていたが、家族の幸せが戻ったことを知り、澪は小さく息を吐いた。

美緒は竹の皮に包んだものを母に差し出し、

「澪さんに頂いたの。お母さま、少しの間、美咲をお願いします」

と頼むと、澪の手を取って、外へ向かった。

世継稲荷《よつぎいなり》の境内には橙の巨木《だいだい》があり、濃い緑の葉陰に、去年と一昨年の実が混在して覗いている。ご縁日には賑わう境内も、今は他に人影を見ない。

橙の樹《き》の下に立てば、陽射《ひざ》しが葉の幕を通って、ふたりの姿を緑に染めた。

「澪さん、私、何も言わないでおこうと思ったのだけれど、やっぱり伝えておくわ」

美緒は橙の幹にそっと片手を置いて、澪を見た。

「源斉先生は、かなり以前から、随分と苦しいお立場にあるようなの」

思いがけない言葉に、澪は息を止め、傍らの友を凝視した。

美緒が言うのには、美咲を連れて源斉の診療所を訪ねた時に、中から不穏な話し声が洩れ聞こえた、とのこと。源斉に詰め寄っていたのは、どうやら幕臣らしい。聞き取れないところもあったけれど、源斉はかなり前から御典医に、との推挙を受けており、これを断り続けている様子だった。町医に拘《こだわ》る源斉に対して、幕臣は怒り心頭で、父の永田陶斉《ながたとうさい》の立場をも悪くする、と声を荒らげていた、という。

「源斉先生には、兄上がいらっしゃって、同じく医師なのだけれど、そちらには御典医推挙の話は出ていないそうなの。源斉先生はお優しいかただし、かなりお辛《つら》い立場にあるようよ。つい最近、恩師を亡くされて意気消沈されていたから、誰にも相談できていらっしゃらないと思うの。きっと、とてもお辛いはずよ」

美緒から話を聞かされて、澪は葉陰のせいばかりでなく、青ざめていた。

それを認めて、美緒は幹から手を離し、両の掌で澪の右手を優しく包み込む。

「澪さんは源斉先生のことを、まるで神様のように敬っているだけかも知れないけれど、それればかりでは、あまりに先生が御気の毒よ」

「違うの、美緒さん」

澪は友の手をぎゅっと握り返した。

源斉への想いを、澪は自覚していた。けれども、源斉は美緒のかつての想いびと。若い日の、美緒の源斉に対する一途な想いを、傍で見守ってきた身なのだ。

源斉に対する思慕を、大切な友に打ち明けようとしたものの、やはり口に出来ずに、澪は目を伏せる。

黙って俯《うつむ》く友の手を、美緒は優しく撫でた。

「澪さん、私ね、火事で奈落の底に突き落とされる思いもしたけれど、爽助と一緒に、いいえ、家族皆で心を寄せ合い、一からお店を築き上げていく幸せをもらっているように、今は思っているの」

澪の想いを汲《く》み取ったのだろう、潤み始めた両の瞳《ひとみ》を見開いて、美緒は言い募る。

「大店《おおだな》の跡取り娘として、当たり前のように周囲から与えられる幸せとは違う。自分のこの手で、人生を切り拓いていける幸せなの。源斉先生と結ばれなかったからこそ、今の幸せ、そしてこれからの幸せがあるのよ」

美緒はさり気なく澪の後ろへと回った。そしてその背に両の掌を当てると、

「澪さん、周りのひとの気持ちばかり考えずに、澪さん自身の幸せを考えて」

と、そっと前へと押した。澪さん、どうか幸せになって、との美緒の心からの願いが、掌越しに密《ひそ》やかに伝わった。

「澪姉さん、ほら、こんなに」

夕焼けの兆しが潜む空のもと、飯田川の土手に屈んで草摘みをしていたふきと健坊《けんぼう》とが、笊を示す。こんもりと積み上げられているのは、蓬《よもぎ》の新芽だった。

「まあ、頑張ってくれたのね、ふたりとも」

姉弟から少し離れて新芽を摘んでいた澪は、膝に置いた笊を手に、腰を伸ばす。

「おかげで今夜は蓬の精進揚げを献立に出来るわね。お客さんもきっと大喜びよ」

早く戻って手を洗ってね、との澪の言葉に、灰汁《あく》で真っ黒に染まった指先を広げて、

姉弟は朗らかに笑い合った。

頭上では雲雀《ひばり》が愛らしい声で歌いながら、高く低く飛んでいる。澪は暫《しば》し立ち止まって、先につる家へと向かう姉弟の姿を見送った。

早いもので、ふきは齢《よわい》十七。長いばかりだった又次の形見の襷も、見苦しくない余裕の長さに収まるようになった。取り潰しにあった登龍楼から、つる家へと引き取られた健坊は、齢十一。姉ともども、つる家で政吉に仕込んでもらい、亡くなった父親の茂蔵《しげぞう》と同じく料理の道を志すだろうか。これから姉弟仲良く歳月を重ねていくだろう様子が想像できて、澪はありがたくてならなかった。

ぴぃちく　ぴぃちく
ぴゅるる　ぴゅるる
雲雀の囀《さえず》りが、お前はどうだ、お前はどうだ、と澪に問いかけている。澪は眩《まぶ》しげに空を見上げて鳥影を追い、土手を離れた。

時の鐘が六つ（午後六時）を打つ頃、つる家は一階座敷、二階座敷とも、お客でほぼ埋まっていた。入れ込み座敷のいつもの席に、この刻限には珍しく、坂村堂《さかむらどう》と清右衛門の姿が在った。お運びの手が足りないこともあり、澪はふたりの膳を運ぶ。

あいなめの焼き霜《しも》作り、浅蜊の味噌汁には叩《たた》いた木の芽を添えて。漬物代わりの、独活《うど》の梅肉和《あ》え。そして、蓬の精進揚げ。温《ぬく》い白飯を片手に、お客は誰もが迷い箸《ばし》になっている。何気なく背後を見れば、間仕切りから、ふきがこちらを覗いていた。初めて、独活の梅肉和えを最初から最後までひとりで仕上げたのだ。お客の反応が気になるのだろう。

その様子に微笑《ほほえ》み、澪は膳を手に坂村堂と清右衛門のもとへと急いだ。

「今日の昼前、久々に一柳へ顔を出しましたが、佐兵衛さんが板場に立っておられましたよ」

目の前に膳が置かれるなり、坂村堂は上機嫌で澪に伝えた。

佐兵衛は長年、料理の道から離れていたはずが、誰もが一目も二目も置く仕事振りで、板場の士気も上がる一方とのこと。

「夏までには、お蘭《その》さんもお花《はな》ちゃんを伴って、一柳へ移って来られるそうです」

一柳も賑やかになりますよ、と坂村堂はにこやかに泥鰌髭《どじょうひげ》を撫でる。

そうですか、と笑顔で応え、澪はすぐさま立ち去ろうとした。

「あいなめは、政吉とかいう男の料理人の仕事だな」

清右衛門が皿を持ち上げて、料理を注視する。

とびきり美味しいが、堅い骨が曲者《くせもの》のあいなめは、三枚に卸したあと、腹骨をすいたり、血合い骨を抜いたり、と入念な下拵《したごしら》えが必要だった。また、あいなめは繊細な身だけでなく、厚みのある皮も美味しい。身に火が通らぬよう堅い皮だけ焼くことで、より香ばしさは引き立つ。なるほど、政吉の確かな腕の仕事だった。

「蓬の精進揚げは、澪さんですよね。指先が爪の中まで真っ黒だ」

版元に言われて、澪はそっと両の手を後ろに隠した。蓬の灰汁は大層強く、どれほど丁寧に手を洗おうと、当分は汚れがとれない。

「見るべきはそこではないわ、馬鹿者」

即座に、戯作者は吐き捨てる。

すぐ傍で、蓬の精進揚げを食べていた老人が、確かに、と頷いた。店主や奉公人の間で「昆布のご隠居」と呼ばれている常客である。

「つる家が元飯田町で商いを始めた頃から、蓬の精進揚げは献立に登場していますが、春が廻る度、手が加わり、益々美味しくなっている。こんな何でもないお菜にまで、細やかな工夫と心遣いが出来るのは、さすがに女料理人ならでは、と感心します」

昆布のご隠居の台詞《せりふ》に、澪は嬉《うれ》しくなる。

うどん粉に片栗粉を加えて衣を作る、という工夫の他に、蓬を重ねて衣に潜《くぐ》らせたあと、箸に挟んで極軽く扱《しご》くと、より一層さくさくの嚙《か》み心地になる。そんな小さな工夫にも気付いてもらえるのが、ありがたかった。

なるほど、と坂村堂が恥ずかしそうに頭を掻いている。

ふん、と鼻息を荒くして、清右衛門は独活の梅肉和えの入った鉢を手に取った。しげしげと眺めて、箸で梅を纏《まと》った純白の独活を捉《とら》える。梅肉は叩いて裏ごしして酒と味醂で味を調えてあった。口に運んでしゃきしゃきと噛み、

「ふん、まあまあだ」

と、戯作者は鼻を鳴らした。箸が止まらないのを見れば、よほど気に入ったらしい。

そっと間仕切りの方を窺《うかが》うと、ふきが頬《ほお》を染めて両手で口を覆っている。澪は目立たぬように頷いてみせて、ごゆっくり、とその場を離れた。

調理場へ戻ると、夢見心地のふきが、擂《す》り鉢で梅肉を擂っていた。

「ふき坊」

政吉の容赦のない叱責《しっせき》が飛ぶ。

「何だ、こいつぁ。刺身用の魚は、卸したあと中骨をつけたままにするな、とあれほど言っただろう」

何遍教えりゃあ覚えるんだ、と政吉に痛罵《つうば》されて、ふきは懸命に詫びる。

「済みません、今すぐに」

その遣り取りを、土間からそっと健坊が覗いていた。政吉はそれと知りつつ、ふきを容赦なく叱《しか》る。澪が健坊の傍へ行くと、健坊は不安そうに身を震わせた。澪は少し腰を落とし、健坊の肩をそっと抱く。

「魚を生で食べる時は、ああして中骨を外しておかないと、せっかくの身の味わいが中骨に移ってしまうの。塩焼きにしたり、煮たり蒸したりする時には、逆に中骨をつけたままにしておく方が美味しいのよ」

お姉ちゃんがどうして叱られたのか、覚えておくのよ、と澪はその肩を撫でた。

ひとは、ことに料理人は、誰かが叱責されているのを傍で見て、大切なことを数多く学んでいく。料理の道に入ってもすぐには包丁を持たず、調理場の細かな雑用を何年も熟《こな》す間に、先輩の失敗を間近に見聞きする。それが将来の宝になるのだ。

叱責の意図を正しく理解して、澪はふきと健坊を政吉に託せる幸運を思った。

「ご馳走《ちそう》さま、今日もどれも美味しかったよ」

帰り際、ゆっくりと食事を楽しんだ様子の昆布のご隠居は、見送りに出た澪に、笑顔を向ける。そして、手に提《さ》げた巾着の口を緩め、中から紙の袋を取り出した。

「独活の梅肉和えは、何とも初々しい味わいだった。あれを作った小さな料理人に」

これを、と差し出された袋を受け取り、ありがとうございます、と礼を言う。さほど重くはないのに厚みのある紙袋に、何かしら、と澪は首を傾《かし》げた。

「今日は浅草寺《せんそうじ》にお詣《まい》りして、帰りに菓子を買ったのさ、お裾《すそ》分けだよ」

ご隠居は穏やかに言い置いて去った。

六つ半を回って坂村堂と清右衛門が帰り、徐々にお客も減り、つる家もその日の商いを終えた。

「昆布のご隠居さまから頂いたものです。どうか、一緒に食べてください」

夜食のおじやを食べ終えたあと、ふきが紙袋の中身を木鉢に空けた。飴色《あめいろ》の丸いものがころころと転がり出たのを見て、うわぁ、と健坊が歓声を上げる。

「おやまぁ、嬉しいこと」

歯のない口を全開にして、りうがお臼《うす》と手を取り合って喜んだ。

「こいつぁ、雷おこしじゃねぇか」

ふき坊、ご馳《ち》になるぜ、と断ってから、種市《たねいち》はひょいとひとつ摘まんで口に放《ほう》り込む。歯が良い種市は迷うことなく奥歯で嚙み砕き、ぽりぽりと良い音をさせた。

「俺ぁ甘いのは苦手なんで」

政吉は言って、健坊の手にひとつ、ころんと落としてやる。行き渡ったところで、皆、口々にふきに礼を言い、丸いおこしを口に運んだ。

二十三年ほど前、浅草雷門の再建を機に売り出された「雷おこし」は、如何《いか》にもご利益のありそうな名前と、二文という値も相俟《あいま》って、人気の菓子になったと聞く。

実は、澪は雷おこしを食べるのは初めてだった。浅草寺詣りのお土産として名高いことは知ってはいたが、これまで口にする機会がなかったのだ。一寸（約三センチ）ほどの大きさの、愛らしい丸い形の菓子をしげしげと眺めてみれば、米粒の形そのままに固められている。ひと口で食べてしまうのが惜しくて、前歯で用心深く噛んでみれば、意外にも脆《もろ》く砕けた。

「あら」

思ったよりも、ずっと軽やかな噛み心地に驚く。煎《い》り米を蜜《みつ》で固めて乾かした素朴な菓子だが、この柔らかさなら歯の悪い者でも食べ易い。中に黒豆がふた粒ほど入っているのも面白い。うん、うん、と頷きつつ噛み進める澪に、りうが問うた。

「ねえ、澪さん、大坂にも『おこし』ってお菓子はあるんですかねぇ」

ええ、と澪は答えて、天井に目をやり、遠い昔を思い返す。

「大坂には、粟《あわ》おこしと岩おこしがありました。お米を粟粒の大きさに砕いたものを使うのが粟おこし、それよりさらに細かく砕いたものを使うのが岩おこしで、どちらも歯応えがあります。特に岩おこしは、本当に岩のように固くて、お年寄りは食べるのに難儀するのですが、黒砂糖の味が美味しくて、とても好まれるお菓子でした」

粟おこしも岩おこしも共に板状で、その固い一枚を大事に刻《とき》をかけて食べるものだ。四文、と少し値は張るが、身を起こし、商いを起こし、等々と縁起の良い語呂《ごろ》合わせも手伝って、京坂では非常に親しまれた。大坂に居た頃は、「粟こし」「岩こし」と縮めて呼んでいたことを懐かしく思い出す。

「岩のように固いんですか、あたしゃ一度、挑んでみたいですねぇ、この歯茎で」

りうが言えば、健坊がぶるぶると震え上がった。お臼が朗らかに笑って、

「そう言えば、あたしが子供の頃に食べたおこしは、拍子木の形でしたっけ」

と、太い指で、細長い四角い形を作ってみせた。

そうだった、そうだった、と種市が追想の面持ちで、ずずっとお茶を啜《すす》る。

「しかし、何だな、飯も良いが、こうやって皆でお茶請けを楽しむってのも良いもんだな。疲れが取れるし、気持ちにゆとりが出来る」

種市の言葉に、一同は揃って頷いた。

懐紙に取り分けたおりょうの分の雷おこしに目を落とし、澪は思う。

野江の幸せ、自身の幸せ。考えても考えても答えは見つからず苦しくなるのだが、

甘いおこしを食べる束《つか》の間、優しい甘さに癒された。ひとの身体を作るほどの力は菓子にはないけれど、料理にはない安らぎを与えてくれる。そう言えば、幼い野江との思い出も、お菓子にまつわるものばかりだわ、と澪は懐かしむ。

ふいに化け物稲荷が脳裡《のうり》に浮かんで、澪は神狐《しんこ》に呼ばれたように感じた。


何が野江にとって一番の幸せか、結局、考え付かないうちに明日はもう梅若忌だ。曙色から菫色《すみれいろ》へと移ろう空のもと、澪は明神下を駆ける。周辺の武家地では桜を植えている屋敷も多く、白壁から覗く枝が桜花で彩られ、晩春を留めていた。風はなく、ほど良く綻んだ桜花を脅かすものもない。

翁屋からの使いが来るまでの間に、戻らねばならない。刻は充分にあるはずが、澪は気が急いて仕方なかった。化け物稲荷に辿り着き、下駄を鳴らして境内に駆け込めば、祠の前の人影が動くのが目に映った。

「澪さん」

雑巾《ぞうきん》を絞る手を止めて、源斉がこちらを見て驚いている。身を拭われたばかりの神狐は艶々《つやつや》と濡れ光り、足もとには油揚げが供えてあった。

澪は微笑み、祠の前に身を屈める。

両の手を合わせ暫し祠に祈ってから、膝を伸ばして源斉と向きあった。

「源斉先生、いつもいつも綺麗《きれい》にしてくださって、ありがとうございます」

礼を言われて、いやぁ、と源斉は後頭部に片手を当てた。あまり休んでいないのだろう、両の眼は赤く、面窶《おもやつ》れしてみえる。

源斉は雑巾を手桶《ておけ》に入れ、周囲を見回した。

「不思議なのです。朝、ここにひとりで身を置いていると、ほんの一時、悩みを忘れることが出来る。きっと澪さんも、そうなのでしょうね」

一体だけの神狐が、先刻から澪をじっと見つめている。かつて、野江によく似た切れ長のその瞳で、小松原《こまつばら》との別れも見守ってくれていた。

澪はその瞳に勇気を得て、源斉先生、と低く呼んだ。

「先生の悩みを、私にもお分けください。先生がおひとりで悩み苦しまれているのを見るのは……」

とても辛いです、と消え入りそうな声で言って、澪は唇をきつく結んだ。

初めての恋は拙《つたな》くて、相手も周囲も傷つけるだけで終わった。もう二度と恋はしない、と決めていた。なのに、ずっと傍で自分のことを見守り続けてくれていたひとに、思慕の念を抱いてしまう。源斉への想いが溢《あふ》れだすのを悟られまい、と澪は祠の方へ首を振《よ》じった。

源斉は最初、真剣な眼差しを娘の横顔に向けていたが、徐々に柔らかな表情になる。

「私たちは、似た者同士なのかも知れません」

源斉の言葉に、澪は戸惑って視線を戻した。源斉は僅《わず》かに口もとを綻ばせる。

「相手に悩みを打ち明けず、でも、相手の悩みを知りたい、と思う。悩みを分けてほしい、と心から願う」

儘《まま》なりませんね、ひとの想いは、と源斉は声を落として言い添えた。

天の低い位置にある陽《ひ》が、相手に伝えるべき言葉を探しあぐねる不器用なふたりを明るく照らす。源斉は深く息を吸い、溜息《ためいき》とともにそっと吐きだした。

「道が枝分かれして、迷いに迷った時、どうすれば良いか——いつか、澪さんに問われたことがありましたね。あの時、私なら心星《しんぼし》を探す、と答えました」

「よく覚えています」

控えめに相槌《あいづち》を打つ娘に、源斉は笑みを零《こぼ》し、続けた。

「私の場合は、心星は見つけているのですが、そこに向かって踏み出す勇気がない。きちんと周囲を説得し、動かねばならない時に来ているのに、どうしても……」

言葉途中で顔を背けて、違う、こんな話をしたいのではない、と頭を振った。

源斉は改めて澪に向き直り、少し身を屈めてその瞳を覗き込む。

「澪さん、あなたの話を聞かせてください。化け物稲荷に、どんな悩みを打ち明けに来たのですか」

優しく問われて、澪は思案の末、あさひ太夫の身請けを考えていること、仮にそれが叶ったとして、野江にとっての幸せか否かわからない、という悩みを訥々《とつとつ》と打ち明けた。驚愕を隠さずに話を聞いていた源斉だが、澪の打ち明け話を全て聞き終えると、すっと祠の前へ歩み寄り、身を屈めて両の手を合わせた。澪は源斉の少し後ろに控えて、同じく祠に手を合わせて首を垂れた。

長い祈りを終えて、男は顔を上げ、祠に目を向けたまま、平らかな声で言った。

「あさひ太夫をあなたが身請けすれば、それは太夫にとって一番の吉祥であると同時に、一番の枷《かせ》になるでしょう」

同じく女に身請けされた、海老屋《えびや》の杣川《そま》という遊女の例もある。女が女を身請けするとなれば、噂は世間を巡り、たとえ廓《くるわ》を出たとしても江戸に居る限りは、生涯、好奇の目で見られることになってしまう。

「澪さんが太夫を身請けするのなら、廓を出た太夫は江戸で暮らすべきではない」

源斉の言わんとすることが理解しかねて、澪は戸惑い、狼狽《うろた》えた。

源斉は膝を伸ばし、つられて澪も立ち上がる。

神狐の傍ら、葉も豆果も失い枯れ枝と化していた駒繋ぎに、瑞々しい新芽が吹いていた。その淡緑に目を落とし、源斉はじっと沈思する。迷いや悩みの色は見えず、澪に対してどう伝えれば良いか、言葉を探しているように思われた。

その答えを見出したのだろう、源斉は澪を正面から見据えて、

「澪さん」

と、その名を呼ぶと、躊躇うことなく、澪の両肩に手を置いた。

「戻られたら如何でしょうか、大坂に」

えっ、と澪の口から声が洩れる。源斉はさらに言葉を繋いだ。

「あさひ太夫、否、野江さんは、江戸を離れて郷里の大坂に帰られた方が良い。出来れば、澪さん、あなたも一緒に」

澪は息を呑み、茫然《ぼうぜん》と源斉を見る。源斉は澪の眼差しを受け止め、首肯した。

「野江さんと澪さん、ふたりが幼い日を過ごした、郷里の大坂へ帰る――それが一番、望ましいのではありませんか」

刹那《せつな》、一面の菜の花の中で小さな手を振る野江の姿が、瞼の裏一杯に映った。

――ほかでどんな名ぁを貰《もろ》たかて、澪ちゃんにとって私は『野江』やんね。私にとっ

ても、澪ちゃんはずっと『澪ちゃん』やわ

幼い日の野江の声が、耳に帰ってくる。

戻るのか、野江と澪に。

懐かしい大坂の、あの情景の中で、野江と澪に戻るのか。

天神橋を渡る風が、澪の身体を吹き抜ける。懐かしい四ツ橋、順慶町の賑わい、耳に、柔らかな浪花《なにわ》言葉が届く。

戻りたい、あの場所に。野江と一緒に。

帰ろう、郷里大坂へ。

「澪さん」

源斉は娘の肩に置いていた手を外し、改めて、娘の手を取った。

「私にとっての心星は、病に苦しむひとを救うことです。身分のあるなしに関《かか》わりなく、ひとりでも多くのひとが健やかに日々を送れるよう、医師としてこの身を尽くすことです。御典医に収まることは、私の心星ではない」

強い口調になるのを自覚したのだろう、源斉は息を整えて、続けた。

「実は先達て亡くなった恩師から、大坂行きを勧められていました。大坂に医塾を作ろうとの話が進んでいるのです。ひとに教え、自らも学び、大坂で私の心星を確かなものにしたい、そう願いながら、勇気を持てなかった。あなたの話を聞いて、背中を押された思いがしました」

澪さん、と男は女の名を呼び、その手をぎゅっと握り締める。

「澪さん、私と夫婦《めおと》になってください」

澪は両の瞳を見開いたまま、後ずさった。身分が、と応える声が震えている。

「源斉先生と私とでは、身分が違います。許されるわけもありません」

澪の言葉に、源斉は仄かに笑んだ。

「私が士分を離れれば済むことです」

もとより武士に何の未練もありません、と源斉はこともなげに言った。

澪は我が身に起きたことが理解できずに、これは嘘《うそ》だ、何かの間違いだ、と自らに言い聞かせる。

源斉は澪の手を静かに解放して、思いの丈を言葉に託した。

「六年前、初めて出逢《であ》った時、あなたは化け物稲荷を綺麗にするために、蚊や毒虫にあちこち刺されて可哀想《かわいそう》なほどでした。でも、あなたはそんなことには少しも構わず、何の見返りも求めず、ただ無心に草を引き、祠を直していた。その姿に胸を打たれた時から、私はずっと、あなただけを……この六年、澪さんだけを見てきたのです」

想いを胸に封じておこうとしたけれど、無理でした、と源斉は声を潜めた。

六年、と澪は小さく呻いた。

決して短い歳月ではない。六度の季節の廻りが、走馬灯のように思い浮かぶ。斬られたあさひ太夫の安否を尋ね、その正体が野江だと打ち明けた弥生。野江との関わりを、春樹暮雲《しゅんじゅぼうん》、と例えられた葉月《はづき》。武家に嫁いで料理を手放すか否か、悩み苦しんだ神無月《かんなづき》。料理番付から落ちて、消えてしまいたい、と願った師走《しわす》。

春夏秋冬、顧みればどの季節にも、悩める時にはいつでも、源斉は澪の傍らに居た。それればかりではない、澪が料理人として進むべき道を見失いかけていた時に、「食は、人の天なり」との言葉を贈ってくれたのもまた、源斉そのひとだった。これほどまでに大きく、そして深い情に包まれていたことに、今さらながら思い至る。

雨の日、小松原との縁組を祝福したあと、傘を忘れて俎橋を帰っていく男の姿が胸に蘇り、澪は苦しくなる。あの時、源斉はどんな思いでいたのだろうか、と。

意図せず、涙が溢れて頬を流れ落ちた。

源斉は右手を差し伸べて、そっと涙に触れる。澪は源斉の手に自身の左手を重ねた。

朝の陽が化け物稲荷の境内に溢れ、楠《くすのき》が似た者同士の男女を祝福するように、はらはらと葉を落とす。小松原との別れを知る神狐が、今は源斉との二世《にせ》の契《ちぎ》りに立ち会っていた。

「あなたを、心から大切に想っています」

澪に手を添えられたまま、源斉は慎ましく打ち明ける。

澪もまた、震える声で応えた。

「源斉先生、私もです。先生のことを、心から大切に想っています」


弥生十五日、梅若忌。

このところの陽気で、吉原の仲の町の桜は、満開を迎えようとしていた。昼見世前ではあったが、遊里は花見客で溢れかえった。

摂津屋との約束通り、四つ半前に翁屋の勝手口に立った澪を、仏頂面の下女が迎える。建て直して商いを再開した見世に入るのは初めてだが、間取り自体は前と大差がない。一階の広間から繋がる内所に通されるのかと思ったのだが、下女は何も言わずに階段を上がる。澪は風呂敷に包んだ重い荷を下げて、あとに続いた。

「お連れしました」

宴用の座敷だろうか、金箔《きんぱく》を用いた襖の前で下女は声をかける。襖が開いて澪だけが中に通され、背後で再び襖の閉じる軽い音がした。

室内に居るのは、四人。下座に伝右衛門。上座の中央には摂津屋が陣取り、両側に壮年の商人らしい風情の男が控えていた。申し合わせたかのように、三人とも紋付の黒地の羽織を纏《まと》っている。艶々とした染の漆黒が暮らしぶりの豊かさを如実に語った。

「こちらへ」

伝右衛門が顎で自身の傍らを示す。禿頭《とくとう》が脂汗でぬめぬめと光っていた。既に何らかの話し合いが行われたらしく、四人の間に証文らしきものが数枚、置かれている。

摂津屋は両隣りを交互に見て、頷き合うと、澪の方へ向き直った。

「紹介はしませんよ。必要もないだろうから」

あさひ太夫の旦那衆に違いない。澪は、はい、と頷いて居住まいを正した。

「お前さん、何か私に恨みでもあるのか」

いきなり、伝右衛門が澪に嚙み付いた。老練な楼主とも思われぬ、捨て鉢な物言いだった。

「あさひ太夫の身請けは、こちらの旦那衆のいずれかがする約束だったはず。それがお三方とも手を引くと仰る。お前さんに身請けを譲るから、すぐにでも耳を揃えて四千両ずつ返せ、と」

澪を睨《にら》みつける目は血走り、禿頭から汗が滴り落ちる。

あさひ太夫の身請け代、四千両。ここに居る旦那衆はその金を翁屋に預託しており、太夫から選ばれなかったふたりには、各々四千両が返されることになっている。

伝右衛門としても八千両の用意はあっただろうが、よもや一万二千両、出す羽目になろうとは夢にも思わなかったに違いない。その動揺ぶりは尤《もっと》もだった。

「大体、お前に四千両を用意できる道理がないだろう。日にたった三十しか作らぬ鼈甲珠を、一体何十年商うつもりか」

「では、商いの話をさせてください」

澪は懐から分厚い書付を取り出して、伝右衛門の前に置いた。

「ここに、鼈甲珠の材料、その入手方法、そして作り方を記しています。鼈甲珠には特別の調味料が必要ですが、翁屋さんのお許しがあれば、すぐに届けて頂く手筈《てはず》を整えています」

伝右衛門は事態をよく呑み込めないらしく、それはどういうことか、と呻いた。

澪は書付に手を添えて、声を張る。

「これを金四千両で、翁屋さんに買い取って頂きたいのです」

げっ、と珍妙な声が洩れ、座ったまま楼主の重い身体が跳ねた。

「ななな何を馬鹿な」

見る間に伝右衛門の顔は怒りで朱に染まる。話にならぬ、とばかりに席を蹴《け》って出て行こうとする伝右衛門の背中に、摂津屋が呑気《のんき》に声をかけた。

「これはこれは。翁屋の楼主ともあろう者が欲のないことですなぁ」

全くです、と両側から絶妙な合いの手が入る。

そもそも楼主が上客を残して席を立つなどありえないこと――そう思い直したのか、伝右衛門は畏《かしこ》まり、失礼いたしました、と三人に深々と頭を下げた。

昼見世が始まるまでまだ少し刻があるはずが、障子越しに外の喧騒が届き、微かに鼈甲珠の名が洩れ聞こえた。

「鼈甲珠の当たり籤を引こう、と既にひとが並び始めたようですなぁ」

摂津屋が澪の目を見て、意味ありげに笑う。

「だが、八朔と並んで遊里が賑わうこの花見の時季に、日にたった三十では、みすみす商いの好機を逃すも同然だ」

摂津屋さま、と澪は呼んで、上座の方へ僅かに身を傾けた。

「良い玉子を仕入れるにも、一介の料理人では限りがあります。けれど、江戸は広うございます。強力な伝手があれば、より多くの玉子を入手できるでしょう。それに」

先の書付を、澪はずいっと前方へ押しやった。

「この書付通りにすれば、鼈甲珠は作れます。勿論《もちろん》、文字にできないこつなどは、私が通ってお教えしましょう」

あっ、と低い声が伝右衛門の口から洩れる。すかさず、摂津屋は小膝を打った。

「あさひ太夫とともに錦絵に描かれたことで、箔がついた鼈甲珠だ。翁屋が作って売れば、これから先、どれほど紛《まが》いが現れたとしても、翁屋謹製には敵《かな》うまい」

狡猾《こうかつ》な楼主が、頭の中で算盤《そろばん》を弾《はじ》く表情を見せた。摂津屋の両脇から、

「なるほど、それは良い商いになりますな」

「桃の節句だけで何千両も売り上げる、某白酒屋の例もある。売り時を吉原の花見の時季に絞ったなら、希少ゆえに、面白いほど売れるでしょう」

と、加勢の矢が放たれる。

なおも惑う伝右衛門に、摂津屋は証文を指し示して、こう提案した。

「翁屋、もしもお前がこの娘の商い話に乗るのならば、私は翁屋にこの中から千両を出資しよう」

両側のふたりも、それは面白い、私も千両出しましょう、と口を揃えた。

もとより太夫を身請け出来るのはただひとり。残る二人に返す金子《きんす》、計八千両を伝右衛門は用意済みのはずだった。三人から三千両の出資を受ければ、伝右衛門が新た

に用意すべきは千両のみ。大見世翁屋ならば、決して無理な算段ではない。

それでも楼主は、脂汗をたらたらと流して苦渋の顔つきで考え続ける。呻き声を洩らす伝右衛門のことを、四人は無言で見守った。

永遠に続くかと思われた刻が唐突に断たれて、伝右衛門は、承知いたしました、と地獄の底から這《は》い上がるに似た恨めしげな声を絞り出す。そして徐《おもむろ》に、畳に両の手をついた。

「旦那衆がそれぞれ千両ずつ、この翁屋伝右衛門も千両、大岡裁《おおおかさば》きの『三方《さんぼう》一両損』ならぬ四方千両損で、この話、手打ちとさせて頂きます」

ぱんっ、と摂津屋がひとつ、大きく手を打った。

「翁屋、よう決心した。これで太夫の身請けが決まった」

さて、忙しくなる、と摂津屋が気張った声を上げるのを、澪は半ば信じ難い思いで聞いていた。摂津屋の支援を信じてはいたが、こうまで巧みに話を進めるとは思いもよらない。又次への償い。否、それのみではない。四つで亡くなった娘を野江に重ねあわせて、その幸せを心底願う摂津屋なればこその振る舞いに違いなかった。

ならば、と澪は膝に置いた手を拳に握る。野江のために、まだ自分にも出来ることがあった。

「あさひ太夫が吉原を去るとなると、それなりの宴を催さねばなりませんな」

「いや、密やかに落籍される方が、伝説の太夫に相応《ふさわ》しいのでは」

旦那衆の会話が弾む中、伝右衛門が身体ごと澪の方へ向いた。

「女の身でありながら遊女を身請けするとは、いやはや、暫くはお前さんの噂で持ちきりになりますよ」

愛想笑いを浮かべる楼主に、翁屋さん、と澪は呼びかけて、

「あさひ太夫を身請けするのは、私ではありません」

と、告げる。

旦那衆は話を止め、驚いた様子で澪を見た。

澪は傍らに置いた風呂敷の結び目を解き、中から箱を取り出した。そのじゃらりと鳴る音を聞き、中身の予測がついたのだろう。四人は顔を見合わせる。薬籠蓋《やろうぶた》を外せば、案の定、金貨銀貨がぎっしりと収まっていた。

「これまでの鼈甲珠の売り上げです。これを使って、お願いしたいことが……」

澪は一旦言葉を区切り、深く息を吸い込んだ。畳に両の手をつき、四人の顔を順に見つめると、ゆっくりと唇を解く。

「皆さまに、お願いしたいことがございます」

江戸町一丁目の表通りは、昼見世を冷やかしに来た花見客で活況を呈している。

澪は先に行く摂津屋を見失わぬよう、懸命に人を縫って歩いた。摂津屋は仲の町へ抜けると、大門へは向かわずに水道尻《すいどじり》の方へ進み、掛け茶屋の前で澪を振り返った。

「お前さんの申し出には正直、驚いた。札差などというものは、滅多なことでは動揺せぬはずが、お前さんには驚かされてばかりだ」

床几に並んで座り、茶を飲み干すと、空の湯飲みを手に摂津屋はつくづくと言った。そして、娘の横顔に視線を送り、声を落として、こう続けた。

「だが、改めて、お前さんと野江という娘の絆《きずな》の強さを思わずには居られなかった。確かに、お前さんがあさひ太夫を身請けしたとなれば、太夫は生涯、それを負い目に思うに違いない。太夫の幸せを一番に、との言葉は胸に沁みました」

摂津屋の言葉に、澪は目礼で応える。

あれから澪の申し出を、旦那衆と翁屋は驚愕《きょうがく》しつつも、快く受け容《い》れてくれた。話し合いにより、あさひ太夫が吉原を去るのは、卯月朔日《うづきついたち》と決まったが、当日まで周囲にも太夫自身にも、誰が身請けをするのかは伏せられることとなった。

「摂津屋さまには、その日を迎えるまで、大変なお力添えをお願いすることになります」

宜しくお願いします、と澪は床几から立ちあがり、深々と摂津屋に頭を下げる。札差は娘に座り直すよう命じて、頭上の桜花に目をやった。花弁が散れば根ごと引き抜かれる、と察しているからか、仲の町の桜はそよぐ風にもしぶとく耐えていた。

「私がお前さんに手を貸したのは、せめても又次の供養になれば、と思ったがゆえ」

老いた札差は、桜に視線を留め、傍らの料理人に胸の内を打ち明ける。

「又次の死に、私には責がある。そのことを知るお前さんが、身請け主を又次にするよう言いだすのではないか、と実は密かに思っていました」

ふたりの前で、四つほどの幼女が父親に肩車されて、懸命に桜の枝に手を伸ばしていた。それに見入って、摂津屋は少し黙り、淡々と言い添える。

「だが、又次という男はそういうことはしないし、また、望まないだろう」

藍染めに真っ白の襷をきりりと掛けた又次の姿が瞼の裏に映って、澪の視界はふいに潤んだ。悟られぬように、瞳をすっと天へと向ける。

摂津屋の言う通り、又次の死がなければ、摂津屋の力を借りることも叶わず、この無謀な身請け話が現実になることは、おそらくなかった。その意味で、あさひ太夫を自由の身にしたのは、間違いなく又次なのだ。

ただ、命がけであさひ太夫を守り抜いた又次に、身請けという言葉は似合わない。澪は、自身の中の又次に、又次さん、それで良いわね、と伝えた。新しい湯飲みを手に掛け茶屋の主が、気を利かせてお茶のお代わりを運んできた。

取り、薄緑の中身に目を落として、摂津屋は唇を解いた。

「誰があさひ太夫を身請けするのか——お前さんの案は、だからこそ一層、我々の心を打ちました。吉原に暮らす遊女の中には、太夫の身請け主に励まされる者も居るでしょう」

遊女と妓楼《ぎろう》の間には、年季や給金の取り決めもあるし、その証文も交わされる。つまり遊女は形の上では妓楼の奉公人だった。しかし、その実態は、貧しさゆえ前借金と引き換えに、妓楼に売られたも同然の身。一度苦界《くがい》に身を落としたなら、そこから抜け出すことは容易ではない。なればこそ、身請けは遊女らの心願と言えた。

その心願を叶えた者のために、通常は大々的な別れの宴が催される。だが、旦那衆との話し合いにより、あさひ太夫は伝説の太夫として、宴なしに吉原を去らせることと決まった。ただ、翁屋からの要望により、引き出物は用意することになった。

「どうだろうか、身請けに因《ちな》んで何か、お前さんに料理を作ってもらえまいか。引き出物にお前さんの料理の重詰を添える、というのはどうか」

摂津屋の申し出に、それは、と応えて、澪はじっと思案する。

野江のために料理の腕を振るうことに否やはないのだけれど、重詰となると出しゃばり過ぎる気がするのだ。それに重詰では、箸をつけるひとも限られる。もっと控えめなもので、出来るだけ多くのひとの口に入る方が良い。そう考えていた時、喉《のど》の奥に、甘く懐かしい味が蘇った。

ああ、これは、と澪は口もとを緩ませる。黒砂糖の甘い味わいは、子供の頃に食べた粟おこしだった。お菓子には、料理にない安らぎがある——先日、雷おこしを食べた時のことを思い出し、澪は両の手を小さく合わせた。

苦い思い出の吉原を去る野江に、甘いお菓子でその締め括《くく》りをしてもらってはどうだろうか。

粟おこしを手作りしたことはないが、工夫をすれば何とか、と思う。料理人は傍らの札差に向き直り、提案する。

「料理ではなく、お菓子では如何でしょうか。大坂に因んだお菓子を作ってみたいのです。それを小分けして配ってはどうでしょう」

なるほど、と札差は大きく頷いた。

「菓子とは面白い。大坂に因んだ菓子、といえば思い浮かぶのは、煎り米を使ったあれですかな。もしもそうなら、紙で包んで餅撒《もちま》きの代わりにすれば、慎ましい中にも華やかな幕引きになりますな」

澪の作ろうとする菓子の正体を見破ったらしく、摂津屋は相好を崩す。つられて澪も、にこやかな笑顔を老人に向けた。

「太夫が吉原を去るまで、残り半月。早速、色々と手配にかかりましょう」

忙しくなる、と札差は緋毛氈《ひもうせん》に小粒の銀を置いて、席を立った。

陽が僅かに西にずれ、仲の町はさらに多くの花見客を迎えて一層、賑わう。中には、髷甲珠を手にする幸運を得た者が、ちらほらと見受けられた。

料理人を大門の前まで送っての別れ際、摂津屋はしみじみと言った。

「亡くなった我が子に面影を重ねてはいても、金でひとりの娘を縛り付けていたことに何の変わりもない。ここを出たあと、太夫が自らの手で人生を切り拓けるよう手筈を整えることで、己へのけじめとしよう」

卯月朔日に向けて、あらゆる手を尽くしますよ、と表情を引き締めて、摂津屋は結んだ。

穀雨《こくう》を過ぎ、弱い雨が江戸の街を幾度か訪れた。花を散らすほどの力はなく、桜の日持ちに一役買いそうな冷たい雨だった。澪の借家の引き戸は閉められ、そこに、勝手ながら、の文言に続けて粕漬けの商いを終えた旨の貼《は》り紙がされて数日が過ぎた。粕漬けを好んだおかみさんらは非常に残念がったけれど、諦めの良さが身上の江戸っ子、借家の前で足を止める者も、日が経つにつれて少なくなった。

時鳥《ほととぎす》の初音を聞いた朝、今度はつる家の前を通りかかった者が、表格子の貼り紙を見て立ち止まった。

「本日休み、って何だよ。花見にでも行っちまったのかよ」

よほど慌てて書かれたのだろう、文字が歪《ゆが》んで、あちこちに墨が飛んでいた。つる家での食事だけを楽しみにしている常客は、軒下にいる下足番の男児に、どういうことか、と訳を尋ねた。

「すみません、今日はお休みをいただきます」

下足番は小さくなって謝るばかりで、休む理由は口にしない。次々とお客に責め立てられても、懸命に詫び続けた。

調理場の板敷にも、健坊の詫びる声が届き、澪は申し訳なさに身を縮める。

「構うこたぁねえよ」

種市は澪を気遣って、なぁ、と一同を見渡した。そこに詰めていた政吉お臼夫婦、おりょう、りう、それにふきが一斉に頷く。

店開け前の慌ただしい刻なら、湿っぽくならず手短に大坂へ戻る話を伝えられると思った澪だが、切り出した途端、店主が店を休むことに決めてしまったのだ。

「お澪坊、俺にとっても、ここに居る皆にとっても、大事な話じゃねぇか。わかるように話してくんな。もう隠し事はなしだ。何もかも洗い浚い、話してくんなよ」

種市から水を向けられたものの、何から話して良いかわからず、澪は言いよどむ。仕様がねぇな、と種市は両膝に手を置くと、皆の方に向き直った。

清右衛門先生から聞いたことだが、と前置きの上で、澪の幼馴染みが騙《だま》されて吉原に売られたこと、澪がその身請けを考えていたことを話した。

「ああ、だから吉原で鼈甲珠を……」

昨春の澪の行いの謎が解けて、お臼はぽんと手を打ち合わせた。

「長いこと近くで暮らして、あたしゃ澪ちゃんのことは何でも知った気になってたけれど、実は何も知らなかったんだねぇ」

おりょうはそう言って、真っ赤な目を擦っている。

「それで、身請けは叶ったんですか」

皺に埋もれた瞳を輝かせ、身を乗り出して問うりうに、澪はどう告げるべきか、少し躊躇った。身請け主になるわけではないのですが、と先に断ってから答える。

「鼈甲珠の作り方を翁屋さんに買い取って頂くことで、お許し頂きました」

作り方を、と繰り返し、りうは首から提げた入歯を弄って暫し考えた。やがて、あ
あ、と感嘆の声を洩らし、ぱん、と手を叩く。

「なるほど、よく考えましたねぇ。作り方さえわかりゃあ、翁屋はそれから先、鼈甲珠を好きなだけ作って商うことが出来ますからね。すでに吉原では鼈甲珠が売れる下地が出来てますし、澪さんはお宝を生む鶏を売ったようなものですよ」

「よくもまあ、そんな手を思いついたもんだ」

吐息交じりに洩らす店主に、澪は首を振ってみせた。

「旦那衆の助けがなければ、到底、無理でした。とりわけ、又次さんの死に責を感じておられた摂津屋さんが動いてくださった。命がけであさひ太夫を守り抜いた又次さんの存在があればこそ、野江ちゃんは吉原を出られるのです」

又さんが、とりうは声を落とした。

魚を捌く様子や、味を見る時の真剣な眼差し――つる家の調理場に立つそのひとの姿が蘇って、皆は黙った。ふきは目に涙を溜め、形見の襷をぎゅっと握り締める。

ぶり返した悲しみが引くのを待って、澪は板敷に両の手をついた。

「野江ちゃんと一緒に、私は大坂に帰ります。つる家を離れるのは、身を斬られるほど辛いのですが、生まれ育った故郷に戻りたいのです」

どうかお許しください、と深く頭を下げた。

そりゃあそうだよ、おりょうが涙声で応える。

「あたしゃ、この江戸が郷里だけれど、何処か別の土地で暮らすことになっても、やっぱり江戸に戻りたいに決まってるよ」

郷里ってそんなもんさ、とおりょうは言って、ぢん、と洟《はな》をかんだ。

「おりょうさんの言う通りですとも」

同じく江戸っ子のお臼も、鼻声で賛意を示した。

「けど、女ふたりだけで大坂へ行くのは物騒じゃあねぇか。それに戻ったとしても、頼れるひとも居ないんじゃあ、却《かえ》って心配だぜ」

険しい声色に、顔を上げれば、眉根を寄せて腕を組む政吉の姿が目に入った。

種市も拳を額に押し当てて考え込んでいる。夫の言い分に理があると認めて、お臼も口を噤《つぐ》んだ。

ここに居る誰もが、澪のことを心から案じているのが痛いほど伝わって、その気懸かりを解こう、と澪は唇を開いた。

「それなら大丈夫です。摂津屋さんのお力添えがありますし、それに、源斉先生も」

ふいに言葉に詰まり、澪は俯いた。

源斉先生、とりうは呟き、わざとらしく首を捻る。

「どうしてそこで、源斉先生の名前が出るんですかねぇ、澪さん」

重苦しい雰囲気から一転、おや、っと皆が怪訝《けげん》そうに視線を絡ませる。りうと同じく何かを感じ取った店主は、つるりと月代《さかやき》を撫でて、ふきを手招きした。

「ふき坊、悪いが健坊と手分けして、ご寮《りょん》さん、否、一柳の女将《おかみ》さんと、源斉先生んとこへ行って、出来れば今日中に、顔を見せてくれないか、頼んで来てくんな」

店主の台詞が終わらないうちに、ふきは、健坊、健坊、と呼びながら、土間伝いに表へ飛びだしていった。

「待つ身は辛いって言うからな」

ぽつりと洩らして、政吉は座敷を下り食器棚に向かう。

「待ち人が来るまで、俺ぁ、普段出来ねぇことをするぜ」

器の整理を始めた政吉の姿に、りうも腰を伸ばした。

「それならあたしも、板戸やら障子やらを外して手入れをしましょうかねぇ。日頃はそこまで手が回りませんからね」

りうの声に、お臼とおりょうも頷き合う。

「俺ぁ……朝寝でもするぜ」

店主は首を振り振り、内所に入って襖を閉じた。澪を一方的に問い詰めまい、とする皆の気遣いと知れて、澪は小さく息をついた。

手にした干し飯《いい》は、まだ完全に乾ききっていない。このところの雨気で止むを得なかった。澪はそれを熱した鍋で丁寧に乾煎《からい》りする。米の放つ香ばしい匂いが漂い、食器棚に向かっていた政吉がすんすん、と鼻を鳴らした。

ぱらぱらによく煎った米を冷まし、擂り鉢に移してとんとんと粟粒ほどの大きさに砕く。ここまでは迷うことはなかった。問題はここから先だった。

鍋に水と砂糖を入れて杓文字《しゃもじ》で掻き回しながら煮詰め、飴状にする。このくらいなら、と目星を付けて煎り米を入れ、手早く混ぜ、熱いうちに平皿を押し付けて平らに仕上げた。

「ああっ」

蜜の煮詰め方が足りなかったのか、生地はまとまらず、べたべたと皿の底にくっついたままだった。やはり簡単にはいかない、と澪は両の眉を下げた。

その時、ごめんやす、と声がかかった。板戸を外した勝手口に、健坊とともに息を弾ませた芳《よし》の姿があった。

「ご寮さん」

「澪」

佐兵衛の一件以来の再会だった。互いに妙な気遣いが邪魔をして、今日まで顔を合わせられずに居た。芳の差し伸べる手を、澪は両の手で握り締める。澪、堪忍な、と掠れた声で詫びる芳の手を、澪は自らの額に押し頂いた。長らく親子のように暮らしたふたりならば、互いの思いが通じ合うのにそれで充分だった。

「ああ、ご寮さん、来てくれたのか」

内所の襖が開いて、店主が顔を出した。

てっぺんかけたか

てっぺんかけたか

つる家の二階屋根あたりで羽を休めているのか、時鳥の呑気な鳴き声が、調理場で交わされている店主と芳の会話に割り込む。種市からあらましを聞いた芳は、板敷を下りて、健坊、健坊、と下足番の名を呼んだ。

「健坊、何遍も堪忍やけど、一柳の旦那さんに、今日はつる家へ泊めてもらうことになった、と伝えてもらえるやろか」

こっくりと頷くと、健坊は元気よく路地から表へと駆け抜けていく。それを見届けて板敷に戻ると、芳は傍らの澪の膝にそっと手を置いた。

「ほうか、澪は大坂へ帰るんか……」

声に寂寥《せきりよう》が滲《にじ》む。大坂に生まれ育ち、もとは天満一兆庵《てんまいつちようあん》のご寮さん、今は江戸の名店一柳の女将となった身。おそらくもう、郷里に移り住むことはないだろう。芳はしかし、それを呑み込んで、澪、良かったなあ、と笑んだ。

かたかたと下駄の音が路地に響いて、調理場へ駆け込んできたふきが、旦那さん、と切れ切れの声で種市を呼んだ。

「旦那さん、済みません。源斉先生は診療所にいらっしゃいませんでした。あちこち尋ねて回って、昨夜から永田家のお屋敷にお戻りだと教わったのですが……」

お屋敷の場所がわからなくて、と詫びると、ふきは前屈みになって荒い息を整えた。

「源斉先生？　誰ぞ、具合でも悪いんだすか？」

源斉が呼ばれていることを知り、芳は心配そうに周囲を見回した。

政吉は食器棚の前に居るし、りうとおりょう、それにお臼は綺麗に拭き清めた板戸を勝手口まで運んで嵌《は》め始めたところだった。

お澪坊、と店主は呼び、臆する娘の膝をぽんぽん、と優しく叩く。

「母親代わりのご寮さんも、こうして駆けつけてくれたことだ。お澪坊の口から、どんな経緯があったか、話しちゃくれまいか」

そう水を向けられても、澪は何から話して良いのかわからず、唇を結んで俯いた。ふきはそっと土間伝いに出ていき、政吉やおりょうたちも席を外そうとしたが、種市が首を振ってこれを止めた。お澪坊、と再度呼んで、種市は身を娘の方へ傾ける。

「俺ぁ男だから、源斉先生のお澪坊への気持ちには、とうに気付いてたぜ」

店主の言葉に、澪は驚いて双眸を見開いた。種市は目を細め、頷いてみせる。

「口じゃあ何とも言わねぇひとだが、お澪坊のことを、お澪坊のことだけを、ずっと、もうずっとだ、想い続けてたんだぜ。何の見返りも求めねぇでよ」

「旦那さん、あきまへん」

咄嗟に澪を背中に庇い、芳は鋭く声を放つ。

「源斉先生はお武家さまだす。お武家さま相手に、またこの娘が傷つくようなことになったら、あんまり可哀想だす」

取り乱す芳を見かねたのか、土間に控えていたりうが、ちょいと失礼しますよ、と板敷に上がり込む。

「源斉先生は確かにお武家さまですが、御典医永田陶斉さまの、確かご次男ですからねぇ。そうそう家に縛られることもないかと思いますよ」

暗に、御膳奉行に嫁ぐような困難はない、と仄めかして、りうはふぉっふぉっと笑う。

りうの言葉に力を得て、澪は漸く口を開いた。

「源斉先生は亡くなられた恩師のお気持ちを受け入れられて、江戸を離れ、大坂で医塾を開くために尽力なさるそうです」

「ああ、それで大坂か」

種市は得心のいった顔で頷いた。

澪、と芳は娘の片手を、両の掌《ま》でぎゅっと握る。

「お前はん、源斉先生と何ぞ約束をしたんか」

はい、ご寮さん、と澪は芳の手にもう片方の手をそっと重ねた。

「士分を離れるから、夫婦になってほしい、と……」

澪の返事を聞いて、芳は、りうさん、と不安一杯の面持ちで老女を呼んだ。

「どない思わはりますか。そないなこと、ほんまに出来はりますやろか」

一同、固唾《かたず》を呑んで見守る中で、りうは、ふっと真顔になった。

「源斉先生なら、意志を貫かれるでしょうよ。ただ、かなり窮地に立たされることになるとは思いますがねぇ」

窮地に、と繰り返し、澪は戦く眼をりうに向ける。老女は娘の怯えを包み込むように、柔らかく微笑んだ。

「武家ってのは、親類縁者が色々煩《うるさ》いんですよ。ことに永田家は御典医の家柄で、御《ご》嫡男《ちゃくなん》も医師、源斉先生も医師ですからねえ。大坂で医塾創設の支援をするのは許されても、町娘と一緒になるために士分を捨てる、というのは随分と風当たりも強いでしょうよ」

よっぽど心強い味方が居れば別でしょうけどねぇ、とりうは締め括った。

それまで少し離れて成り行きを見守っていたおりょうが、ふう、と太い息を吐いた。

「あたしゃ、喜んで良いのか悪いのか、わからなくなっちまいましたよ」

あたしもですよ、とお臼も大きな溜息をつく。芳は唇を結んだままだった。

親父さん、と政吉が種市を呼んだ。

「取り敢えず、夕餉はどうしますかい」

さっき七つ（午後四時）の鐘が鳴ってましたぜ、と料理人に言われて、店主はぽん、と小膝を打った。

「腹が減っては戦が出来ねぇや。政さん、今夜はご寮さんも一緒だし、力の出るもんを拵えてくんな」

「私も手伝います」

澪は政吉に言って板敷を下りた。すべきことがあるのが今はありがたかった。

それじゃあ、あたしもそろそろ帰りますよ、とおりょうが前掛けを外しかけた時だった。

「源斉先生が」

縺《もつ》れる足で路地から勝手口に駆け込んで、ふきが焦り声で告げる。

「源斉先生がお見えになりました。お母さまもご一緒です」

何だって、と店主は狼狽えて、板敷を這い下りた。

「ふき坊、入口を開けて座敷の方へお通ししな。くれぐれも失礼の無ぇようにな」

種市に命じられて、ふきは返事も早々に路地へ引き返す。

「ご無沙汰《ぶさた》しています」

入れ込み座敷の、常は清右衛門たちの席に通されると、かず枝《え》は丁寧に頭を下げた。

そして、座敷に並んだ店主と奉公人に視線を廻らせて、密やかに目もとを緩める。

「覚えておられますでしょうか。いつぞや、源斉に言われて鰻《うなぎ》をお持ちしました」

澪の隣りに控えていた芳が、あっ、と低く声を洩らす。ひと呼吸遅れて、おりょうも、ああ、と手を打ち合わせた。かず枝もふたりに見覚えがあったのだろう、その節は、と笑顔を向けた。

「あの頃は、よもや数年後に、こうして皆さまにご挨拶に伺うことになろうとは思いもしませんでした」

表情を引き締め、かず枝は膝に両の手を揃えて置く。

「源斉は永田家を離れ、大坂に移り住むこととなりました。そして、澪さんと夫婦になることを望んでおります。その意を汲み、本日は、母としてお願いに参った次第でございます」

母親の言葉に、傍らの源斉は同様に膝に手を置き、一同に向かって頭を下げた。おりょうとお臼の唾《つば》を飲み込む音が座敷に響く。りうは首から提げた入歯の紐《ひも》を握り締め、政吉は黙って目を閉じている。種市は泡を食ってあたふたするばかりだ。

失礼とは存じますが、と芳はかず枝の方へ僅かに身を乗りだした。

「それは永田家の皆々様のご承諾があってのことでしょうか」

いいえ、とかず枝はゆっくりと頭を振った。

「承諾はございません。源斉は以後、永田家とは絶縁することになります」

不穏な台詞に、芳は眉間に皺を寄せる。

「差し出口とは存じますが、澪は私にとって娘も同然だすのや。嫁入りするのなら、皆さんに祝うてもらえるようでないと、この娘があまりに不憫《ふびん》でおます」

ご寮さん、と源斉は身を芳の方へ傾ける。

「奥医師に、とのお話を断って、大坂へ行くことを選んだのです。父の立場にも大いに障りました。周囲の風当たりも強く、絶縁は至極当然です。ただ、士分を捨て、澪さんと夫婦になることに関しては、母が皆を説得してくれました」

町娘、それも料理人などと一緒になりたいとは、と責め立てる親類縁者の前で、かず枝は、かつての大老、土井利勝の遺訓を引用し、これを封じたという。

「『料理人、医師同然程の役也』——料理人は医師と同じ。料理人の役割の重さを解いたものですが、公方さまに次ぐ大老の地位にあったかたの遺訓を引かれては、誰も何も言えませんからね」

そう話して、源斉は楽しそうに笑った。そして表情を改めると、立ち上がって下座へ移る。澪さん、と源斉に促されて、澪もその少し後ろに移り、姿勢を正した。

「これで私は永田家という寄る辺を失いましたが、大坂に移り、この澪さんとふたり、手を携えて生きて参ろうと存じます。私は医学の道、そして澪さんは料理の道。互いの道を重ねて、実りのある人生にします」

どうぞお許しくださいと、源斉は畳に両の手をつき、深々と首を垂れる。澪も真似《まね》て、畳に額を擦りつけた。

座敷に集う皆の目に涙が浮かぶ。おりょうとお臼は堪りかねて着物の袂《たもと》で顔を覆った。よもやこんな日が、と種市は掠《かす》れた声を洩らして、折った肘《ひじ》を顔に押し当てる。ほどなく、うっうっ、と嗚咽が洩れた。

源斉先生、と芳が呼び、やはり言葉にならずに、掌を畳に置いたきり突っ伏した。

「さあさ、せっかくの幸せな話なんですから」

ぱんぱん、とりうが手を打って、湿った雰囲気を払うように明るい声を上げる。

「もうお湿りはこの辺りにしてもらいましょうかねぇ。あたしゃこの齢《とし》なんでね、残された刻はなるたけ笑って過ごしたいんですよ。事情が事情ですから表立った祝言は無理でも、せめて今夜は美味しいものを作ってお祝いしませんか」

ねえ、政さん、と促されて、政吉はそうとも、と頷いて腰を浮かせた。

「今からじゃあそう大したことも出来ねぇが、俺たちで旨いものを作るとしよう」

では私も、と立ち上がりかける澪を、種市が制する。

「お澪坊、はっきりと進む道が決まったお前さんを、もうつる家の調理場に立たせるわけにいかねぇよ。たっぷり刻があるわけじゃねぇんだ。このひとたちと決めておくこと、話しておくこともあるだろう」

店主の言葉に、ふたりの母親は大きく頷いた。

「旦那さん、うちの亭主と太一《たいち》、それに親方も呼んできて良いですかねぇ」

おりょうが言えば、種市は、おうとも、と応え、ああそうだ、と手を打った。

「いっそのこと一柳の旦那と佐兵衛さんも呼ぼうぜ。おい、健坊、健坊はどこだ」

この日三度目の使いに出された健坊が、柳吾と佐兵衛を伴って戻る頃には、筍《たけのこ》に木の芽味噌を塗りつけたのを炙《あぶ》る芳しい香りが調理場から漂ってきた。酒と塩を加えた豆ご飯の炊き上がる香り、蕗を煮る柔らかな匂《にお》いもしている。煮炊きの香りは路地を抜け、九段下の方にも流れて、

「やい、つる家、休みのくせしやがって、良い匂いさせてんじゃねぇよ」

と、腹立ち紛れに怒鳴る声も聞こえた。

泣いたり笑ったりの宴の余韻が胸を占め、眠れない、眠れない、と思ったが、少し寝たらしい。ふっと目覚めて、芳は半身を起こした。

障子越しの月明かりが部屋に満ちて、調度類のない慎ましやかな室内を一層静謐《せいひつ》に

見せる。傍らに目をやれば、ふきの向こう側で眠っているはずの澪の姿がなかった。

ふきを起こさぬよう静かに床を離れ、芳は部屋を出て階下へと向かった。甘い香りが漂い、内所の奥、薄い明かりが洩れている。やっぱり、と洩らして、芳は調理場を覗いた。

「澪、どないしたんや」

「ご寮さん」

振り向いた娘の唇の横に米粒らしきものがくっついている。近寄ってみれば、鍋の中で煎り米が蜜に塗《まみ》れていた。それに目を留めると、芳は両の指を組み、

「おこしやな、澪、粟おこし作ってるんやな」

と、華やいだ声を上げた。

大坂に美味しい菓子は数多《あまた》あるが、粟おこしほど商人に好まれる品はない。堂島の米市場を想起させることや、名づけの縁起の良さばかりではない。素朴な味わいで、食べ飽きない、ということが「商い」に通じるからか、天満一兆庵に集うお客らも、粟おこしを好んでいたことを、芳は懐かしく思い返した。

口もとに煎り米をくっつけたまま、澪は、へえ、と応えて肩を落とす。

「けど、上手いことといかへんのだす。蜜が難しおます」

「せやろなぁ、ただかける蜜とは違うて、煎り米を固めなあかん蜜やしなあ。けど、何遍も失敗するうちにこつは摑めるやろ」

料理でも何でも、そういうもんやからなあ、と芳は微笑んだ。

「粟おこし、恋しおますなあ。私は生姜の効いたんが好きやった。大坂ではよう食べたよって、ほんに懐かしおます。けど、江戸のひとにはどやろか」

「野江ちゃんが吉原を去る時の引菓子に、て思うてるんだすが、固いと嫌われますやろか。お砂糖も、黒砂糖やのうて、白砂糖を奮発した方がよろしおますやろか」

考え込む澪に、芳は助言を与えようとして、止めた。

幼馴染みのために作る菓子なのだ、澪自身があれこれ工夫するのに相応しい。そう思って、ほな、先に休みますで、との言葉を残して調理場を引いた。

そっと振り返れば、娘は懸命に鍋を掻き混ぜている。好きな人と添うことが決まった日だというのに相変わらず料理のことばかり考えて、と芳はほろ苦く笑った。

この江戸で澪と生きた六年の歳月が、ふいに芳の胸に迫る。嘉兵衛《かへえ》の死、つる家との出会い、おりょうたちの情、柳吾との縁、そして佐兵衛のこと。

――澪、おおきに。そして堪忍。どうか、どうか、幸せになっておくれやす

色々な思いが溢れて、芳は震える手を合わせて、静かに首を垂れる。

そんな芳に気付くことなく、澪は夢中で蜜を煮ていた。

弥生最後の三方よしを終えると、雨は去り、晴天続きとなった。

「こいつぁ上天気だ、旅立ち日和《びより》だぜ」

俎橋の袂で、種市は気持ち良さそうに両腕を広げて天を仰ぐ。何処かで藤が咲き始めたらしく、華やかに澄んだ芳香が風に混じる。

振り分け荷物を肩から下げた源斉も、にこやかに空を見上げた。

「これなら海が荒れることもなさそうですね。助かります」

源斉は今日、船で江戸を発《た》ち、大坂へ向かう。歩けば半月近くかかる距離も、航路ならば五日ほど。先に大坂での住まいを整え、澪を迎えることになっていた。

「澪さんのことを宜しくお願いしますね、源斉先生」

美咲をあやして美緒がさり気なく言えば、源斉は穏やかに頷いた。

「源斉先生、これを身につけてってくださいな」

おりょうが掌に収まる何かを、源斉の懐に捻《ね》じ込んだ。

「帝釈さまの御札ですよ。うちのひとが昨日、柴又《しばまた》に行って受けてきたんです」

「ああ、そいつぁ良いや、伊佐さんらしいぜ」

店主やつる家の奉公人が勢ぞろいして源斉との別れを惜しむ様子を、早朝の俎橋を行くひとびとが、何事か、と驚いた様子で眺めていく。

「名残りは尽きねぇが、そろそろですぜ、源斉先生。あっしがそこまで送ってい……」

言葉途中で、種市の袖をふきと健坊が左右からぐいっと引っ張った。皆が澪に視線を送るのを認めて、ああ、と種市は気付く。結果、澪ひとりが俎橋を渡って途中まで源斉を送ることになった。

源斉から少し遅れて歩いて、澪はその胸中を思う。

士分を捨てる、と口で言うことは容易《たやす》くとも、胸の内では相当の葛藤《かっとう》があったに違いない。両親たちとの別れは既に済んでいるだろうけれど、永田家の誰の見送りもない旅立ちは、澪には切ない。

寄り添い、ともに生きることで、その空虚を埋められますように、と澪は願った。

「摂津屋さんと文の遣《や》り取りをさせて頂きました」

名残りを惜しむ皆の姿が見えなくなると、源斉は澪が追いつくのを待って、打ち明ける。

「澪さんから託された例の件について、着々と準備を進めておられるようです。また、私にも少し、お手伝いさせて頂けそうです」

　お手伝い、と澪は呟いて、歩みを緩めた。

「摂津屋さんは一体、源斉先生に何をせよ、と」

「高麗橋《こうらい》の傍に、澪さんが料理の腕を存分に振るえるような調理場を持った住まいを探すように、と。どうやら摂津屋さんは、澪さんの料理目当てに、我が家へ押しかけるおつもりなのです」

　まあ、と澪は呆れてみせ、源斉と声を合わせ朗笑した。

　ひとしきり笑うと、源斉は晴れやかに伝える。

「なので、こう返事を書いておきました。澪さんは早晩料理屋を開きますので、住まいとは別に、こぢんまりした、つる家のような造りの貸し店を探します、と」

　えっ、と声を洩らして、澪は立ち止まった。

　種市から以前、示唆されたこともあり、いずれは自分で料理屋を、と考えてはいたけれど、よもや今、その話を夫となるひとから切り出されるとは思いも寄らなかった。

戸惑いを隠せない娘に、男は真摯な眼差しを向ける。

「食は、人の天なり――身体と心を健やかに保つ料理を、澪さんの思う通りの料理を、ひとに食べてもらえるようにしたい。そのためには、澪さん自身で料理屋を開くのが一番です。あなたには、そうした道が相応しい」

もうここで、と源斉は澪の見送りを辞して、足取りも軽く歩き始めた。

澪は暫く棒立ちになったまま、源斉の後ろ姿を見送る。一生の伴侶《はんりょ》となるひとは、澪が思うよりも遥かに、妻の料理人としての生き方を考えてくれていた。そのことがありがたくてならない。遠ざかる背中に、澪は深く一礼した。


水ではなく水飴に白砂糖を入れて、火にかける。生姜の絞り汁は途中で加える。蜜の煮詰め具合は、箸先に蜜を付けて開き、水に浸けたら、ぱりっと固まる程度が良い。ここに煎った干し飯を入れて、木桶に移して固めれば、何とか思い描いていた粟おこしになる。黒胡麻《くろごま》を加えることで生姜の味が引き立つこともわかった。幾度も試行錯誤して、漸く粟おこしの作り方を習得した澪だったが、問題はやはり固さだった。


「何だ、これは」

板状の粟おこしを齧《かじ》るなり、清右衛門は口を押さえた。

坂村堂が慌てて、清右衛門先生、大丈夫ですか、と湯飲み茶碗《ちゃわん》を差し出した。それを邪険に払い除け、戯作者は憤怒の顔を料理人に向けた。

「来いと言うからわざわざ来てやったのに、こんなものを食わせおって」

どれ、と坂村堂も粟おこしに歯をあてて、痛たた、と呻いている。

「これは固い、まるで岩ですね。清右衛門先生は歯がお悪いので、召し上がるのは無理です。奥歯でなら嚙み砕けても、この形ではまず前歯で嚙むより仕方ありません」

奥歯で、と澪は考え込む。

そう言えばお臼から、昔のおこしは拍子木の形に切ったものだった、と聞いていたが、それならひと口で食べられる大きさに切り揃えたらどうだろうか。

「ええい、何をぼんやりしておる。こんな固いものが食えるか、釘《くぎ》が打てるわ」

思案に暮れる料理人に、罵声が飛ぶ。

「何が大坂名物の粟おこしだ。これだから大坂は気にくわぬのだ」

清右衛門は粟おこしを床几に叩きつけて、立ち上がり、怒りに任せて出ていった。

澪は坂村堂に一礼すると、清右衛門を追い駆けた。

「清右衛門先生」

中坂の手前で、清右衛門は足を止めた。

「べたべたと甘い白味噌も、青い葱《ねぎ》も、俵の握り飯も、丸い餅も、蒸した薩摩《さつま》芋《いも》も、腹から捌いた鰻も、何もかも気に入らん。その上、贔屓《ひいき》にしている料理人まで大坂に取られるのだ」

我慢ならん、と戯作者は吐き捨てる。

あさひ太夫身請けの経緯は、誰よりも先に清右衛門の耳に入れたが、野江とともに大坂へ戻ることを告げた時から、清右衛門は機嫌を損ねたままなのだ。

「大坂では雇われ料理人ではなく、自分の店を持て」

「はい、そのつもりです」

澪が応じると、漸く清右衛門は振り向いた。

「店の名は『みをつくし』とでもするが良い。わしが大坂に行った時に、見つけ易いようにな」

みをつくし、と繰り返し、澪は笑顔になる。

「そうします。そして清右衛門先生が見えたら、里の白雪をお出ししますね」

澪の応えに、清右衛門は、ふん、とつまらなそうに鼻を鳴らす。そして、最早、澪を見ることなく、すたすたと中坂を上がっていった。

何処《どこ》の桜か、風に乗ってはらはらと花弁が舞い、幾枚か、澪の髪や肩に憩う。

——なっておらぬな、この店は
初めてつる家を訪れた清右衛門に、罵倒されたことを懐かしく思い返す。あれから四年、ああして怒りながらも澪を導いてくれたのだ。

澪は戯作者の後ろ姿に手を合わせ、そっと首を垂れた。

弥生は小の月で、二十九日まで。晦日《みそか》は翁屋へ引菓子を収める約束の日だった。澪は朝方までかかって、大量の粟おこしの生地を創《つく》り上げて、板状に延ばし、ひと口で食べられる一寸ほどの長さに切り揃えた。ひとつを口に入れる。小さく切ったことが功を奏し、奥歯で嚙めばぼりぼりと鈍い音を立てて砕ける。白砂糖の雅《みやび》な甘さと生姜がよく合い、優しい味わいの粟おこしになった。これならばきっと、野江にも喜んでもらえるだろう。上気した表情で、澪は口の中の幸福を幾度も確かめた。

小袋に詰める作業は翁屋が行う約束になっていた。行李に油紙を敷いて、出来上がったおこしを詰め、風呂敷に包んで背中に負った。翁屋への道は、鼈甲珠の作り方を教えに、あれから幾度も通ってさらに足に親しい。

重いので前屈みになり、俯き加減で俎橋を渡る。つる家の常客と思しきふたり連れと橋上で擦れ違うも、澪だとは気付かれなかった。

「つる家の女料理人、例の年増《としま》が、性懲《しょうこ》りもなくまた嫁に行っちまうんだとよ」

「またかよ、懲りねぇ女だな。今度は男に逃げられねぇようにしてもらわねぇとな」

耳に届いた会話に、澪はくすくすと笑い、笑いながらふいに涙が込み上げた。

深川牡蠣《かき》を白味噌で煮て、罵倒された日。茶碗蒸しを食べたお客から「極楽の味」との言葉をもらった日。食あたりの濡れ衣《ぬぎぬ》を着せられた日。苦心して作った生麩《なまふ》を見事に拒まれた日。鯛《たい》の福探しを目当てに、親を背負ってくるお客の居た日。蒲鉾《かまぼこ》をそっと懐に仕舞われた日。つる家で料理人として勤めた日々の何もかもが、愛おしくてならなかった。

明日の早朝、ここを旅立つ。その時は笑顔でいたい。だから今は泣いて良い、泣いて良い、と自身に言い聞かせて、澪は涙を払った。

三ノ輪から日本堤、衣紋坂と歩いて、人通りが妙に少ないことに気付く。まだ弥生のうちなのに、と困惑しつつ大門に立って、その理由がわかった。

「桜が……」

仲の町から、一本残らず桜の樹が無くなっていたのだ。

「桜なら二日前、全部抜いちまったぜ」

欠けた黄色い歯を見せて、張り番が告げる。

「桜は散りだしたら全部抜くのが吉原の習いよ。今年はまだ持った方だ」

もとより、青竹の垣根も山吹の花も雪洞も、何もかも取り払われて、広々とした通りに替わっていた。あの花見の賑わいが嘘のようだった。

土色に戻った通りを言葉もなく眺める澪に、背後から声をかける者が居た。

「目を疑う光景でしょう」

声の主を見れば、摂津屋助五郎だった。明日の打ち合わせに吉原を訪れたのだろう。

「背中のそれは、明日の引菓子ですな。どれ、私が預かりましょう」

澪に言っておろさせた荷を、摂津屋は泥染め黒八丈の綿入れ羽織の背に軽々と負う。

驚く澪に、若い頃は酒樽《さかだる》を担いで過ごしたものだ、と老人は大らかに笑った。

澪とふたり、地ならしされた通りを水道尻まで眺めて、摂津屋は平らかに告げる。

「明日の早朝、廓がまだ眠りから目覚める前、後朝《きぬぎぬ》の別れのその前に、あさひ太夫は
ここを通り、大門を出て、野江となるのです」

ひとつ、大きく息を吐いたあと、札差は声を低めた。

「例のひとが昨夜遅く、無事に江戸に入りました。明日は打ち合わせ通りに」

澪はこくんと頷いた。

「私も、大坂屋さんに重々お願いしておきました。皆さんに快くご協力頂けます」

それは何より、と札差は応え、澪を促して翁屋を目指す。

「自分が誰に身請けされるのか、太夫は伝右衛門から、まだ聞かされていない。年季

明けに旦那衆のうちのひとりを太夫に選ばせるはずが、身請けを急ぐことになったので、こちらの話し合いで決める——そう言い含められているのです」

籠の鳥の遊女は最後までそうした扱いを受けるもの、と思っているのか、太夫は黙ってその運命を受け入れる様子だ、と札差は語る。

まだ幼さの残る遊女が、湯屋へ行くのか、桶を手にふたりの傍らを走り過ぎた。それに目をやり、思い出したように摂津屋は続けた。

「高麗橋の、もとの淡路屋《あわじや》のあった場所は今、呉服商になっています。土地ごと買い受ける話をつけました。あなたがたが大坂に着くまでに手を入れて、とは思いましたが、まあ、無理はせず、野江に戻った娘が、自身で望むような店に作り上げれば良い。助けになる奉公人は、例のひとの他に、摂津屋の大坂店の者を回すように手を打ちました。いずれも私の目に適《かな》った、信頼できる者たちだ」

あの、と澪はおずおず、札差に問うた。

「お話を伺う限り、私がお渡ししたものでは到底足りないかと……」

途端、はっはっは、と老人は破顔大笑する。

「もとよりこれは、あさひ太夫への旦那衆からの餞別《せんべつ》ですよ。我々旦那衆は、あさひ太夫の旭日昇天《きょくじつしょうてん》の運に守られて、商いを広げ、確かなものに出来たのだから。あなたのお宝は無事に大坂へ着いた時に、そっくりそのままお返しする心づもりです」

年明けからの鼈甲珠代の未払い分も、きちんと翁屋に出させるので安心するように、と老練な札差は厳かに明言した。

「けれど、それでは」

言い募ろうとする澪を、摂津屋は眼差しで制した。

「大坂屋の手助けは明日限り。それのみで終われば、あなたの申し出も、ただの茶番になってしまう。あさひ太夫が吉原を去り、大坂へ戻ってからの人生が確かなものであるように、尽力してこその我々旦那衆なのです。お宝はあなた自身のために、大切に取っておきなさい」

あなたの店を持ち、知恵と才覚で大きくなさい、と札差は言って足を速めた。


六年に及んだ江戸暮らしを畳む、最後の夜。

既に借家を明け渡す手筈を整えていた澪は、その夜をつる家で過ごした。皆で夜食を口にして、ふきと健坊の姉弟とともに二階へと引き上げる。寝床に入って暫くすると、健坊が健やかな寝息を立て始めた。ふきはこちらに背中を向けたまま動かない。娘が寝入った振りをしていることを承知しつつ、澪は黙って床を離れ、部屋を抜けた。

「おう、お澪坊」

澪が来るのを見越していたのか、調理場の板敷に店主が正座をして待っていた。

調理台のちろりに酒を足して、澪はそれを手に板敷へ上がった。

「ありがとよ」

空の湯飲みに酒を注がれて、店主は礼を言い、少し苦そうな顔でひと口、呑んだ。

鳥の鳴き声も凩の音も、番太郎の打つ拍子木の音もない、静かな夜だ。

旦那さん、と澪は低く呼んで、板敷に両の掌をつく。だが、きちんと挨拶をしようと考えていたはずの言葉が、胸の辺りに痞《つか》えて出てこないのだ。

——おとりさまからの帰り、こうやって、あたりにある福を掻き寄せて、この熊手にくっつけて来たんだぜ
そんな台詞とともに、おかめ飾りのついた熊手を差し出した種市。

——そいつぁ駄目だ。いくら小松原の旦那でも許すわけにはいかねぇよ
小松原の戯言《ざれごと》を真に受けて、険しい顔で相手を睨んだ種市。

——今日一日、考えに考えて、俺ぁ腹を括った
友の身請けの心願を知り、澪をつる家から送り出す決心を語った、種市。

折々の仕草や台詞が胸に溢れて、澪は顔を伏せたまま身を小刻みに震わせた。

「お澪坊がそんなじゃあ、俺ぁ何も言えなくなっちまうよ」

種市は平らかな声で言って、さ、もう少し注いでくんな、と中身の減った湯飲みを澪の前へ差し出した。注いで、呑んで、の仕草が幾度か繰り返されて、種市は最後、中身を干して湯飲みを放した。

「なあ、お澪坊、ご神仏ってなぁ、時にとんでもなく酷《むご》いことを、情け容赦なくなさるもんだ。慈悲も何もあったもんじゃねぇ、って仕打ちを。けれど、それに耐えて生きていれば、必ず何処かに救いを用意していてもくださる。俺ぁ、この齢になって、それが身に沁みるのさ」

溢れだした涙を拳で拭って、種市は娘に微笑んでみせた。

これから先も、幾たびか試練は訪れるだろうが、その理《ことわり》を忘れないでほしい。そんな父から娘への餞《はなむけ》の言葉を、澪はしっかりと胸に刻んだ。

「さあ、そろそろ休まねぇとな。じきに朝が来ちまう」

種市は言って、板敷を這い下りる。

「お澪坊がここを発つ時は、まだ酔っぱらって寝てるだろうが、堪忍してくんな」

内所に姿を消す前にそれだけを伝えると、種市は赤い目を擦った。

翌、卯月朔日、まだ夜の明けきらぬ俎橋に、澪の姿はあった。

空は墨色から徐々に薄赤く色を変えて、飯田川に映り込んでいる。少し前まで水鳥が寂しげに鳴いていたが、俎橋の袂にひとの立つ気配に、声を潜めた。

おおかたの大切なひとたちとの別れは、既に済ませている。旅立ちの時は出来る限り密かに、との澪の願いを聞き届けて、芳と佐兵衛、柳吾の三人だけが、見送ることとなった。互いの表情が見えない薄闇の中で、芳は澪の腕に触れる。言葉はない。

だが、噛み殺しても噛み殺しても、芳の口からは嗚咽が洩れていた。

「ご寮さん、今日までほんに、ほんに、ありがとうさんでございました」

どうぞお体を大切に、と澪は芳の手を取って、揺れる声に思いを込める。

傍らの佐兵衛が、澪の方へ一歩、踏みだした。

「澪、お前はんと旦那さんのお蔭で、料理の道へ戻してもらえた。これからは、大坂で澪が精進していることを思って、私も励むさかいにな」

「澪さん、芳と佐兵衛さんのことは任せておきなさい」

柳吾が芳の脇から、力強く声をかけた。

澪は三人の家族に丁寧に礼を言い、別れを告げた。そして、つる家へ目を向けると、おそらくは今、内所の布団の中で泣いているだろう店主を思いやった。六年もの間、まるで実の父親のように澪を守り、時に導いてくれたひとを思う。潤みだすものを堪えて、真朱色の風呂敷を胸に深く抱くと、澪は歩きだした。

俎橋を渡る。ひとり、渡る。

今日まで、数々の喜怒哀楽を抱いてこの橋を渡った。この橋を渡り、二度と帰らぬひとも居た。又次のことを思った時だった。

「澪姉さん」

声がして、振り返れば、ふきらしい人影が追いかけてくるのが目に映った。

ふきは薄闇の中で澪の手を探し、

「これを野江さんに、お渡しください」

と、何かを押し付けた。袱紗《ふくさ》に包まれた、小さくて持ち重りのするもの。

「ふきちゃん、これは……」

遺骨代わりの灰が納まった壺《つぼ》だと知れて、澪はふきの胸中を慮《おもんぱか》る。又次を父とも料理の師とも慕っていたふきの悲しみを知る身。

そんな澪の気持ちを察したのか、ふきは白い襷に手を置いた。

その仕草から、自分にはこの襷があるけれど、野江さんには又次さんを偲《しの》ぶ縁《よすが》が何もないから、との温かな思いが伝わった。

ありがとう、と掠れた声で言うと、澪はそれを大事に胸に抱えた。

組橋を渡り終え、最後にもう一度だけ振り返る。淡い闇の中、懸命に手を振る人々とつる家の姿を生涯忘れまい、と目の奥に焼き付けて、澪は深々と首を垂れた。

「早く、こっちへ」

吉原に辿り着いてみれば、夜明けとともに開くはずの大門は、固く閉ざされたままだった。代わりに、脇の袖門が開いて、番人が澪を手招きしている。

「あんた、ついてるぜ。今日はこの吉原でも一世一代の見せ物がある」

摂津屋の旦那から頼まれたのさ、と番人は言って、澪を会所に招き入れた。

東天の裾に朝焼けの名残りを僅かに留めて、眩《まばゆ》い光が遊里に重く滞っていた邪気をさっと払う。

仲の町の両側の引手《ひきて》茶屋《ぢゃや》の前には、白狐の装束に身を包んだ遊女たちが、その刻を待っていた。その数、百二、三十人ほどか。かつて又次から、翁屋の遊女は禿《かむろ》を入れて六十人ほど、と聞いていたから、ほかの廓の遊女らも加わっているに違いない。三味線を手にした者、太鼓を抱えた者、それに幇間らの姿も見えた。

「何だ何だ、一体何が始まるってぇんだ」

居続けの客か、仲の町にふらふらと出てきて、即座に廓の若い者に両腕を摑まれ、連れていかれた。

静寂を取り戻した仲の町に、衣擦れの音やひとの気配が、江戸町一丁目の方から緩やかに近付いてくる。

じゃん、と太棹《ふとざお》がひと鳴り、それを合図に賑やかに三味線や太鼓が鳴らされる。通りの脇に控えていた白狐たちが、幅広の通りの中央へと身を躍らせる。三味の音に引き寄せられるように、澪は会所を抜け出して面番所の軒下へと移った。

江戸町の通りから、一群が姿を現した。先頭に立つのは翁屋の番頭だ。続いて伝右衛門。若い衆たちに守られて、純白の薄衣《うすぎぬ》を被衣《かずき》とした、あさひ太夫が現れた。

「太夫」

「あさひ太夫」

幇間らのかけ声を機に、仲の町の両側に並ぶ引手茶屋の二階座敷の障子という障子が一斉に開けられ、そこから紙吹雪が撒かれた。紙吹雪は朝陽を受けて煌めきながら、あたかも桜吹雪の如く、翁屋の一行に降り注ぐ。

会所から走り出た男たちが、大門を開く。ぎぎぎと軋《きし》む音がして、門が開け放たれると、仲の町で賑々しく見送っていた者たちが動きを止めた。大門の外で待つ、あさひ太夫の身請け主が誰か、確かめようと誰しもが眼を凝らした。

塗り駕籠が一艇《ちょう》、控えている。前後の提灯《ちょうちん》には「高麗橋淡路屋」の名が堂々と記されていた。駕籠を取り巻くように、揃いの半纏《はんてん》を身に着けた男たちが腰低く待ち構える。半纏にも「高麗橋淡路屋」の名が入っていた。

店の名に心当たりがないからか、仲の町に集うひとびとは密かに首を捻った。

あさひ太夫は、被衣を持ち上げ、美しい黒目がちの瞳を呆然と見張るばかりだ。

伝右衛門の合図を受けて、ひとりの幇間が節に寿《ことほ》ぎの台詞を載せる。

「めでたやな、めでたやな、店が再興、娘を身請け。家が再興、娘を身請け」

それを受けて、別の幇間らが手を打ち鳴らし、めでたやな、と声を揃えた。

高麗橋淡路屋の正体が太夫の生家と判明して、手で口を覆う遊女が幾人も見受けられた。客にではなく、生まれ育った家に身請けされるという吉祥。それがどれほど嬉しいことか、遊女らの様子から察せられた。

「お狐《きつね》さあん、こおん、こん」

幇間の声を合図に、皆が唱和する。若い衆の手で、紙に包んだ粟おこしが威勢よく撒かれ、仲の町は一層華やいだ雰囲気に包まれた。

太夫の行列が大門に向かえば、駕籠の前に控えていた半纏姿の男たちが、仲の町の

掛け声に合わせるように、

「打ちまぁーしょ、もひとつせぇ、祝うて三度」

と、手を打ち始めた。大坂天満の天神祭で用いられる手締めであった。

吉原囃《ばや》しと大坂締めの合唱は、あさひ太夫一行が大門に達するまで続いた。

吉原では、大門こそが遊里と外とを分ける。太夫がその大門に立った時、仲の町に静寂が漂った。

あさひ太夫は頭上に翳していた純白の薄衣を外して、足もとにはらりと落とした。

島田に結い上げた髪には、上品な鼈甲《べっこう》の玉 簪《たまかんざし》がひとつだけ。今日の空を思わせる天色地に水紋と燕《つばめ》を配した袷《あわせ》が、色白の女によく似合う。あさひ太夫という伝説の遊女は消え、野江が戻った瞬間だった。

こいさん、と先頭に居た男が、一歩前へ踏みだした。

「高麗橋淡路屋で番頭を務めさせて頂いていた龍蔵《りゅうぞう》の息子、辰蔵《たつぞう》だす」

龍助《りゅうすけ》どんの、と野江は息を呑んだ。

「長い間、ほんに、ほんにご苦労をおかけしました」

後ろに控えているのは大坂屋の奉公人たちなのだが、誰もが目を真っ赤にして俯いている。十六年前の淀川《よどがわ》の大水害を覚えている者も多く、野江の姿は記憶の中の誰かに重なるのだろう。娘の手にした幸せを心から祝福する姿に嘘偽りはなかった。

澪は夢中で軒下を飛びだし、大門を越える。事情を知らぬ者が澪を捕えようとして、翁屋の若い衆らに制された。

躊躇うことなく、澪は声を振り絞る。これまで呼ぶことを許されなかった名を、大切なそのひとの名を、あらん限りの声で叫んだ。

「野江ちゃん」

その声に、野江はゆっくりと振り返る。澪を認めると、右の手をそっと胸に置き、片貝の在り処を示した。潤み始めた瞳を見開いて、野江もまた、封印していた名を口にする。澪ちゃん、と呼ぶ声は掠れていたが、澪の耳にははっきりと届いた。

摂津屋の同行を受けて、野江と澪はゆっくりと二十日ほどかけて大坂を目指した。船ではなく歩いて旅をすることで、野江は身についた遊里の垢《あか》を落とし、徐々に町の暮らしへと馴染んでいく。京の伏見で初めて船を使い、八軒家まで。一行が大坂の地に戻った卯月二十二日、元号が文化から文政へと移った。

「波乱に満ちていた文化という時代が、終わったのですね」

早朝の船着き場に立ち、摂津屋はしみじみと洩らす。

高麗橋に向かう前に、ふたりは摂津屋に断って思い出深い天神橋を渡ることにした。淡い雲が広がる空のもと、その橋は在った。長さ百二十二間《けん》（約二百二十メートル）ほどの天神橋は、洪水のあと架け替えられて、幼い日に渡ったものではないはずが、ふたりの目には昔と少しも変わらない。

橋上は、市に売りにいく青物を前後に吊るして天秤棒で担ぐ百姓や、これから商いの話に向かうのだろう番頭、店の荷を背負う丁稚《でっち》等々で賑わっていた。ふたりは往来の邪魔にならぬよう端を黙々と歩く。天神橋は勾配《こうばい》が強く、しっかりと足を踏みしめるうちに、子供の頃の橋板の足触りが帰ってくる。

勾配に耐えて橋の中ほどに至ると、澪と野江は揃って足を止めた。

幼い日と同じ、ここに立てば空に手が届きそうに思われる。ふたりは言葉を交わさず、ただ黙って街並を見渡した。

天神橋を挟んで東に天満橋、西に難波橋《なにわばし》。東側には大坂城、北側には天満天神社が控える。南には櫓屋敷《やぐらやしき》を始め、ぎっしりと町家が建ち並んでいた。中之島の蔵屋敷、大川を行き交うのは屋形船に、投網や四つ手網の漁舟だ。

ひとが溢れ、荷が溢れ、街は活気づいていた。十六年前のあの日、水に沈んだ街は息を吹き返し、多くの命の営みを育む。声もなくその景色を眺めるふたりの目に、うっすらと涙が浮いていた。

「澪ちゃん、これを」

懐から取り出した羽二重を、野江は開いてみせる。ころんと丸い蛤の片貝があった。澪もまた同じく懐の巾着を出して、中身を掌に空ける。ふたりは視線を交え、微笑みあった。野江は自分の片貝を澪の掌へと移す。春樹暮雲の想いを繋いだふたつの片貝は、今、漸《ようや》くひとつに重なった。

野江が頷くのを見て、澪は橋の欄干から両の腕を差し伸べる。そして、そっと掌の中身を落とした。

澪の両親や野江の家族を呑み込んだ川は、無数の命やひとびとの暮らしを流し去った川は、今は穏やかに水面を輝かせて、静かにふたりからの贈り物を受け止めた。

仰ぎ見れば、頭上に広がる雲が途切れて、そこから真っ青な空が覗く。

雲外蒼天《うんがいそうてん》。

野江の胸にも澪の胸にも、その四文字が浮かんでいた。

彼方《かなた》の雲の切れ間から思いがけず強い陽が射して、丁度、天に梯子《はしご》をかけたように、ふたりの目には映った。

（了）

巻末付録　澪の料理帖

葛《くず》の「水せん」

材料（2人分）
葛（出来れば吉野葛）……60g
水……150cc
柚子……適宜

柚子蜜
砂糖（上白糖）……60g
水……60cc
柚子果汁……小さじ1

下ごしらえ
＊柚子《ゆず》の皮を卸《おろ》しておきます。果汁も搾っておきましょう。
＊葛は予《あらかじ》め砕いておきます。
＊口が広く(流し缶が入る程度)、浅い鍋《なべ》に湯を沸かします。
＊冷たい水を張った鍋も用意しましょう。
＊ステンレスの流し缶を用意してください。なければ金属製のバットでも構いません。
＊葛きりを切り易《やす》くするため、俎板《まないた》と包丁は水で濡《ぬ》らしておきましょう。

作りかた
1 まず蜜《みつ》を作ります。鍋に分量の砂糖と水を入れて火にかけ、砂糖がすっかり溶けたら柚子果汁を入れて少し加熱。これをよく冷やしておきましょう。

2　葛粉を分量の水で溶きます。ボウルに葛粉を入れて指先で葛粉を潰《つぶ》すようにして均一に水に溶かします。

3　2を漉《こ》し器で漉します。

4　3に卸した柚子皮を加え、偏らないように混ぜ、流し缶に薄く流し入れます。

5　沸騰した湯に4の流し缶を浮かべます。布巾《ふきん》などで流し缶の端を摑《つか》んで中身が均一の厚さになるように揺すり、表面が乾いたら流し缶を傾け、湯の中に浸けます。

6　中身が透明になったら湯から引き上げ、冷水を張った鍋にどぼんと浸けて冷ましましょう。

7　6を引き上げ、へらなどで四隅に切れ込みを入れて流し缶から中身を剝《は》がします。水の中ですると簡単です。

8　7を俎板に移して、包丁で好みの幅に切り揃《そろ》え、器に装《よそ》って1の蜜を回しかけ、よく冷やして召し上がれ。

ひとこと

水せんは、今の葛きりです。手軽に作れて、素敵な出来栄えなので、是非お試しを。4で葛粉が沈殿しないよう、再度よく混ぜること。6であまり長く水に浸け過ぎないこと。出来上がったらすぐに食べること。この三つを守って美味《おい》しく召し上がれ。

親父《おやじ》泣かせ

材料（2人分）
自然薯……200g程度
卵白……1個分
塩……ひとつまみ
出汁……大さじ4
鮃（柵取り）……60g程度
山葵……適宜

あん用
出汁……1カップ
酒……大さじ2
味醂……小さじ1
醤油……小さじ1
塩……少々
葛（片栗粉でも可）……適宜

下ごしらえ
＊自然薯《じねんじょ》は丁寧に洗って汚れを落とし、直火《じかび》で炙《あぶ》って髭根《ひげね》を焼いたら、再び洗って水気を拭《ぬぐ》っておきます。
＊卵白は充分に解《ほぐ》しましょう。
＊鮃《ひらめ》は軽く塩（分量外）をして馴染《なじ》ませ、さっと湯引き、食べ易《やす》い大きさに切っておきます。
＊出汁《だし》は引いておきます。

作りかた
1 先にあんを作ります。
出汁に酒、味醂《みりん》、醤油《しょうゆ》を入れ、加熱して味を見て、物足りないようなら塩を少し足します。煮立ったら一旦《いったん》火を止めて、同量の水で溶いた葛《くず》を加えます。
2 自然薯を皮ごと擂《す》りおろします。最初は擂り鉢に擦《こす》り付けておろし、続いて擂粉木《すりこぎ》を用いて滑らかになるまで擂ります。
3 2に卵白と塩、出汁を入れてさらに擂ります。
4 器の底に鮃を置き、その上に3をかけます。蓋をして、充分に蒸気の上がった蒸し器に入れて強火で蒸します。目安は3分〜5分ですが、蒸し過ぎると固くなりますから、加減してください。
5 蒸し上がりを待つ間に1を火にかけて温めておきます。山葵《わさび》も摩《す》りおろしておきましょう。
6 4に5のあんをかけ、仕上げに山葵をちょんと載せます。

ひとこと
灰汁《あく》抜《ぬ》きしない方が美味《おい》しい、という不思議。自然薯が手に入ったなら、是非お試しください。蒸し過ぎると、固くなって別の料理になってしまいますので、ご注意を。あんは作り易い分量にしています。全部かけなくて構いません。

恋し粟《あわ》おこし

材料（2人分）
干し飯……100g
水飴……80g
砂糖（上白糖）……40g
生姜の絞り汁
……小さじ2分の1
黒炒り胡麻……大さじ1

下ごしらえ
＊干し飯《いい》を作っておきます。冷やご飯を水で洗い、笊《ざる》に広げて天日に干して、二日ほどです。

作りかた
1 干し飯を乾煎《からい》りします。膨らんで薄い狐色《きつねいろ》になるまで、弱火で気長に煎ってください。
2 1を擂《す》り鉢に移して、擂粉木《すりこぎ》でとんとんと粟粒《あわつぶ》くらいに潰《つぶ》しましょう。
3 蜜《みつ》を作ります。鍋《なべ》に水飴《みずあめ》と砂糖《さとう》を入れて、弱火でじっくりと煮詰めていきます。
4 3に生姜《しょうが》の絞り汁を加えて、さらに煮詰めます。出来上がりの目安は、箸《はし》先に蜜を付けて水に浸けるとぱりっと固まる程度です。

5　4の鍋に2を加え、さらに胡麻《ごま》を入れて、手早く混ぜます。均等になるように混ぜましょう。

6　5を(江戸時代にはないですが)クッキングシートに広げて置き、さらに上からもう一枚クッキングシートを敷いて、麺棒《めんぼう》などで同じ厚さになるよう延《の》ばします。

7　6が少し冷めて固くなり始めたら、包丁でひと口大に切って、出来上がりです。

ひとこと

本来は蒸したお米を干して使いますが、冷やご飯でお試しを。一番難しいのは4の蜜の煮詰め方です。煮詰めが緩いと歯にくっついて難儀します。蜜の出来は季節によっても天候によっても違います。夏場など、表面がべたつくようなら冷蔵庫で冷やして召し上がれ。砕いたピーナッツや煎り大豆、アーモンドの粉末を入れても美味《おい》しいですよ。

心《こころ》許《ばか》りの「蛸《たこ》飯《めし》」

材料（4人分）
米……2カップ
干し蛸……2分の1枚
生姜……適宜
酒……大さじ2
味醂……大さじ1
淡口醬油……大さじ1
もみ海苔……適宜

下ごしらえ
＊米は洗って、充分に吸水させておきましょう。
＊生姜《しょうが》は細かい千切りにして、水に放っておきます。

作りかた
1 干し蛸は足先を切り落とし、軽く炙《あぶ》ります。それを1㎝弱の長さに刻みましょう。
2 炊飯器に洗米を入れ、分量の酒、味醂《みりん》、醬油《しょうゆ》を加えて水加減し、1の蛸と生姜を加えて炊き上げます。
3 2を充分に蒸らしたら捌《さば》いて蒸気を逃がし、もみ海苔《のり》を散らします。

ひとこと
干し蛸で作る蛸飯は本当に美味《おい》しいです。難点は干し蛸が希少で高価なこと。ならば作ってしまいましょう。生蛸の足を塩でよく揉《も》んでぬめりを洗い流し、天日に干して、真夏なら二日ほどで完成です。この方法、お薦めですよ。

特別付録

みをつくし瓦版

インタビュー／りう　版元／神田永富町坂村堂

皆さま、つる家の妖怪、もとい、看板娘のりうでございます。今回で最後の「りうの質問箱」に膨大な数のお便りを頂戴《ちょうだい》し、あたしゃもう、感謝の気持ちで胸が一杯です。名残りは尽きませんが、「終わり良ければ全《すべ》て良し」となりますよう、作者にしっかり答えてもらいましょうね。

りうの質問箱1　星の名前

作中にはよく星が登場しますが、「心《しん》星《ぼし》」「鼓《つづみ》星《ほし》」「豊年星」「錨星《いかりぼし》」等々は、架空の名前でしょうか？

作者回答

いずれも、実際に用いられた星の和名です。心星は北極星、鼓星はオリオン座、豊年星はアンタレス、錨星はカシオペア座です。わざわい星は火星、十文字星は白鳥座、等々。和名を知れば、昔の人々の発想の豊かさに驚き、星空を眺める楽しみも増えるように思います。

りうの質問箱2　入歯のこと

りうさんの入歯で疑問に思ったのですが、本当に江戸時代に入歯があったのですか？

作者回答

はい、ありました。もとは仏像を彫る仏師が請け負った入歯作りでしたが、澪の時代には専門の入歯師が活躍しました。その入歯製作技術は、間違いなく当時の世界最先端。りうさんの入歯でもわかるように、本物の歯と見紛《みまが》うほど実に精巧に出来ていました。

りうの質問箱3　番外編の予定は？

十巻で完結と聞きましたが、とても寂しく、登場人物たちのその後が知りたいです。続編や番外編の予定はありませんか？

作者回答

前巻での告知以降、このご要望を沢山お寄せ頂いています。登場人物のひとりひとりに深い愛情を抱いて頂き、作者として心から感謝いたします。長くお待ち頂くことになりますが、それぞれのその後を一冊にまとめて、特別巻として刊行させて頂くことでお気持ちに添えたら、と考えています。

☆りうの質問箱で、質問状や励ましのお便りを頂く吉祥。あたしゃ、これからも皆様の幸せを祈らせて頂きますよ。あ、付録の料理番付もお見落としのございませんように。（りう）

作者より御礼

五年に亘《わた》るシリーズにお付き合い頂きまして、本当にありがとうございます。何よりもまず、読者の皆様に厚く御礼を申し上げます。皆様のご声援、ご支持があればこその「みをつくし料理帖」でした。また、調べ物に際し、各地の司書や学芸員のかた、生産や食の現場の皆様にお力添え頂きました。ことに食の時代考証に関して、公益財団法人 味の素食の文化センター様にご尽力賜《たまわ》りました。心より感謝いたします。

さらに精進を続け、また新たな物語で皆様にお目にかかりたく存じます。感謝多謝。

「みをつくし料理帖」シリーズ著者

髙田　郁　拝

本書は時代小説文庫（ハルキ文庫）の書き下ろし作品です。

時代小説文庫
た19-12

天《そら》の梯《かけはし》 みをつくし料理帖《りょうりちょう》

著者 髙田《たかだ》 郁《かおる》

2014年8月18日第一刷発行

発行者 角川春樹

発行所 株式会社 角川春樹事務所
〒102-0074 東京都千代田区九段南2-1-30 イタリア文化会館

電話 03(3263)5247[編集] 03(3263)5881[営業]

印刷・製本 中央精版印刷株式会社

フォーマット・デザイン&シンボルマーク 芦澤泰偉

ISBN978-4-7584-3839-1 C0193

http://www.kadokawaharuki.co.jp/[営業]
fanmail@kadokawaharuki.co.jp[編集] ご意見・ご感想をお寄せください。